光文社文庫

与楽の飯

東大寺造仏所炊屋私記

澤田瞳子

光 文 社

目次

与楽の飯

東《とう》大《だい》寺《じ》造《ぞう》仏《ぶつ》所《しょ》炊《かしき》屋《や》私《し》記《き》

山を削りて

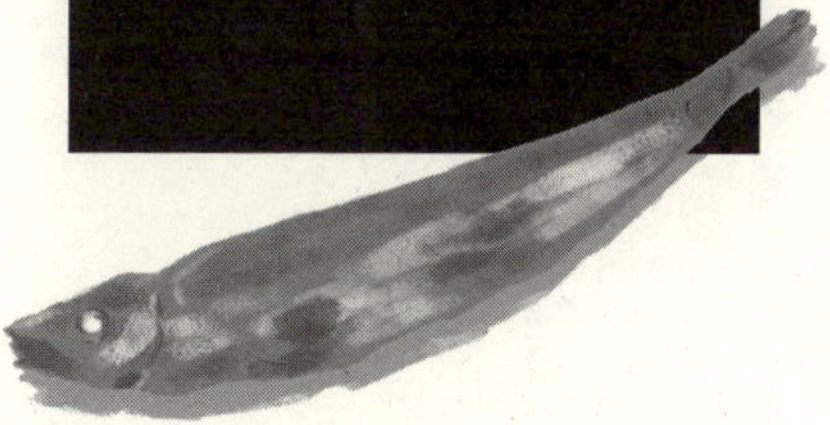

一

美しく掃き清められた大路を曲がった途端、むわっと土臭い風が全身を覆い、真楯《またて》は思わずその場にたたらを踏んだ。

(なんだ、この土埃《つちぼこり》は。まるですでにここからが作事場みたいじゃないか)

幅十間《けん》(約十八メートル)余りの大路の両側では、白い築地塀《ついじ》が晩秋の日を受け、眩しいほどの輝きを放っている。ふり返れば、朱塗りの柱や緑釉《りょくゆう》の瓦が美々しい朱雀門《すざくもん》と、その北に連なる巨大な宮城が、青空を背に佇立《ちょりつ》していた。

白砂の敷き詰められた大路、整然と立ち並ぶ豪奢な邸宅……どれ一つ取っても、故郷の近江国高島郡角野郷《おうみのくにたかしまぐんつののごう》とは雲泥の差。三日前、共に徴発された仲間と平城京に入った折には、そのあまりの偉容に朱雀大路の真ん中でぽかんと口を開けたものだ。

視界に入る風景は、あの時とほとんど変わらない。それだというのに土埃と煤《すす》が混じったこの風は、いったいどうしたわけだ。

見れば周りの仕丁《しちょう》仲間も、埃混じりの風に咳き込んだり、目をこすったりしている。引率の造東大寺司《ぞうとうだいじし》の役人がやれやれと苦笑いしながら、自らの肩を竹の笞《むち》で軽く叩いた。

「どうした。これしきの埃で驚いておっては、東大寺の造営は務まらぬぞ。何せ三笠山《みかさやま》の裾にあった小丘を丸ごと、造寺のために削ってしもうたのだ。おかげで東風が強い日なぞ、主上《おかみ》のおわす宮城の中まで、砂が舞い込むそうじゃでなあ」

「けど、丘を崩したのは一年も前でございやしょう？　今はその跡は綺麗に整えられ、毘盧《びる》舎那仏鋳造《しゃなぶつちゅうぞう》だけが行なわれているんじゃねえんですか」

剽《ひょう》げた口調で尋ねたのは、宿舎で美濃国厚見郡《みののくにあつみぐん》の鮠人《はやと》と名乗った仕丁である。だがその言葉に役人は、「何をとぼけたことを」と顔をしかめた。

「国家鎮護の大造営は、さように容易ではないわい。大仏を鋳奉《いたてまつ》ると同時に、かの地にあった金光明寺《こんこうみょうじ》を本邦の総国分寺——すなわち東大寺に改める作事を行なっておるのは、おぬしとて存じておろう」

「へえ、それは噂に聞いておりやす」

「伽藍《がらん》を建て直すには、山々から木材を切り出し、土を捏《こ》ね、瓦も焼かねばならぬ。各堂舎に配するため、多くの仏像や経典も拵《こしら》える必要がある。いわば造東大寺の作事は、まだ端緒に就いたばかりなのじゃ」

これはえらいところに飛ばされたぞ、という思いが、改めて胸に浮かんでくる。真楯は周囲の仕丁と、顔を見合わせた。

仕丁とは、中央の官司で労役に当たる役夫《えきふ》である。これを三年に一度、五十戸ごとに二人ずつ選出するのは、諸国各郷の義務。なるべく体力ある若者が召集される傾向があるため、今回、二十一歳の自分が選ばれたのはしかたがないと諦めてはいる。さりながら同時に徴発された同郷の仲間がどこぞの王家に配属されたのに比べ、自分がこれから向かう先は作事ただ中の東大寺。これで同じ三年の夫役《ぶやく》とは、あまりにも不公平ではないか。

誰もが一瞬胸に浮かべたそんな不満を感じ取ったのだろう。四十がらみの役人はつと真顔になり、四列に並んだ仕丁たちを見回した。

「おぬしら、造東大寺司に配属されたのを、不運と嘆いておるな。されどこれは国を守り、諸厄を避けんがため、天皇《すめらみこと》自らが発願《ほつがん》なされた造寺。そこに参与することはすなわち、おぬしらの家族や郷里を守るのと同義なのじゃぞ」

しかし諸厄といっても、その大半は天皇自身が招いたもののはず。我知らず不平の声を上げそうになるのを、真楯はかろうじて堪《こら》えた。

何しろ七年前の天平十二年（七四〇）、九州大宰府で起きた藤原広嗣《ふじわらのひろつぐ》の乱に動揺した首《おびと》（聖武《しょうむ》）天皇は、突如、寧楽《なら》を捨てて伊勢《いせ》に行幸。乱が鎮圧された後も、大倭《おおやまと》の恭仁宮《くにのみや》、近江の紫香楽宮《しがらきのみや》、摂津《せっつ》の難波宮《なにわのみや》と相次いで京《みやこ》を移した末、ようやく一昨年、平城京に戻ってきただけに、京の民はもちろん畿内の人々の疲弊は筆舌に尽くしがたいものがあった。

噂では御年四十七歳の天皇はひどい仏教好きで、広嗣の乱も相次ぐ天候不順も、すべて御《み》仏《ほとけ》の加護がなかったゆえと信じきっているとか。巨大な仏像を造り、国中の民をその霊威に与《あずか》らせんとの志は結構だが、実際に銅を熔《と》かし、山を削って堂舎を造らされる側からすれば、まったく迷惑この上ない大願である。

だいたい四年前、紫香楽宮で大仏造営が始まった際には、遷都と造仏に反対する者たちが毎晩の如く、作事場に放火を働いたと聞く。それにも懲りず、またしても御丈五丈三尺（約十六メートル）もの大仏を京の東に造らんとする帝の気まぐれに、真楯はすでにうんざりし始めていた。

とはいえしがない仕丁の身では、異を唱えることもままならない。幸い、身体の頑強さには自信がある。こうなった以上は何とか三年の労役を務め上げ、無事に郷里に戻るしかない。

（小槻《おづき》だって、俺を待ってるしな）

恋人の華奢な面差しが脳裏を過《よ》ぎる。そう、御仏の加護など、自分には必要ない。彼女の元に帰るためと思えば、どんな労役にだって耐えられるはずだ。

そんなことを考えるうちに、仕丁の列はいつしか四坊大路を越え、外京《げきょう》と呼ばれる街区に踏み入っていた。

平坦だった道は緩やかな登り道となり、材木や藁《わら》を積んだ荷車が盛んに坂を行き来している。左右の築地塀も、粗末な土壁に変じていた。

「あれが三論《さんろん》と法相《ほっそう》の道場たる元興寺《がんごうじ》。その北側の大寺が、大織冠《たいしょくかん》公（藤原鎌足）発願の釈迦三尊像をご本尊とする興福寺《こうふくじ》じゃ」

役人の声に顔を上げ、仕丁たちはみな一斉に驚きの声を漏らした。

澄んだ秋空の下、瓦の色も清々しい寺塔が広大な敷地に林立している。朱雀門や羅城門の偉容、整然と整えられた街並みは早くも見慣れたが、この寺々の伽藍の力強さときたら、まるでこの国深く根を下ろした仏法そのものの如く感じられる。金堂の屋根の先に止まった鴉《からす》の小さな影までが、寺の壮大さを告げ示すための添え物かと見えた。

さりながら真楯たちを仰天させたのは、豪壮な伽藍ばかりではない。二つの大寺からわずかに目を転じた斜《なぞえ》には、これまで誰も見たことがない異様な光景が広がっていたのである。

緑の色濃き春日山の西裾に続くのは、土をむき出しにした広大な台地。その中腹には無数の仮屋がびっしり建ち並び、あちこちから盛大な煙を吹き上げていた。

そして台地の頂上では雲を衝くが如き巨大な坐像が、錦秋の山と背丈を競っている。数えきれぬほどの男が、その周囲に組まれた足場に蟻の群のように群がっていた。

（なんという大きさだ……）

郷外れの寺の観音像など、到底比べものにならない。切れ長の目の幅だけでも、人の背丈ほどはあるであろう。本当に人の手に成るものかと呆れるほど、それは桁外《けたはず》れの巨仏であった。

「よいか。あそこにおわすのは、毘盧舎那仏の様仏《ようぶつ》。すなわち銅を流し込むための雄型《おがた》じゃ。今月の末には、いよいよ鋳造が始まる。後ほど配属先を申し渡すが、造仏所に配される仕丁は、心して作業に当たるのじゃぞ」

仏像を造るにはまず、木枠と荒縄、それに粘りの強い土で原型を拵える。よく乾かしたそれを竹製の木舞《こまい》（骨組み）で覆い、藁や籾殻《もみがら》を混ぜた粘土を厚さ三尺分ほど塗付。ある程度乾燥させてから木舞ごと剝がした上層は、窯で焼き締めて外型《そとご》とし、内側の塑像は表面を削って中型《なかご》とする。中型と外型の間……つまり原型から削り取った空白部分に熔かした地金を流し込み、はじめて仏身が完成するのであった。

最初の鋳込みの支度であろう。小山の如き大仏の裾では、大勢の工人や仕丁が台座のぐるりに外型を並べ、隙間に泥を詰めている。台座といっても人の背丈ほどもあるために、型を一枚運ぶだけでも、数人がかりの大仕事と見受けられた。

「外型の周囲にはぐるぐると荒縄を巡らし、土塁を築くのじゃ。煮熔かした銅を鋳型に流し込んだ際、隙間から銅が流れ出てはならぬでな。いわばその土塁が、型押さえの役を果たすのよ」

作事について、それなりの知識があるのだろう。真楯の視線に気付いた役人が、説明を加えた。

「鋳造は一度で終わるのですか」

「愚か者、熟銅《じゅくどう》だけで七十万斤（約四百七十トン）余りを用いるのじゃぞ。まず台座、次は膝と下から上に一段ずつ鋳継ぎ、計八回で頭頂に至る理屈よ」

手にしている笞を横に振って、彼が大仏を横に八つに区切って見せたときである。

「待たんか、この餓鬼ッ」

作事場の喧騒を圧して、野太い声が響いた。

ふり仰げば様仏のおわす台地から、小柄な少年がまろぶようにこちらに駆け下りて来る。薄汚い身形《みなり》から察するに、造寺司《ぞうじし》か東大寺に飼われている奴婢《ぬひ》のようであった。

右往左往する人々の間を潜り抜けるや、彼は作事場を囲む柵に飛びついた。あっという間にそれを乗り越え、追いかける使部《つかいべ》（下級役人）を振り切って坂道を下《くだ》り始める。猿そっくりの、目を見張るほど身軽な動きであった。

「あれは舎薩《しやさつ》ではないか。まったく、今度は何を盗んだのやら」

引率の役人が呆れたように呟く間にも、少年はぐんぐんと真楯たちの方に近づいてくる。

両手を振り回しながらその後を追っていた使部が、役人の姿を見止めて叫び声を上げた。

「ね、根道《ねみち》さまッ、舎薩を捕まえてくだされッ。よりにもよって台座の外型を砕き、欠片《かけら》を持ち去りよりましたッ」

「なんじゃと。台座の外型を――」

型が一枚でも欠ければ、鋳造は不可能。しかも様仏から型を新造するには、軽く十日はかかるだろう。根道と呼ばれた役人の顔が、見る見る怒りに染まった。

「ええい、舎薩ッ。待てッ」

笞を振り上げた彼の姿に、舎薩はたたっと横っ飛びに走り、素早くその手をすり抜けた。年の頃は、十歳前後。澄んだ大きな眸《ひとみ》と、額に押された「東」の焼き印が妙にくっきりと真楯の目を射た。

「へん、捕まるものかい」

言うなり彼は、左手にそびえたつ崖にひょいと飛びついた。追いすがろうにも竹の根が露出した崖は、大人では到底登れぬ急峻さ。見る見る崖を登りきり、頂上に茂る藪《やぶ》に姿を消した舎薩に、駆けつけてきた髭面《ひげづら》の使部が、ちっと舌打ちをする。頭上を忌々《いまいま》しげに睨《にら》み、背後の部下を叱り飛ばした。

「いかに敏捷《びんしょう》なあやつとて、すぐには遠くまで行けまい。なんとしても探し出し、型の欠片を取り上げろッ」

「されど欠片など取り戻したとて、もはや鋳造には使えはせぬ。それより今は少しでも早く、外型を造り直すべきではないか」

根道の言葉に、使部は少し苛立った様子でうなずいた。

「もちろんでございます。ですが大仏の外型に手を出すとは、筆舌に尽くし難い不埒《ふらち》。こたびばかりはなんとしても、厳しい罰を科さねばなりませぬ」

「とはいえ、あの舎薩は造東大寺司の持ち物ではなく、東大寺の奴《やっこ》。我々が処断するわけには参らぬぞ」

この当時、人民は良民と賤民《せんみん》に大別され、賤民最下層の奴婢は、金銭で売り買いされる労働力として、牛馬並みの扱いを受けていた。このため他人の奴隷を傷つけることは、他者の財産を損なうのと同義。舎薩が寺奴婢とすれば、なるほど造東大寺司は勝手に処罰できぬ相手であった。

「なればせめて、寺の奴婢頭《ぬひがしら》を叱責してくだされ。舎薩め、これまでも造寺司の道具を壊したり、寺の炊屋《かしきや》（食堂）から米をくすねたり……数々の横着、枚挙にいとまがございませぬ。いったい奴婢頭はあれをどう躾《しつ》けているのやら」

「分かった。されど今は先にこの仕丁どもを、それぞれの所に届けねばならぬ。午後から作業にかからせねば、各所より苦情がもちこまれるでな」

その一言で、仕丁たちの表情にさっと緊張が走った。

根道が語った通り、造東大寺司の仕事は毘盧舎那仏鋳造のみならず、平城京東端に国の中心たる大寺院を築くこと。そのためこの作事場には、大仏を鋳る造仏所を筆頭に、伽藍を建てる木工所、寺で用いる経典を写す写経所、室内装飾や仏画を事とする絵所《えどころ》など、「所」と呼ばれる無数の部署が造東大寺司の指揮の下に設置されている。

いったいどの所に配属されるか次第で、これからの三年間は地獄とも極楽とも変わる。懐から書き付けを取り出す根道の口許を、真楯は息を詰めて凝視した。

さりながら物事とは得てしてして、自らが望まぬ方向に流れるものである。

「まず造仏所へは三人。美濃国厚見郡より参った鮠人、近江国高島郡より参った真楯、石見《いわみの》国《くに》安濃《あの》郡《ぐん》の小刀良《ことら》、以上じゃ」

大仏造立を行なう造仏所が作事場で最も仕事が厳しい所であることは、考えるまでもない。とっさに我が耳を疑った真楯の腕を、使部がぐいと摑んだ。そのまま他の二人ともども様仏の真下に連れて行かれ、乱暴に腕を突き放された。

「ここでしばらく待て。じきに造仏所の仕丁頭《しちょうがしら》が帰って来よう。後のことはそ奴に聞け」

大仏の膝前はぽっかり開けた広場になっており、切石や木材がそこここに乱雑に積み上げられている。数人の婢《はしため》がその隙間で、二抱えもある桶に入った泥を、太い棒で掻き回していた。

遠目にも巨大と映った大仏は、真下で見ればこちらを押しつぶしそうな迫力を持って秋空にそびえ立っていた。よりにもよって造仏所かよ、と小さな息をついた隣では、小刀良と呼ばれた三十手前の男が、血の気の失せた唇を強くかみ締めている。もはや生きて帰れぬと思い定めたかのような顔つきに、鮠人が小さな含み笑いを漏らした。

「おい、そんなに思い詰めなくてもいいだろう。いくら厳しくたって、三年の辛抱だぞ」

狐を思わせる、細い目に薄い唇。作事場には少々相応《ふさわ》しからぬほど、軽薄な声であった。

「それに仏さまだって、型はもうほとんど出来ていなさる。直に鋳造に関わるのはおそらく俺たち仕丁じゃなく、鋳師と呼ばれる工人どもだ。言われるままに働いてりゃ、危ないことはなかろうさ」

「で、でも、これほど大きな仏さまを鋳るんだぞ。万一炉にでも落ちたら、骨まで溶けてなくなっちまうじゃないか」

小太りの体軀をぶるっと震わせ、小刀良は頭上を恐々と仰いだ。

「分かってるなら、最初っから注意してりゃいいだろう。はるばる寧楽くんだりまで、労役に来たんだ。日がな一日土捏ねや炭焼きをしてるより、この国で一番でかい仏さまを造ってたほうが楽しいじゃねえか。――なあ、おめえもそう思うだろう？」

急に話の矛先《ほこさき》を向けられ、真楯は「あ、ああ」とあわててうなずいた。

年は自分より二つ、三つ上か。ひどく調子のよいこの男に侮られたくないとの気持ちが、瞬時に働いたのである。

それに、鮠人の言い分も一理ある。近江の田舎から、初めて出て来たこの京。同じ働くならば、高島に戻った後、周囲に自慢できる仕事のほうが張り合いがあるのは事実だ。

国を挙げての東大寺造営、その主役たる大仏造りに関与すれば、まさしく孫子の代までの語り草。異母弟ばかり可愛がる継母、彼女の機嫌をうかがうしか能のない父も、否応なしに自分を見直すに違いない。

（そういや國足《くにたり》の野郎、俺がいないからって小槻に言い寄ってないだろうな）

にやけた異母弟の面が不謹慎にも大仏の顔に重なったとき、台座の周囲から泥まみれの男たちが列を作って引き上げて来た。長く厳しい労役を物語るように、いずれも前後が判然とせぬほど日焼けしている。そのうちの一人が真楯たちの姿に、おや、と声を上げた。

「なんだ、お前ら、新入りか」

「へえ。ここで仕丁頭を待ってろと言われたんですがね」

鮠人の言葉に、彼はああ、と己の背後に顎をしゃくった。

「そりゃあ、ご苦労なこった。仕丁頭の猪養《いのかい》なら、あそこだけどよ。今は機嫌が悪いぜ。気を付けな」

見れば仕丁たちの中でもひときわ筋骨逞《たくま》しい三十男が、台座の脇に置かれた大笥《おおけ》の水を柄杓《ひしゃく》でがぶがぶと飲んでいる。

暦は秋とはいえ、日中の陽射しはまだ強い。はだけた胸元にも水をぶっかけ、彼は口に含んでいた水をぺっと足元に吐き捨てた。

「畜生、舎薩の餓鬼、今度見つけたらただじゃおかんぞ。わざわざ型押さえの縄を切って型を壊すとは、まったくなんて性悪な奴だ」

「だけどなんで、あんな真似をしたんだろうな。型の欠片なんか、何の役にも立つまいに」

仲間のへつらうような相槌に、猪養は「俺が知るか」と不機嫌に口を尖らせた。

背丈も胸板の厚さも、他の仕丁とは比べものにならない。お仕着せの麻の衣褌《きぬはかま》より、挂甲《けいこう》でも着せたほうがはるかに似合いそうな偉丈夫であった。

「だいたい俺は元から、あいつが気に食わないんだ。いくら東大寺の奴でも、あんな小童《こわっぱ》にうろうろされちゃ邪魔でならん。奴婢頭も自分の手下をちゃんと見張ってろってんだ」

なるほど確かに、声をかけづらい荒れ様である。どうしたものかと三人が顔を見合わせたとき、木材の間から立ち上がる婢がいた。そのまま仲間の制止を振り切り、手足についた泥を四方に撥ね飛ばす勢いで猪養の側《そば》に駆けてきた。

「ちょっと、あたいがなんだって？」

年は猪養と同じぐらいだろう。何人もの所有者の手を経てきたのか、額には複数の焼き印が重なり合って当てられている。目鼻立ちこそ整っているが、両目を吊り上げた険しい顔といい、甲高い声といい、毛を逆立てた雌鶏にそっくりの女奴であった。

「おい、あいつ、婢だよな」

小刀良が驚いたのも無理はない。通常、奴婢は良戸にへつらい、阿諛追従《あゆついしょう》するもの。しかしつんと顎を上げた目の前の婢は、今にも猪養に摑みかかりそうな怒気すら漂わせ、およそ奴婢らしい屈服の気配がない。普通なら、即刻殴り飛ばされても当然の態度であった。

「出来の悪い奴婢頭で悪かったね。けどあたいはあいつらを監督するため、大官大寺《だいかんだいじ》の奴婢溜まりから、わざわざここに移されたんだ。苦情はあたいを見込んだ三綱《さんごう》に言いな」

「おい、南備《なび》。誰に向かって口を利いてるんだ」

「誰って、造仏所仕丁頭の猪養だろ。そんなことも知らないあたいじゃないさ」

南備と呼ばれた婢の背丈は、猪養の胸までしかない。その屈強な胸板に額が付きそうなほど近寄り、彼女は形の良い鼻をふふんと動かした。

奴婢を統率する奴婢頭は、普通は良戸の歓心を買うため、配下の奴を進んで痛めつけるものである。女の奴婢頭というだけでも珍しい上に、良戸を良戸とも思わぬ態度に、三人は固唾《かたず》を呑んでことの成り行きをうかがった。

「殴りたけりゃ殴りな。でもあたいたち東大寺奴婢は、そこの大仏さまに仕える奴だ。いくら造寺司の仕丁だって、狼藉《ろうぜき》を働けばただじゃすまないよ。前の仕丁頭だった大麻呂《おおまろ》は、その辺りの道理をよく弁《わきま》えていたけどねえ」

至極理屈の通った啖呵《たんか》に、猪養が、う、と声を詰まらせる。根はまっすぐな男なのだろう。反論の思いつかぬ様子で、彼が両の目を泳がせた直後、割れ鐘の如きだみ声が全員の上に降り注いだ。

「こらあッ、何を騒いでおるのじゃ。飯じゃ、飯。遅れた者には食わせぬぞッ」

見回せば広場外れの仮屋の前で、鬚面《ひげづら》の中年男が軒先に下がった板を木槌でがんがん叩いている。真夏に着るような半袴に、布衫《ふさん》一枚。瞼《まぶた》の厚い目で仕丁たちを眺め渡し、更に大声で怒鳴り立てた。

「おぬしらがさっさと食わねば、夕餉《ゆうげ》の支度が始められぬではないかッ。ぐずぐずしておると、洗い物を手伝わせるぞッ」

その声を聞くなり、猪養はぷいっとそっぽを向き、大股に男の方へと歩み出した。助かったとでも言いたげな、露骨な態度であった。

南備はしばらくの間、猪養の背を睨みつけていたが、やがて身を翻して婢たちの元に戻り、何事もなかったかのように土捏ねを再開した。

主張こそ理に適《かな》ってはいるものの、良戸をやり込める奴婢頭など前代未聞。驚き冷めやらぬまま彼女と猪養の背を見比べていた真楯たちに、中年男が訝《いぶか》しげに目を眇《すが》めた。

「おぬしら、どこの所の者じゃ。ひょっとして本日より造仏所に配された仕丁か」

うなずく暇もあればこそ、男は木槌を持った手を「こちらに来い」と言わんばかりにぶんぶん振り回した。

「腹が減っては作事は出来ぬぞ。本来なら、一食につき米四合をもらう定めじゃが、今日ばかりは特別に食わせてやるわい」

言うだけ言うや、男は三人の返事も待たず、木槌を軒下にひっかけて、仮屋に引っ込んだ。

昼の休憩時間が来たのだろう。いつの間にか日は頭上に昇り、様仏を取り囲む足場からも人の姿が消えている。

昨今、位の高い人々の食事は朝夕二度と聞くが、労働を生業とする者はそれでは腹が持たない。正午前後に中食《なかじき》とも呼ばれる間食を取る習慣は、どうやらこの作事場でも同じらしかった。

「あれは炊屋みたいだな。どうする」

「来いってんだから、行こうぜ。さっきの仕丁頭から、仕事の話も聞けるだろうしよ」

鮠人の言葉に、「そ、そうだな」と小刀良が慌ててうなずく。彼に同意したというより、炊屋から漂ってくる旨そうな匂いに気を取られた様子であった。

守辰丁《しゅしんちょう》が居眠りでもしていたのか、宮城の方角で正午を告げる鈍い鼓声が遅ればせに響き、春日の山にわずかな響きを残して消えた。

二

「おお、来たか。飯はそこの甑《こしき》から勝手によそえ。それ、汁じゃ」

向かって右手が厨《くりや》なのであろう。胸先ほどの台で仕切られた仮屋の奥には巨大な竈《かまど》が据えられ、大鍋がぐつぐつと音を立てて煮えたぎっていた。

真楯たちの姿を見るや、中年男は木椀に立て続けに汁をよそい、台の上に無造作に置いた。ついで叩戸《たたいへ》（須恵器製の広口の壺）からつかみ取った塩漬けの瓜の皿を、投げ出すように渡す。

「食い終えた皿は、そこの櫃《ひつ》に入れておけ。残すでないぞ」

その注意すらよく聞き取れぬ喧騒が炊屋に満ちているのは、すでに二、三十人の男が口々にしゃべりながら、長卓で飯をかき込んでいるためだ。

ひと抱えもある甑の蓋を言われるがままに開ければ、赤米や稗《ひえ》混じりの飯が白い湯気を吹き上げている。

（なんだ、雑飯か）

ここは、天下の造仏所。きっと真っ白な飯が食えると思い込んでいただけに、少しあてが外れた気分で飯を盛る。さりながらなみなみと注がれた汁を一口するなり、真楯は思わず、

「うまいッ」

と大声を上げた。干した茸《きのこ》と青菜が入っただけの塩汁……。手でちぎったのか、菜も茸も大きさこそばらばらで見ばえはせぬが、茸の風味が濃厚で、驚くほど滋味に満ちた汁であった。

左端に座った鮠人もびっくりしたように木椀から顔を上げ、厨の男を振り返った。

「あの親父がこれを拵えたのかよ。さすが京の造寺司だぜ。こんな飯が毎日食えるなら、仕事がきつくたって、辛抱できるってもんだ」

「この瓜もおいしいよ。少し塩が強いけど」

言いながら、小刀良は瓜の漬物を一人で抱え込んでいる。真楯と鮠人は慌てて左右から、素焼きの小皿に箸を突っ込んだ。

夏から秋にかけて採れる青瓜は、水気ばかりが多くて青臭く、決してうまいものではない。しかしなにか特別の工夫でもあるのか、刻んだ瓜を塩揉みしただけに見える単純な惣菜が、箸が止まらぬほど美味である。これほど菜の味がよければ、飯が雑飯でも気にはならない。真楯は瞬くうちに椀の飯を平らげた。

「お前ら、新入りかよ。どうだ、うちの炊屋の飯はうまいだろう」

顔を上げれば猪養が、食べ終わった折敷《おしき》を手に、三人の傍らに立っている。舎薩たちへの怒りは既に忘れ果てたのだろう。いかつい顎で厨を指し、

「ここの仕事は厳しいが、お前らは運がいいぞ。造仏所の宮麻呂《みやまろ》といやあ、作事場で知らん者はいない炊男《かしきおとこ》だ。あの親父の飯を食ってれば、大抵の苦労は我慢できるってもんだ」

と、笑った。先ほどは険しく見えた大ぶりな目鼻立ちが、笑うと意外な愛嬌を醸し出した。

仕丁には原則、一日二升の米が支給されるのが定め。普通は各人がそれを宿舎で調理し、余りを労役からの帰路に充てるべく備蓄するものだが、何分、自炊は手間がかかる。このため作事場には所ごとに炊屋が設置され、一定の米と引き換えに食事を出す仕組みになってい

るのだと、猪養は語った。

「他所の仕丁の中には、自分の炊屋の飯がまずいと言って、わざわざ三食ここに食いに来る奴もいるほどだ。いや、仕丁だけじゃないぞ。使部や絵所の画師、仏工どもにも、ここの飯は大人気なのさ」

「支払いは、どの炊屋で食っても一緒なのかい」

鮠人の問いに、猪養は厳つい顎を引いた。

「仕丁ならどこの所の者でも、三食で米一升、一食だけなら米四合と引き換えだ。けど工人や造寺司の役人どもは、一食当たり六合を払うことになっている。俺たちと違って毎日賃金をもらっている連中だからな。ちょっとぐらい多く取っても、罰は当たるまい」

とはいえこれほどうまい料理であれば、支払いが一食に七、八合でも文句は出まい。もう一杯飯を食おうと席を立てば、宮麻呂は竈の脇にしゃがみ込み、洗い場に積み上げた蕪《かぶら》をせっせと薄切りにしている。そうしながらも竈の汁の具合を見たり、戻ってきた椀や皿を洗い桶に移したりと、まさに八面六臂《ろっぴ》の働きぶりであった。

「それは夕餉の支度ですか？」

あまりの蕪の量に驚いて問うと、宮麻呂は「いいや」と首を横に振り、拳で額の汗を拭った。

「これは日干しにする用意じゃ。なにせ春のとば口は毎年蔬菜《そさい》の数が少なく、惣菜作りに苦労するでのう。今のうちに干物を作っておくのよ。ところでおぬしはさっきの新入りじゃな。どこから徴発されてきた」

「はい、近江国から来た真楯と申します」

「真楯か。ちょうどよい。ちょっと手伝ってくれぬか。——おおい、飯を食う者はもうおらぬかあ」

宮麻呂の大声に、数人の男が椀を手に立ち上がる。彼らがめいめい飯を盛り終わると、宮麻呂は折敷に一人分の飯と汁を盛り、

「これは浄須《きよす》の分じゃ。持って行ってやれ」

と、仕丁の一人に預けた。

それから一抱えはあろうかという甑をよいしょ、と持ち上げ、厨の隅のくぐり戸に向かった。

「すまぬがそこの汁鍋を持って、わしについてきてくれ」

言われるがまま茸汁の鍋を提げて後を追えば、炊屋の裏には大小様々な木材が所狭しと積まれている。

宮麻呂は慣れた様子で、腰の高さに積み上げられた板の上に甑を載せた。ついで真楯を振

り返り、隣に汁鍋を置けと目顔で命じた。

「これでよし、と。さて、戻るぞ」

甑も鍋も、中身はまだ半分近く残っている。なぜそれをわざわざ外に置くのかと訝しみながら炊屋に引き上げれば、鮠人と小刀良はわずかな間に猪養とすっかり意気投合していた。

「造仏所の仕事は確かにつらいが、慣れりゃ大したことはない。難儀があれば、いつでも俺に言え。大概は何とかしてやる」

厚い胸を叩く猪養によれば、造仏所の仕丁は約百五十人。その他、雇夫・工人・奴婢など合わせて三百余名が大仏造営に携わっているという。

「鋳込みが始まれば、人手はもっと増えるだろう。何せ世の中に仏像は数多《あまた》あれど、これほどでかい仏さまは前代未聞。造仏所長官の国公麻呂《くにのきみまろ》さまも大はりきりだからな」

「国公麻呂さま――。そのお方が、大仏を鋳造なさるのですか」

小刀良の問いに、「そうさ」と猪養は少し誇らしげに胸を張った。

「お前らみたいな田舎者は知るまいが、公麻呂さまは天下に二人とおられぬ名仏師。典鋳《てんちゅう》司《し》の工人どもが尻込みした大仏鋳造に名乗りを上げ、全工程を一人で考案なさったお方だ」

典鋳司とは金銀銅鉄の鋳造や鍍金《ときん》・彫金など、あらゆる金属工芸を専門とする役所。その技術者すら躊躇《ちゅうちょ》した大仏造営に志願するとは、よほど高い技能の持ち主に違いない。

「今後どんな作事が待ち受けているのかは、俺も知らん。けどあの公麻呂さまが指揮を執られるなら、めったな間違いはなかろうさ」

　こうして作事の日々が始まったが、真楯がまず面食らったのは、造寺の人員のおびただしさであった。

　何しろ三百余人という数は、あくまで造仏所で働く人数に過ぎない。さすが造寺の中心だけに、各所の中でも造仏所にはもっとも大勢の員数が割かれており、その次に人手が多いのは、大仏の真北に執務所を有する写経所。一部六百巻にも及ぶ膨大な経典を書写しているこの所では、実際に写経をする経生《きょうしょう》、文字の誤りを正す校生《こうしょう》など、計百余名が所属していた。

　加えて他の所もそれぞれ何十人という人員を擁しているため、一日の作業を終える夕刻なぞ、宿舎に帰る仕丁と京内の自宅に引き上げる役人・工人で、作事場周辺はまさに芋の子を洗うが如き混雑ぶり。井戸端で手足を濯《すす》ぐだけでも、ずらりと長い列が出来るほどであった。

　もともとこの地域には、夭折した皇子《みこ》のために首天皇が建造した、金鍾寺《こんしゅじ》なる寺が営まれていた。だが六年前、諸国に国分寺建立《こんりゅう》が命じられたのに合わせて、同寺は金光明四天王護国寺と改称。その後、大仏建立とそれに伴う伽藍増築の中で、更に寺号が「東大寺」へと変わったのである。

寺地は東は春日山、西は東七坊大路までの計十二保《ほ》（約九十ヘクタール）。主な作事はすべて寺域の北側で行なわれ、南には仕丁や雇夫が寝泊まりする小屋が櫛比《しっぴ》している。真楯が鮠人や小刀良とともに寝起きを始めたのは、その中でももっとも山際の一軒であった。

粗末な裸木で組まれた宿舎はまだ真新しく、ほんのり木の香すら漂わせている。支給される衾《ふすま》や衣はすべて、粗末ながらも清潔な新品。その上、三度の飯は旨いとあって、真楯はすぐに造寺司への配属も悪くないと思い始めたが、それはあくまで良戸に限っての話であった。

仕丁小屋の西、削り取ったような坂の下に目を転じれば、そこには傾きかけた草葺《くさぶ》きの茅屋《ぼうおく》が二軒建てられている。雨が降る都度、水に浸かる日陰のそれは、東大寺に所属する奴婢の住まいであった。

仕丁には許される水浴も、奴隷の身には望むべくもない贅沢。朝から晩まで造寺に使役される彼らの小屋からは、風向き次第では時折、むっと饐《す》えたような悪臭が漂ってきた。

鮠人がどこからか聞いてきた話では、東大寺の奴婢は男女合わせて三十五名。その大半は東大寺が金鍾寺と呼ばれていた頃から飼われている奴で、あの舎薩もその一人という。

「あいつは三つか四つでこの寺に売られてきた奴なんだと。頭はいいが何を考えてるのかよく分からん餓鬼で、隙さえあれば御仏への供物や寺の雑器にちょっかいをかける始末。寺の三綱方も今更売り飛ばすわけには行かぬと、頭を抱えておられるらしいぜ」

その舎薩は騒動の翌日、けろりとした顔で奴婢溜まりに戻って来た。無論、造寺司から突き上げを食らった三綱が彼に厳しい叱責を加えたが、何故外型を砕いたのか、持ち去った型をどうしたのかについては頑として口を割らなかったという。

「多分、市で銭に換えたんだろうな。小賢しい奴婢がやりそうなことだぜ」

「だけどあいつが持ち逃げしたのは、外型の欠片だろう。市ではなんでも売っていると聞くが、そんなものまで銭になるのか」

今日の夕餉は干魚《ひうお》の焼き物に、川骨《こうほね》入りの汁。二杯目の飯を掻き込みながらの真楯の疑問に、鮨人は魚の身をせせる手を止め、「それもそうだな」と首をひねった。

「いくら大仏の型といったって、所詮はただの泥型。そんなものをありがたがる奴は、滅多にいねえよなあ」

現在、造仏所で行なわれている作業は、大仏の一段目の外型の隙間を泥で塗り込めるというもの。仕丁たちは十人一組の班に分かれてそれらの作業に当たっているが、少しでも早く仕事を覚えさせるためだろう。真楯たち三人はそれぞれ別の組に入れられ、日中顔を合わせる機会は皆無に近かった。

体力にはそれなりに自信があるものの、粘りの強い泥を入れた麻笥《おけ》を足元に置き、中腰で泥を塗る作業は、半刻《はんとき》も続けていると足腰が悲鳴を上げる。

それだけに飯を食いながらの世間話は、何よりの息抜きの時間であったが、小刀良が働いている班は万事仕事が早く、彼が炊屋に来るのはいつも真楯たちより先。混み合う炊屋で彼を待たせるわけにもいかず、最近、真楯は決まって鮠人と向かい合って夕餉を取っていた。

「そうだろう。しかも舎薩が持って行ったのは、掌程度の欠片ともいうじゃないか」

「ううむ、わけがわからねえ。あの餓鬼は、どうしてそんなものを盗んだんだろうな」

「なんだ、舎薩の話か」

太い声で割り込んできたのは、猪養であった。あと半年で労役が明ける彼は、造仏所はおろか他の所の仕丁からも信頼厚い、面倒見のよい男。その人柄を買われ、造仏所に来てからほんの半年で仕丁頭に任ぜられたというだけに、彼は新入りの真楯たちにも気を配り、顔を合わせるごとに何かしら声をかけてきた。

「あいつは別に銭目当てで、盗みを働くわけじゃないからな。何が面白いのか、時にはそこらへんに落ちてる縄や筵《むしろ》、足場の板なんかも持って行きやがる。たまに鴉が縄っぱしをくわえて飛んでいくが、舎薩の盗みもおおかたそんなものだろう」

しかしそのために外型は一枚だけ造り直しとなり、本来ならとっくに始まっているはずの土塁築造は、現在、延期を余儀なくされている。あと二日もすれば造瓦所の窯に頼んだ新しい型が届くが、おかげで土塁に載せるはずだった鋳込み用の炉が、大仏の四囲に所在なく置かれている有様だった。

「まったく、舎薩が悪ささえしなきゃ、とっくに甑炉の用意も始められたのにな。南備の奴が手下を甘やかすから、こんなことになるんだ」

鋳造に用いるのは煉瓦《れんが》を粘土で継ぎ合わせた、甑炉という筒状の炉。空気を送り込む蹈鞴《たたら》(足踏み鞴《ふいご》)が備え付けられ、これで炉の上から投入した銅を熔かして、樋《ひ》に流し出す仕組みである。

大仏鋳造を始めるにはまず、この甑炉を土塁上に八十基近くも据え付けねばならない。一段分を一斉に鋳造せねば、熟銅の重さで外型が歪《ゆが》むゆえだが、土塁の高さを水平に揃えるためにも、炉の据え付けはすべての外型押さえが終わってからとなる。それだけに猪養の口調には、腹立たしげな気配が濃厚だった。

「とはいえここの奴婢どもは皆、南備の命令にはよく従うからな。三綱も造寺司のお役人も、あの女の扱いには手を焼いておられるのが本当のところなのさ」

「こらあ、おぬしら。いつまでぐずぐずしゃべっておる。食い終えたらさっさと出て行け。明日の仕込みの邪魔じゃ」

宮麻呂の罵声に顔を上げれば、炊屋の客はいつしか真楯たち三人のみになっている。仏頂面の宮麻呂に、猪養がまあまあと軽く手を振った。

「そんなに怒らなくてもいいだろう。それとも何か、最近、飯がうまく炊けないことの八つ当たりか」

「八つ当たりじゃと――」

太い眉をぴくりと跳ね上げた宮麻呂に、猪養はにやりと笑いかけた。

「何せ俺はもう二年半も、ここの飯を食ってるんだ。他の奴らは気付かなくても、俺の舌はだませないぞ。ここ数日、飯の味が落ちてるじゃないか。ひょっとして水汲みがつらくて、井戸を変えたのか」

「ふん、わしがそんなことをするものか。最近、いつもの井戸の水の味が変わっただけじゃ」

宮麻呂は料理には労苦を惜しまぬ男で、水一つにしても、「作事場周りの水は、土臭くてならん」とわざわざ寺域の北端の井戸まで足を運び、造炭所で分けてもらった炭を放り込んで臭いを取る。だが宮麻呂がどれだけ尽力しても、作事真っただ中の寺内の井戸はどうしても水質が落ちるもの。水の味の変化は作事に伴い、地下の水脈に異変が生じたゆえかもしれなかった。

「おぬしが新入りの面倒を見るのは、大いに結構。されどいつまでもここにおられては、炊屋が閉められぬわい。わしはこれより、鰻《うなぎ》を捕りに参るのじゃ。それともおぬしら、漁を手伝ってくれるのか」

仕丁に食わせる蔬菜の大半は、造寺司管轄下の菜園から支給され、足りぬ食材は各炊屋が自らの裁量で調達する。他の炊屋は不足分をすべて市場で仕入れているらしいが、少しでも費《つい》えを減らすためであろう。宮麻呂は暇さえあれば春日山や京はずれの野に赴き、果物や菜を集めていた。

「へえ、鰻とは珍しいな。いったいどこまで行くんだ」

「外京はずれの佐保川《さほがわ》じゃ。釣り好きな写経所の下部に鰻がよく捕れる場所を教えてもろうたゆえ、今朝、仕掛けを沈めて参ったのよ。素人ゆえさしたる数はかかるまいが、うまくいけば一欠片ずつ食わせてやれよう」

「それはありがたいな。浄須の野郎も、鰻なら少しは食が進むかもしれん」

鰻は古来、夏痩せに効く魚とされ、歌人・大伴家持《おおとものやかもち》はあまりの痩軀から「石麻呂」の綽名を持つ友人の吉田連老《きちだのむらじおゆ》に、「石麻呂に　われ物申す　夏痩に　よしといふ物そ　鰻取り食せ」と鰻を勧める歌を送っている。

仏法では、殺生は最大の禁忌。それだけに作事場では表向き肉食は禁じられているが、激しい労務に当たる仕丁が、蔬菜や豆類だけで過ごせるわけがない。炊屋で何が料理されているかについては、造寺司も知らぬ顔を決め込むことにしている様子であった。

「そういえば、四、五日前、浄須の見舞いに行ったが、あの痩せようはどうしたことじゃ。聞いたところでは、飯もちゃんと食っておらぬようではないか」

宮麻呂の言葉に、猪養ははっきりと眉を曇らせた。

「俺たちも無理に食わせようとしたが、腹の方が受け付けないらしい。最近じゃ横になったまま、帯に縫い込んだ守り袋ばかり撫でている。あの様子じゃもう長くなかろうな」

「さようか——」

真楯の隣の小屋に暮らす浄須は、徴用二年目の仕丁。三月前から体調を崩し、寝付いたまま聞かされていた。

休みもろくに与えられぬ日々だけに、労役半ばで身体を壊す者は珍しくない。些細な怪我を悪化させ、そのまま命を失う仕丁も多かった。

「さればあやつのためにも、何としても鰻を持って帰らねばならぬのう。おい、新入り。おぬしらはいかがいたす」

鳰《にお》の湖《うみ》（琵琶湖）を目の前に育った真楯からすれば、鰻捕りなど大した苦労ではない。さりながら鮠人は宮麻呂の言葉に、薄い唇をわざとらしく歪めた。

「俺はやめとくぜ。明日も早いってのに、そんな真似してられるかよ」

「なんだ、鮠人は冷たいんだな。しかたがない、真楯、行くぞ」

率先して猪養が立ち上がったのは、仕丁たちの身を始終案じている宮麻呂に、敬意にも似た感情を抱いているためであろう。

なにせ作事場の中には、仕丁から受け取った米を廉価な糠米《ぬかごめ》に換え、浮いた分を懐に入れるあくどい炊屋もあるという。そんな中、安くて旨い食材のためなら骨身を惜しまず、日々休みなく料理に勤《いそ》しむ宮麻呂は、仕丁たちから実の父とも母とも恃《たの》まれる男だったのである。

浄須のように寝付いた者がいれば無償で飯を届け、少しでも精のつくものをと野山に出かける。加えてこの数日で真楯は、宮麻呂が残った飯を裏の材木置き場に運ぶのは、寺奴婢たちへの施しだと気付いていた。いや、真楯だけではない。猪養も他の仕丁も、宮麻呂があえて多めに食事を作り、残りを炊屋の外に放り出している事実に、知らん顔を貫いている。

貴賤問わず御仏の恵みが下される寺においても、奴婢はあくまで奴婢……家畜同然に扱われる彼らが、食事に満たされる日など一日とてない。仕丁が三度三度食べられる飯も、彼らに与えられるのは日に一度きり。それも糊にされる粉米を煮た粥《しるかゆ》や、馬に食わせる麦糟《むぎかす》（フスマ）で拵えた饘《かたかゆ》など、餌同然の粗末な食い物が彼らの主食であった。

（けどまあ、あんなこと、よくやってるよな）

真楯とて奴婢を憐れみはするが、施しを行おうとまでは考えない。所詮、彼らは生まれながら良民に使役されると定められた存在。やさしくすれば付け上がり、厳しくすれば逃げ出す下種《げす》との見方は、世の風潮からすれば当然のものであった。

作事場を囲む高さ八尺（約二メートル四十センチ）の柵には、ところどころに門が設けられ、造寺司の下役が不寝番をしている。彼らに断って造仏所を出ると、三人は坂を下り、東七坊大路を北に向かった。

外京と呼ばれるこの一帯は、もともと京の町はずれ。灌木《かんぼく》が生い茂る小丘がそこここに残り、草深い野面に人家は数えるほどしかない。

「こう暗くちゃ、何も見えないな。おい、どこに仕掛けを沈めたんだ」

「まったく、口数の多い男じゃな。少しは静かにしておれ」

先に河原に降りた宮麻呂は、折しも昇り始めた月の光を背に受けながら、ざぶざぶと佐保川に踏み入った。

「おお、これじゃ、これじゃ。どれ、入っておればいいが」

猪養は手渡された竹簗《たけやな》を、準備の魚籠《びく》の上でひっくり返した。その途端、夜目にも黒々とした塊が草の上に音を立てて落ち、彼は大きな身体をびくっと後ろに引いた。

「この間抜け、どこを見ておる。足元を逃げておるではないか」

慌てて目をこらせば、二尺を超す大鰻が河原を這いずり、水中に飛び込もうとしている。我に返った猪養が飛びかかったが、鰻はその指をつるりつるりとかいくぐってしまう。真楯は急いで上衣を脱ぎ、それをかぶせて押さえようとした。だが鰻はかえってばたばたと暴れ回り、上衣ごと撥ね除ける勢いでぬかるみの中を這いずり回る。

「まったくおぬしらは手伝いに来たのか、邪魔をしに来たのかどっちじゃ」

川から上がってきた宮麻呂は軽く舌打ちするなり、鰻の頭を手近な石でがつんと叩いた。さすがに動きが鈍ったところを摑み、無理やり魚籠に押し込む。

結局引き上げた五つの仕掛けには、大小八匹の鰻がかかっていた。

「まあ、初めてでこれだけ捕れれば大漁じゃ。とりあえず一匹は浄須に食わせ、残りは小さく切って荒醤《あらびしお》で煮しめようぞ」

と、宮麻呂は上機嫌で、水の滴る魚籠を肩に揺すり上げた。

「この川をもう少し遡ったところには、信深《しじみ》(蜆)がたくさんおるそうじゃ。今は身が痩せてまずかろうが、冬になったら汁の具にしてもよいのう」

「寧楽では冬にも信深を食うのですか」

真楯の問いに、ああ、と宮麻呂はうなずいた。

「おぬしは近江の出であったな。鳰の湖のそれは冬には砂にもぐってしまうと聞くが、ここら辺りの信深は、一年中砂の上をうろついておる。水が違えば暮らしも異なるんじゃのう」

郷にいた頃はしばしば湖で魚貝を捕ったが、あんな小さな信深に違いがあるとは考えたこともなかった。

それにしてもこの炊男は、いったいどこでそんな知識を身に付けたのだろう。

作事内の炊屋で働く者はみな、造寺司に銭で雇われた雇夫。それだけに宮麻呂も夜には元興寺に近い自宅へと帰っていくが、どうやら身寄りは誰もいないらしく、その口から血縁の話を聞くことはついぞない。

本貫地《ほんがんち》（故郷）を離れる流民の数は、相次ぐ飢饉《ききん》や天変地異のせいで、年々増加する一方。京に来さえすればどうにかなると、寧楽を目指す者は数知れぬとも聞いている。ひょっとしたら宮麻呂もまた、どこか遠国から流れてきた一人なのかもしれない。そう考えれば幅広い知識も豪胆な人柄も、何やら合点がいった。

「それにしてもおぬしら、泥まみれになってしもうたな。作事場の井戸で足だけでも洗っていってはどうじゃ」

造仏所が切石洗いや泥捏ねなどの作事に用いる作業用の井戸は、広場の東端、炊屋のすぐそばにある。水量こそ多いものの、金気が強く、およそ飲用には適していない荒井戸だが、手足をすすぐぐらいの用には立つ。

誘われるまま、大仏の前を横切ろうとして、

（おや……）

と、真楯は足を止めた。

灯り一つない作事場の隅を、黒い影がさっと走り抜けた気がしたのである。

「どうした、真楯」

「あそこを今、誰かが通ったような」

「なんだと――」

猪養が険しく目を眇めて闇の彼方を睨むのとほぼ同時に、大仏の側で何か鈍い音がした。驚いてその方角に目を転じれば、足場から黒い影が飛び降り、斜面をまっしぐらに駆け降りて行く。

夜間の大仏近辺への立ち入りは、原則禁じられている。猪養の顔色が、夜目にもはっきり変わった。

「畜生、造寺司の見張りは何をしてるんだッ」

突っかけていた足半《あしなか》を脱ぎ捨てるや、彼は真っ暗な坂道を一目散に駆け出した。

「俺はあいつを追いかける。真楯は大仏の様子を見て来てくれッ」

「は、はいッ」

猪養の大声に気付いたのか、柵近くの番小屋に灯が点き、「どうした、何事だ」という声が坂の下で交錯した。

「もしかすると、大仏に仇なさんとする者かもしれぬな。待て、真楯。わしも行こう」

魚籠を炊屋に放り込むや、宮麻呂は念のためにと長刀子《ながとうす》（包丁）を麻布に包み、真楯の先に立って、大仏に続く道を歩き出した。

皓々《こうこう》と輝く半月のおかげで、界隈《かいわい》は案外明るい。積み上げられた資材の隙間をかい潜り、足場に至る 階《きざはし》を上がったが、これといった異変は見当たらなかった。

「ここは足場の一段目か」

「はい、さっきの人影は多分、この辺から飛び降りたはずです」

一段目の足場は、ちょうど大仏の台座を取り巻く高さに組まれている。恐る恐る身を乗り出せば、中型と外型の隙間に黒々と闇がわだかまっていた。

鋳造が開始されたその日には、この空洞には真っ赤に溶かされた熔銅が流し込まれる。あの小山の如き土仏を気高い鋳造仏に変えるその一歩が、目の前の暗がりから始まるのだ。

そう思えばただの隙間であるはずのこの空間が、底知れぬ深淵の如く感じられてくる。真楯は知らず知らず詰めていた息を、ふうっと吐いた。

「どうじゃ、何かあったか」

「いいえ、別に何も」

そう答えた爪先が、何やら堅いものを蹴飛ばした。

「なんじゃ、型持《かたじ》ではないか。仕丁か工人が忘れていったのじゃな」

中型と外型がくっつかぬよう両者の間に押し込む、円盤状の支え金具である。真楯はそれを見るなり、待ってください、と声を上げた。

「違います。これは大仏の型持ではありません」

「なんじゃと」

宮麻呂がひったくった金属板が、月の光を映じてきらりと光った。型持は鋳造の際、熔けた熟銅と混じり合うように、大仏本体と同じ銅で造られるのが原則。しかし目の前の型持の放つ輝きは、銅にしては妙に白々と明るすぎた。

目の高さまで型持を掲げるや、宮麻呂はいきなりそれにがぶりと歯を立てた。わずかに残った傷をためつすがめつして、ううむ、と呻《うめ》いた。

「夜目ゆえしかとは分からぬが、これは白鑞《しろめ》（錫《すず》）のようじゃな。されど何故白鑞の型持なぞが、ここにあるのじゃろう」

「ひょっとして先ほどの人影が、持ちこんだのではありませんか」

累々と並べられた外型は、一角が不自然に切れている。舎薩が砕いたために、まだはめ込まれていない外型。あの隙間から手を伸ばせば、この型持を隙間に押し込むことは不可能ではない。

「白鑞、白鑞のう。そういえば――」

「どうだ、何か見つかったか」

息せききった声に見下ろせば、猪養がたくましい肩を激しく上下させている。

「あの人影はどうなりました」

「造寺司の奴らと追いかけたんだが、どうにも身の軽い野郎で逃げられてしまってな。――おい、その光ってるのは何だ」

猪養の声に、真楯は宮麻呂が握りしめた型持を振り返った。素人が造ったものではないのだろう。つるりと平たい金属板が、まるで月影の欠片のように、冴々とした光を四方に振りこぼしていた。

三

翌日、日が昇ってから造仏所総出で大仏を改めたが、異変というべきものはやはりどこにも見つからなかった。

唯一不可解なのは、足場に落ちていた型持。さりながら昨夜、宮麻呂は猪養と真楯を険しい顔で睨み、

「これはしばらく、わしが預かる。よいか、このことは誰にも口外してはならぬぞ」

と無理やり型持を持ち去ってしまった。

白鑞は金銀に次ぐ、貴重な鉱物。国内産出量は少なく、その冷朧たる輝きから、仏具や瓶《へい》子《し》、薬壺などにも好んで用いられていた。

まさか宮麻呂が型持を売り飛ばすことはあるまいが、彼は何故自分たちにわざわざ口止めをしたのだろう。それにあのとき、宮麻呂は何かを言いかけていたが、あの後にはいったい、どんな言葉が続くはずだったのだ。

「すみません。腹が痛むので、厠《かわや》に行かせてください」

あまりに気がかりなことが多すぎ、作事の手も思うように捗《はかど》らない。とうとう組長《くみおさ》に嘘を言い立てると、真楯は宮麻呂の炊屋に一散に駆けた。おそらくこの時間、彼は食材を集めに近くの山に登っているはずだ。

しかし人目を避けて飛び込んだ炊屋では、宮麻呂が小さな笥《け》を前に、難しい顔で腕組みをしていた。料理にでも使うのか、中にはなみなみと水が満たされていた。

「なんじゃ、こんな時刻にどうした」

言い繕おうにも、適当な言い訳が出てこない。狼狽《ろうばい》のあまり言葉を失った真楯に、宮麻呂ははははあ、と無精鬚の伸びた顎をひと撫でした。

「おぬし、わしが型持を横取りするのではないかと案じ、作事を抜けてまいったな。まったく、とんでもない疑いをかける奴じゃ」

図星を指しながらも、彼はさして機嫌を損ねた様子もなく、手近な椀を水をたたえた筒に突っ込んだ。

「作事場から戻ってきたばかりでは、喉が渇いておろう。まあ、これでも飲め」

後ろめたさから断ることも叶わず、椀に口を付ける真楯を、宮麻呂はじっと見詰めていた。椀を干すのを待ちかねたように、「その水の味はどうじゃ」と尋ねてきた。

「は、はい。うまかったです」

嘘ではない。甘露とは言い難いまでも、口当たりのまろやかな水であった。

「そうか。うまかったか」

宮麻呂はそう呟くなり、筒に片腕を突っ込んだ。中から取り出したのは、昨日、大仏の側で拾ったあの型持であった。

「本当はその水がうまい道理はないのじゃ。なにせつい一刻ほど前に、そこの荒井戸で汲んだばかりの水じゃでのう」

「どういうことですか」

「この白鑞が、その井戸水の味を変えたのよ。白鑞は古来、水を清め、濁りを取ると言われる鉱物じゃ。上つ方々《かみかたがた》が白鑞で拵えた瓶子《へいし》を尊ぶのはそれゆえじゃが――」

不自然に言葉を切り、宮麻呂はぎょろりとした目を宙に据えた。しかしいきなり厨に走り込むと、大麻笥《おおおけ》に漬けてあった米を笊《ざる》にざばっとぶちまけた。そのままそれを飯炊き用の甑に移し、懸釜《かけがま》に載せて竈にかける。灰に埋もれていた火を掻きたてて大きくしてから、「行くぞ」と真楯を振り返った。

「い、行くって、どこにですか」

「ええい、話は後じゃ。あと半刻で、正午。米が炊けるまでに戻って来られなんだら、どうしてくれる」

何がなんだか、一向にわけが分からない。

半ば引きずられるように外に出れば、折しも大仏の膝先に荷車が寄せられ、仕丁が数人がかりで、二抱えもある菰荷《こもに》を荷台から降ろしていた。

あまりに重そうなその荷の中身は、どうやら造瓦所に造らせた外型らしい。土塁の上で働いていた仕丁たちがばらばらと駆け寄り、さっそく荷ほどきを始めた。

「ふむ、外型が仕上がったのか。なればますます急がねばなるまいて」

そう呟くが早いか、宮麻呂は大仏に背を向け、ぬかるみの多い道を南へ急ぎ始めた。真楯を振り返りもせぬままたどり着いたのは、仕丁たちが寝起きする小屋である。

昼中は全員が出払っているだけに、ずらりと並んだ小屋はいずれも静まり返り、人の気配はない。宮麻呂はその一軒の扉を、躊躇《ためら》いもせずがらっと押し開いた。

その途端、誰もいないはずの小屋の奥で、小柄な影がぱっと立ち上がった。その傍らには薄い褥《しとね》が延べられ、その中から男が一人、水にさらしたように白い顔を闖入者《ちんにゅうしゃ》たちに向けていた。

「具合はどうじゃ、浄須。おや、そこにおるのは舎薩じゃな。またしても作事を怠けおって」

宮麻呂は二人にはお構いなしに、浄須の枕上にどっかりと胡坐《あぐら》をかいた。

「なんじゃ、まだ朝飯を食っておらぬのか。まあよい。今日は夕餉に鰻の粥を拵えてやる。それを食って、一日も早く身体を治すのじゃ」

仕丁として徴用されてきたのだから、年は二十代か三十代。どれだけ老けていても宮麻呂より年下に違いないのだが、げっそりとやつれた浄須の面差しは、八十の齢《よわい》を重ねた翁《おきな》のように生気がなかった。

舎薩は褥の反対側に立ったまま、落ち着かなげに視線を左右に走らせている。それをちらりと眺めやり、宮麻呂は「なあ、浄須」と穏やかな声を病人に投げた。

「以前、おぬしがわしに貸してくれた小仏。あれをもう一度、拝借させてはくれまいか。何しろおぬしも知っての通り、この作事場は水が悪い。いくら炭を沈めても、まずい飯しか炊けず困っているのじゃ」

浄須はきょろりと目だけを動かして、宮麻呂を見た。血の気のない唇をわずかに震わせ、かすれた声を絞り出した。

「あ――あの小仏は、も、もうお貸しできませぬ」

「貸せぬ、貸せぬか。そうじゃろう。おぬしが後生大事に持っておった白鑞の守り仏、あれはすでに大仏の型持に様を変えてしまったのじゃものなあ」

宮麻呂の言葉に、浄須の目がわずかに見開かれた。それと同時に舎薩がぱっとその場を飛び出そうとする。宮麻呂はそんな彼の腕を意外な敏捷さで摑むや、暴れる少年を膝の下に組み据え、

「ええい、逃げずともよかろうが」

と、苦々しげに吐き捨てた。

「わしはおぬしらを叱るために、ここに来たわけではないぞ。とはいえ外型を砕き、作事の邪魔をしたのはちとやりすぎじゃがのう」

その途端、じたばたと暴れていた舎薩がぴたりと身動きを止めた。形のよい目を見張り、

「何だ、気付いていたんだ」

と大きな声を筒抜かせた。素っ頓狂とも言える、邪気のない声であった。

「気付いたのは、つい昨夜じゃ。まったく、他にやりようもあったろうに、なんと荒っぽい手段を使うのやら」

「だって鋳師に頼んだ型持が、なかなか仕上がって来なかったんだから、しかたないだろう。鋳所《いどころ》の工人に頼んだら、すぐ造寺司の奴らに告げ口されてしまうに違いないしさ」

「当たり前じゃ。おぬしのような奴《やつこ》が白鑞の小仏なぞ持ちこめば、盗品と言いがかりを付けられ、取り上げられてしまおうて」

「待ってください。俺には何がなんだか、皆目わかりません」

狼狽して口をはさんだ真楯を、宮麻呂はようやく思い出したように顧みた。膝下に押さえていた舎薩を突き放しながら、

「白鑞の型持は、この浄須の小仏を熔かして作ったものじゃ。こやつらはそれを大仏の型にはさみ込むために、外型を壊し、型持ができてくるまでの日にち稼ぎをしたのじゃよ」

と、事もなげに言い放った。

「舎薩はおおかた、何か盗もうとこの小屋に入り込んだところを浄須に見つかり、頼みを聞

く羽目になったのじゃろう。代わりに何かもらう約束でもしたのか」

「ふん、人の今生の頼みに駄賃をせびるほど、おいらは情け知らずじゃないやい」

口を尖らす舎薩の顔は、意外なほど幼い。額の焼き印さえなければ、郷の悪童と全く変わらぬ、あっけらかんとした表情であった。

「朱元珞《しゅのげんらく》とか言う鋳師のじじい、いま忙しいゆえ型持作りには六、七日かかるとかぬかしやがってさ。そんなことをしてたら、外型押さえが終わっちゃうじゃないか。そこでおいらが型を壊して、型持が仕上がってくるまでの時間稼ぎをしたってわけさ」

宮麻呂にねじり上げられた腕を大袈裟《おおげさ》にさすりながら、舎薩がへへん、と鼻を鳴らした。

「浄須は息災じゃった頃、作事場の水が悪いと嘆くわしに、己の宝とも言うべき小仏を貸してくれたのじゃ。白鑞は水を清め、味をよくする。そのおかげでわしは長い間、うまい飯を炊かせてもろうたわい」

片手にすっぽり収まるほど小さい白鑞の仏はもともと、郡督の妾であった浄須の姉の形見であったという。彼が宮麻呂にそれを預けたのは、労役中に落としては一大事と考えたゆえ。また同時に郷里を離れた仕丁たちに、毎日うまい飯を食わせてくれる彼に、せめてもの恩返しをしようとしてであった。

浄須の病臥《びょうが》を聞いた宮麻呂は、すぐさま小仏を返そうとしたが、彼はなかなかそれを肯《うべな》わなかった。ところがつい十日前、浄須は突然病の身を押して炊屋に現れ、白鑞の仏を返してほしいと言ったのであった。

「わしは正直、おぬしが己の死を悟り、小仏を取り戻しに来たと思うておった。されどそれは誤りだったのじゃな」

言葉の続きを促すように、浄須はゆっくりと瞬きをした。

「毘盧舎那仏の鋳造には、ほんのわずかじゃが白鑞も用いられる。なればあの守り仏程度の白鑞を紛れ込ませても、なんの障《さわ》りもない。そう考えたおぬしはたまたま小屋に忍び込んだ舎薩に頼み、小仏を型持に変えたのじゃろう」

「ど、どうしてですか。その小仏は、姉さまの形見だったのでしょう。それを何故、大仏の一部なぞに――」

真楯には、浄須の気持ちがまったく理解出来なかった。形見というからには、彼の姉はもはやこの世にはおらぬのだろう。己の死を目前にしてその大切な遺品を手放すとは、どういうわけだ。

言い募る真楯に、浄須は妙に静かな眼差しを向けた。何か言おうとわずかに唇を震わせ、結局力尽きたように小さく息をついて目を伏せた。

諦めにも似たその表情が、真楯の胸を不思議に鈍く痛ませた。

「けど型を砕いたのは、失敗だったね。おかげで三綱はもちろん、南備からもこっぴどく叱られちゃったよ。大勢のお人が一日も早い完成を祈ってる大仏さまに手を出すとは、何事だってね」

南備の口調を真似て言い、舎薩は宮麻呂の手から型持をひったくった。

「昨夜、大仏の側にいたのもおぬしじゃな」

「うん、あれはようやく完成した型持をはめ込もうと、足場に上っていたんだ」

「通りかかったのがわしらでよかったのう。他の者であったら、型持に気付かず、そのまま打ち捨てられていたかもしれぬぞ」

「そうかな。浄須の志が分かる人の一人や二人、宮麻呂の他にも作事場にいると思うよ。なんせ大仏さまはこの世の隅々まで照らしてくれる、ありがたいお方なんだからさ」

真楯は我知らずまじまじと、舎薩の顔を見つめた。御仏の慈悲にも与《あずか》れぬはずの奴婢が大仏を崇《あが》めているという事実が、どうにも意外でならなかった。

自分たち仕丁にとって、大仏は厳しい労役をもたらすものでしかない。さりながら舎薩や死に瀕した浄須は、あの巨仏が救いをもたらすと信じて疑おうともしない。なぜだ。なぜ姉に先立たれ、自らも病に倒れた浄須や、生まれながら牛馬同然に扱われ続けている舎薩が、天皇の気まぐれから出たあの仏によって百姓《ひゃくせい》が救われると思えるのだ。

どうしても解けぬ疑問が、胸の中でぐるぐると回っている。彼らに比べればはるかに幸運である自分には、あの巨仏がさして尊いものとは思えない。それがひどく、罰当たりなことであるような気すらした。

「ところで舎薩、先ほど最後の外型が作事場に運ばれてきておったぞ」

「えっ、予定より一日早いじゃないか」

「造寺司が窯を急《せ》かしたのじゃろうな。午後からはきっと、土墨造りが始められよう。急いで型持を押し込まねば、次の機会は相当先になるぞ」

「けどおいらが大仏に近づいたら、使部どもがまた目くじらを立てるよなあ。しかたない、これをはめ込む仕事は、よそに譲るか」

え、と思う暇もない。舎薩は無理矢理真楯の手に型持を押し込み、ひょいと身軽に跳ね立った。

「他の奴らの目を盗んで、うまいこと型の間に入れとくれよ。せっかくあれだけ苦労したんだからさ」

驚いて見回した目が、褥に横たわる浄須のそれとかち合った。骨と皮ばかりに痩せ衰えた頬には、小さな笑みが浮かんでいる。真楯がそれを引き受けることを信じて疑わぬような、安心しきった微笑であった。

よりによって自分に、あの大仏にすがる手伝いをしろだと？　冗談じゃない、という言葉が口を衝きかけ、喉の途中でふと消えた。

仏が本当にいるなど、真楯は思った例《ためし》がない。それを信じることでよい思いをしたという者も、見た例がない。さりながら少なくとも今、死につつある目の前の男は、白鑞の型持一つを便《よすが》に仏への結縁《けちえん》を願い、それが果たされることだけを熱望している。そうすることで亡き姉もまた御仏の慈悲に縋《すが》れると、この男は信じ切っているのだ。

（それで――それで浄須は楽になれるっていうのか）

真楯の背に、しびれにも似たものが走った。

そうだ、この男は大仏に全てを委ねんとしている。

ならば大仏が天皇の妄信の結果であろうとも、そんなことはどうでもよい。大切なのはこの浄須がまだ見ぬ大仏を信じているという、その一事。死にゆく男が目に見えぬ慈悲に身を委ねる事実の前には、大仏が何によって造られるかなど大した話ではないではないか。

こちらに向けられた浄須の眼差しに、真楯はゆっくり一つうなずき返した。どんよりと曇った病人の双眸《そうぼう》に、わずかな光が宿ったかと見えたとき、遠くで鈍い鼓の音が響いた。

「わっ、いかん。もはや正午ではないか」

宮麻呂が大声とともに、尻を火で焙《あぶ》られたように飛びあがった。

「ええい、とんだことで時間を食ってしもうた。真楯、それもこれもいらぬ説明をさせたおぬしが悪いのじゃぞ。型持を型に押し込んだら、すぐさま炊屋の手伝いに来い。時間がないゆえ、今日の中食もまた茸汁じゃわい」

言うが早いか、宮麻呂はあたふたと小屋を飛び出して行く。あっという間に遠ざかるその背を見送り、真楯は型持を強く握りしめた。白鑞の驚くばかりの冷たさが、静謐《せいひつ》な泉から湧き出た水のように、心の底に静かに染み透って来た。

(毘盧舎那大仏、か……)

自分たちを激しい労役に駆り立てる大仏造営を、疎ましく思わぬ日はない。さりながらこの作事場で働き続けていれば、いずれ浄須が何を思って仏への結縁を求めたのか、少しは理解できる日が来るように感ぜられた。

大山を削り、国銅を費やして大仏と大寺を造れと、天皇は詔《みことのり》した。無論、真楯の心の中にはまだ、この作事に対する反発がまさに高き山の如くそびえている。しかしその峰がほんの少し崩されたかに思われるのは、錯覚であろうか。

浄須はいつしか薄い瞼を閉ざして、軽い寝息を立て始めている。開け放したままの小屋の扉から吹きこむ秋風が、褥の裾を微かに揺らした。

東大寺大仏鋳造開始を半月後にひかえた、痛いほど陽射しの澄んだ晩秋の日であった。

与楽の飯

一

昼過ぎからちらつき始めた雪は、日が傾くに従って本降りに変わった。

この分では明朝の作事場は、一面の雪景色になるだろう。坂の下から吹きつける寒風に首をすくめ、真楯《まて》は、

「まったく、今日はえらく冷えるな」

と、灰色の雲が低く垂れこめた空を、うんざりと見上げた。

繁華な京《みやこ》を一望するこの丘が、東大寺及び毘盧舎那《びるしやな》大仏《だいぶつ》建造の場に選ばれたのは三年前。さりながらいくら景色のよい高台といっても、そもそも寧楽《なら》の京は内陸の盆地。夏は嫌になるほど蒸し暑く、冬には湿気を帯びた寒さが足元からじわじわ這い上がってくる。

吹きすさぶ寒風のせいで、一日の労役で汗ばんだ身体があっという間に冷えてゆく。ぶるっと大きく身震いして、真楯は両手をこすりあわせた。

巨大な土仏の周囲に外型《そとご》を据え、下から鋳込みを重ねて大仏を鋳る計画は、ようやく一回目の鋳造《ちゆうぞう》が終わったばかり。現在は二段目の外型が大仏の膝までを覆い、そのぐるりには幅四間もある土塁が巡らされていた。

「おおい、のんびりしていると風邪をひくぞ。みなさっさと小屋に戻って着替えろ」

雑然と資材が積まれた広場の真ん中で、仕丁頭《しちようがしら》の猪養《いのかい》が声を嗄《か》らしている。真楯はその声に、温石《おんじやく》を足場の上に忘れてきたことを思い出し、小さく舌打ちをした。

石を真っ赤に焼いて布でくるんだ温石は、真冬の作事には欠かせぬ防寒具。今夜のうちに石焼き当番の仕丁に石を渡しておかねば、明日は一日中寒さに震える羽目になる。

大急ぎで足場に上って温石を探し出し、冷え切った包みをやれやれと懐に納めたときである。

「おい、真楯。ちょっと降りてきてくれ」

見回せば、土塁にかけた梯子《はしご》の下で、同輩の小刀良《ことら》が手を振っていた。

石見国《いわみのくに》からやってきた小刀良は、真楯より五歳年長。体力はないが、外型の泥塗りなど手間のかかる作業を得意とし、酔うと必ず故郷に残してきた娘と妻の話をして涙ぐむ気弱な男であった。

「炊屋《かしきや》が大混雑で、宮麻呂《みやまろ》が手伝いを寄越せと喚《わめ》いているんだ。手が空いているなら、来てくれないか」

「ちょっと待てよ。うちの炊屋はつい先月、水仕女《みずしめ》を雇ったばかりじゃないか。その上更に、人手が要るってのか」

「ああ、あの牟須女《むすめ》って女だろう？　一人や二人でどうにかなるような、そんな生易しい忙しさじゃないんだ。とにかく手を貸してくれ」

東大寺作事場には所（部署）ごとに炊屋が置かれ、労役に就く者は誰でも規定量の米と引き換えに食事を与えられる仕組みである。

大小合わせて十数軒ある作事場内の炊屋の中でも、造仏所のそれは炊男《かしきおとこ》・宮麻呂の作る飯の旨さで知られ、造瓦所や木工所など他所《よそ》で働く男までもが押し寄せる繁盛ぶり。加えてこの三月ほどは、農閑期のみ徴用される役夫《えきふ》もそこに加わり、時分どきには外まで行列が出来ることも珍しくなかった。

さりながらこれまでどんな混雑も獅子奮迅《ししふんじん》の働きぶりで乗り越えていた宮麻呂が、今日に限って音《ね》を上げるとは何事だ。

急《せ》かされるまま、炊屋に駆け付ければ、なるほど仮屋の周囲には十重二十重の人だかりが出来ている。それが仕丁や役夫ではなく、つぎはぎだらけの衣をまとった老若男女と気付き、真楯は小刀良を振り返った。

「なんだ、こりゃ。いったいこいつら、どこから来たんだ」

「行基菩薩《ぎょうきぼさつ》さまのご誘引で、手伝いに来てくれた在家の方々だよ。今日は造瓦所で、三段目の外型に使う土を捏《こ》ねて下さっていたらしい」

「ああ、行基さまのお弟子衆か」

なるほど、行列の中には黒衣円頂《こくいえんちょう》の沙弥《しゃみ》も交じっている。行基らしき老僧の姿はないが、

「おとなしく列に並ぶのじゃ。飯を食い終わったら椀を裏の井戸で濯《すす》ぎ、順に菅原寺《すがわらでら》に引き上げよ」

と怒鳴っている中年の禿頭《とくとう》が、どうやら一行の引率者のようだった。

それにしても行基の一声でこれほど大勢の老若男女が参集するさまは、幾度見ても驚かされる。疲労に目をくぼませながらも、どこか嬉しげな彼らの顔を、真楯は感嘆の思いで眺めた。

行基はもとは河内国《かわちのくに》生まれの一介の僧侶。若い頃に寺を飛び出し、貧民の救済や治水・架橋工事にたった一人奔走する彼を、民衆はすぐに仏の化身と崇《あが》め始めた。

しかし当時の朝廷はそんな行基を、民衆の煽動《せんどう》者として警戒。弟子の中に公的な出家の手続きを経ていない僧が多いことをあげつらい、師たる行基を人々を誑《たぶら》かす妖僧と目の仇にした。

とはいえ幾ら官が謗《そし》ろうとも、行基が断行した慈善事業までなかったことにはできない。飢えや病に苦しむ者のため、不屈の精神で奔走する姿に心を打たれたのであろう。やがてその高潔な人柄に心酔し、

「何卒、布施屋《ふせや》の振る舞いにお使いくだされ」

と、有り余る禄の中から寄進を行なう高官も現れ、ついにはその評判を聞いた首《おびと》（聖武《しょうむ》）天皇までもが、行基を宮中に招聘《しょうへい》。国内僧侶の最高位・大僧正に任ぜられ、大仏勧進《かんじん》の聖《ひじり》として協力を仰がれるに至ったのも、ひとえに朝廷がその存在を「衆庶の教導には不可欠」と認めたゆえであった。

実際、笞《むち》に打たれてもなお労役に服さず、隙あらば逃散《ちょうさん》を目論む人々が、行基の激励を受ければ、勇躍無償の奉仕に励まんとするのは、否定のしようのない事実。堤を築き、池をさらえ、路傍に倒れた貧民を甲斐甲斐しく布施屋に引き取る彼は、仏を信ぜぬ者にも慈悲の心を教え、捨身の利他行とは何たるかを諭す、生ける菩薩そのものだったのである。

だが幾ら大仏建立《こんりゅう》の志が貴くとも、行基とその弟子にはなさねばならぬ務めが山のようにある。加えて暑さ厳しき夏、厳寒の冬ともなれば、布施屋に担ぎ込まれてくる貧民の数は激増し、猫の手も借りたい忙しさ。このため本日のように、弟子たちが大挙して作事場に来るのは、せいぜい月の半分程度……天候次第では十日も二十日も姿を見せぬこともたびたび

であった。

炊屋内も相当混み合っているらしく、信者たちの列は一向に動く気配がない。しばらくすれば、いったん小屋に戻った仕丁たちも炊屋に押しかけて来よう。

この調子じゃ晩飯にありつけるのは夜中かもな、と真楯が顔をしかめたときである。

「ちょっと、何突っ立ってるのよ。ぐずぐずしてないで手を貸してちょうだいな」

人垣をすり抜けて炊屋から出て来た娘が、真楯たちに甲高い声を浴びせかけた。両手で提げた巨大な汁鍋の重さに、足をふらつかせている。ひと月ほど前から宮麻呂の手伝いをしている、朱《しゅの》牟須女であった。

「蒸し上がったばっかりの甑《こしき》が厨《くりや》にあるから、真楯、持ってきて。ああ、小刀良はそこに石を組んで。この鍋を置くんだから、早くしてよね」

歯切れのよい物言いとぽってりとした餅肌が目を惹く彼女は、造仏所の雇工である鋳師・朱元珞《げんらく》の一粒種。父親の忘れ物を届けに来た際、あまりの炊屋の混雑ぶりに助っ人を買って出た働き者である。

下膨れの頬は水煮の卵のように瑞々しく、十七歳という若さを如実に物語っている。とはいえ少々肉付きのよすぎる体軀といい、少々上を向き過ぎの鼻といい、年頃の淑《しと》やかさとは程遠い、気丈で逞《たくま》しい娘であった。

「これはお坊さま用の精進の汁なの。在家の方々はそのまま列に並んでいてね。もうすぐ次の飯が蒸し上がるから、そんなに時間はかからないはずよ」

周囲に説明する声を背に人垣をかき分ければ、厨では額に汗止めの布を巻いた宮麻呂が、細かく刻んだ獣肉を鍋で炒めていた。そのかたわらでは娘に手伝いを命じられたらしい朱元路が、並んだ人々の椀にせっせと汁を注いでいる。

年が明ければ六十二歳になるという元路は、左京の東市近くで工房を営む鋳師。現在は大仏鋳造を取り仕切る大鋳師・高市大国《たけちのおおくに》の配下として、もっぱら若手鋳師の指導に当たっている人物であった。

「おお、真楯か。法弟衆の飯は、そこの甑じゃ。外が一段落したら、こちらも手伝ってくれ。今宵の汁は猪《いのしし》じゃぞ」

無精鬚《ひげ》の生えた顎で、宮麻呂は旨そうな匂いを上げる鍋を指した。

炊屋がどれほど混み合っても、彼は決して料理の手を抜かない。仮にどれだけ待たされたとて、屈強な仕丁が苦情の一つも言わぬのは、この四十男が作る飯が他の炊屋のそれとは到底比べものにならぬことを、よく承知しているゆえであった。

「それは楽しみですが、外のお坊さま方も同じ猪汁ですか」

「間抜け。不殺生の戒を守る坊主どもに、四つ足を食わせるわけにはゆくまい。牟須女が運んで行った汁の具は、冬薯蕷《じょうよ》じゃ。本当はこの時期、薯蕷を掘るほうが苦労なのじゃがな」

言いながら宮麻呂は、厨の壁に吊るされた小ぶりな弓矢に目を走らせた。

彼は最近、暇さえあれば、兎や小鳥を獲るべく春日山に分け入っている。さすがに猪のような大物は仕止められないようだが、立派な雄鹿を一人で持ち帰り、皆を驚かせたこともあった。

「だいたい大徳のお弟子衆は、今日は造瓦所を手伝っておったのじゃろう。飯ならあちらの炊屋で食えばよかろうに、なぜ列をなしてここに押しかけてくるのじゃ」

「そりゃ、造瓦所の飯よりおぬしの飯のほうが、旨いからに決まっておるわ」

真楯より先に、元珞が忙しく汁を注ぎながら口を挟んできた。

「わしも一度あの炊屋で食ったことがあるが、まあ米は半煮えじゃし、汁なぞ芋の泥が底に溜まっておる始末。仮に銭が要らぬとしても、あんな飯は二度とご免じゃ。行基さまのお弟子衆とて、そういうところはちゃんと承知しておるのじゃろう」

眉をひそめた顔は鶴のように細いが、血色は驚くほどよい。真っ白な髪にさえ目をつぶれば、宮麻呂とさして年が変わらぬようにも見える、恐ろしく矍鑠《かくしやく》とした老爺であった。

肉を炒める手を止め、宮麻呂は軽く鼻を鳴らした。

「在家の連中はともかく、常々、口腹の欲を戒めておる坊主どもまでが、飯の味をとやかく言うとはのう。まったく呆れた話だわい」

「おいおい、坊主の悪口は止《よ》せ。三宝を尊ばずば、後世が悪うなるぞ」

「ふん、誰かに救ってもらおうなどと、わしはこれっぽっちも考えておらぬわ。だいたい坊主や仏が、何をしてくれる。目に見えぬ仏などよりも、今生きる人間のほうが大事であろうが」

毒づく宮麻呂に元珞はやれやれと首を振り、

「ところで宮麻呂は、造瓦所の炊屋の悪評を聞いておらなんだのか」

と、強引に話題を転じた。

「うむ、わしは炊男仲間と付き合いがないでのう。それでも造瓦所炊屋は半年ほど前に炊男が代わり、今は秦緒《はたお》なる男が仕切っておるとは小耳に挟んでおるぞ。顔を合わせたことはないが、それほど炊事が下手なのか」

「下手どころの話ではない。あれでよくもまあ、炊屋を預かっていられるものじゃ」

「道理で最近、造瓦所の連中が大勢うちに来るようになったわけじゃ。されどそんな飯を出しておっては、いずれ造寺司から叱責を食らおうに」

肉がおおかた焼けたと見て、宮麻呂は鍋にざばっと水を注ぎ入れた。ひと煮立ちするのを待ち、野蒜《のびる》（葱《ねぎ》の一種）とぬるま湯で戻していた干し蕪《かぶら》を放り込む。

猪汁は通常は末醬《みそ》（味噌）で味つけされるが、宮麻呂の作るそれは最後に刻んだ青菜と蜀《なる》椒《はじかみ》（山椒）の実が加えられ、ぴりっとした辛さが特徴。身体が温まり、仕丁たちにも大人気の料理であった。

「おぬしらの分は残しておくゆえ、しっかり働いてまいれ。——さあて、食い終わった者はさっさと出て行けよ。今宵は後がつかえておるでなあ」

数人の男が宮麻呂の声に応じて立ち上がったとき、表でけたたましい悲鳴が上がった。ついで何かが倒れる音や、男女の罵声がそれに重なった。

「ふむ、喧嘩か。人間、腹が空くと堪《こら》え性《しよう》がなくなっていかんのう」

元珞が杓子《しやくし》を握ったまま耳をそばだてたが、よもや行基の弟子たちが飯の順番を争うとも考え難い。

「様子を見て来ましょう」

と、真楯が外に走り出れば、先ほど牟須女が運んできた鍋がひっくり返り、粘り気のある汁が辺り一面に飛び散っている。

中身を頭からかぶったのだろう。かたわらの男の袖をすさまじい形相で摑んでいる牟須女の全身も、見事に濡れねずみであった。

「ちょっと、何したのかわかっているのッ。これは行基さまのご法弟さま方に召しあがっていただくため、特別に作った汁なのよ」

頭から湯気を立てんばかりの怒りように、袖を掴まれた男は小さな目を瞬かせ、おどおどと周囲を見回した。ちんまりと中心に寄った目鼻立ちが、どこか兎を思わせる三十男であった。

「し、汁がひっくり返ったのは、俺のせいじゃないぞ。おまえがぼんやりそこに立っていたのが悪いんだ」

「莫迦《ばか》言うんじゃないわよ。今あなた、あたしや小刀良の目を盗んで、汁を盗み飲みしたじゃない。ちょっと小刀良、あなたも見てたわよねッ」

「そ、そうだ。ほれ、その手の中の木椀が何よりの証拠だぞ」

突然の騒動に狼狽《ろうばい》しているのだろう。かくかくと小刻みに首をうなずかせながらの証言に、男ははっと片手の木椀を懐に押し込んだ。

どうやら盗み食いを企んだ男が、逃げようとして鍋を覆したらしい。

薯蕷汁はすりおろした山芋を、醤《ひしお》の汁に溶き入れたもの。折からの寒さで、汁が冷め始めていたのか、幸い火傷はしておらぬようだが、牟須女の肩や髪には山芋が溶けかけの雪の如くべったりこびりついていた。

飯の順を待っていた男女は、みな顔を強張《こわば》らせて三人を遠巻きにしている。見捨てておけぬと思ったのか、引率役の僧が大手を広げて、彼らの間に割って入った。

「とりあえず、双方落ち着きなされ。汁を打ち倒したのは、確かに褒められぬ所業。されどこの者とて、悪気があったわけではなかろう」

「違いますッ。この男ははっきりと、薯蕷汁を盗もうとしていました。この目で見たんだから、間違いありません」

牟須女がきっと眉を吊り上げて詰め寄るのに、僧侶はまあまあと片手を振った。

「なるほど、そうやもしれぬ。されど人の心は弱いもの。怒れば、人を殺《あや》めもしよう。腹が空けば、盗みもしよう。責むるべきはその惰弱なる心であって、犯した過ちではないわい」

「そんな綺麗事はどうでもいいんですッ」

説教じみた僧の言葉を、牟須女は突然、甲高い声でぶった切った。

さすがにこんな反駁《はんばく》は予想していなかったらしく僧侶の大きな口がぽかんと開かれた。

「問題はこの薯蕷汁なんですッ。この季節、寒い山中で薯蕷を採るのがどれだけ大変か、お坊さまはご存知なんですか。それとも今回はしかたがないと、精進の誓いを捨て、皆と同じ猪汁を飲んでくださるんですか」

「あ、いや、我らは出家の身。肉食は御仏《みほとけ》の禁ずるところにて——」

「だったら黙っててください。だいたいこの混雑の最中、もう一回お坊さまの食事を作るのがどれだけ大変か、考えてもおられぬくせにッ」

親子ほど年の離れた彼女に、中年の僧は完全に気圧《けお》されている。うなじを決まり悪げにかき、地面にぶちまけられた汁に目を落とした。

毘盧舎那仏造営に協力する行基の弟子たちに、官は無償の食事提供はもちろん、百二十日の労役奉仕を果たした在家の信者には出家を許すという、異例の優遇措置を取っていた。それもこれもすべて首天皇の意に基づくものだが、それで振り回される現場の者は正直たまったものではなかった。

もちろん治水工事や道路整備、布施屋及び道場の設置など、数々の利他行を行なう彼らに、尊敬の念を抱かぬわけではない。だが毎日多忙な牟須女からすれば、手を割いて拵《こしら》えた汁をひっくり返された上、怒る側が悪いとばかりに説法をされては、たまったものではなかろう。

彼らのために、わざわざ肉魚はもちろん蒜《ひる》や韮《にら》などの五辛を避けた料理を作らされる点も、腹に据えかねている様子であった。

「どうした。何を派手に騒いでおる」

振り返れば宮麻呂が真楯の肩越しに、牟須女たちを眺めている。猪汁が煮えるまで、少し手が空いたのであろう。半開きにされた板戸の隙間から流れてくる空気が、ひどく暖かであった。

「ご出家用の汁鍋を、あの男が覆したようです。それをまたあれなる坊さまが取り成したものだから、牟須女が怒ってしまって――」

「なんと、薯蕷汁をか。やれやれ、せっかく佐保山《さほやま》まで足を運んで掘ったものを、無駄にしてくれるとはのう」

溜息交じりに呟き、宮麻呂は無造作に人垣をかき分けた。

その向こうでは男が牟須女と小刀良に前後を挟まれている。男に汁の物代（代金）を請求するのかとの真楯の予想を裏切って、宮麻呂は転がったままの鍋にまっすぐ歩み寄った。

そのまま周囲を一顧だにせず、彼が泥まみれの鍋を拾い上げたときである。

「お、おぬし、宮麻呂ではないか――」

先ほどの僧が、人垣の中で驚愕の声を迸《ほとばし》らせた。

呼ばれた宮麻呂の側は、さして動じた風もなく、四角い顔をゆっくりと声の方角に向けた。おや、と言うようにほんの少し片眉を上げ、呆然と立ち尽くす僧に一歩あゆみ寄った。

「誰かと思えば栄慶《えいけい》か。行基大徳のお弟子衆が来ているとは存じていたが、河内国報恩院《ほうおんいん》の経営にかかりっきりだったおぬしまでが、ここに出向いておるとはのう」

「み、宮麻呂。本当におぬしなのか」

栄慶と呼ばれた僧は、信じられぬと言いたげに宮麻呂の全身を眺めまわした。あまりの驚きのせいか、いかつい下顎がまたしてもぽっかりと落ちていた。

「おお、わしじゃ。なんじゃ、その幽鬼ではと疑うような面《つら》は」

「疑いたくもなるわい。おぬしが我らの元を去って十四年、いや十五年にもなるのじゃぞ。その間、どこで何をしておった。いやそれより先に、おぬし、なぜ東大寺におるのじゃ」

彼らのやりとりから推すに、栄慶は宮麻呂の旧知らしい。それにしても、「我らの元」とはどういう意味だ。それではまるで、宮麻呂が行基の弟子だったようではないか。

（いや、待てよ）

大仏建立を発願《ほつがん》した首天皇はかつて、一枝の草、一把の土でも大仏のために持ち来たる者があらば、悉《ことごと》く許せと詔《みことのり》した。

これに真っ先に応じたのは、有り余る財物を有し、何とか天皇の歓心を買わんとする貴族たち。その一方で諸国には、大仏のために寂しい懐から何とか銭を捻出する者、それすら持たず、己の労働を以て奉仕に代えんとする貧しくも信心深い男女も多数存在した。

行基の誘引を受けて作事場を手伝う人々は、まさにその代表。しかし大仏建立への協力は、金品の寄進や労働がすべてではない。

この丘で働く、何百人もの仕丁。首天皇流に言えば彼らはみな御仏の弟子であり、そんな仏弟子たちの腹を満たし、身体具合を気遣うこともまた、大仏造像の知識と呼び得るのではないか。

とはいうものの、日頃、仏と坊主を貶《けな》して憚《はばか》らぬ宮麻呂が、そんなことを考えているとは信じ難い。たまに行き合う東大寺僧にも頭一つ下げぬ姿を思い出してあれこれ首をひねった末、

（ああ、そうか――）

と、真楯は内心大きくうなずいた。

宮麻呂が行基の弟子だったというのは、どう考えてもやはりおかしい。以前、真楯は宮麻呂がどこか他国から京に流れついたのではと疑ったが、きっと彼はかつて諸国を遍歴する間に病みつきでもして、布施屋に助けられているのに違いない。いきなりいなくなったと言いたげな栄慶の口振りも、そう考えれば納得がゆくというものだ。

「あッ、こら待ちなさいッ」

しかしそんな想像は、牟須女の大声で突然破られた。見れば先ほどの汁盗っ人が、小刀良の手を振り切り、人垣の中に逃げ込みかけているではないか。

万事のんびり屋の小刀良は、おろおろするばかりで役に立たない。何やってんだ、と舌打ちして、真楯は牟須女とともに人垣の中に飛び込んだ。

男は周りの者を誰彼構わず突き飛ばし、足をもつれさせながら一目散に駆けてゆく。そうでなくとも日没を過ぎ、夕闇は濃くなる一方。そんな中で、食事のため小屋から登って来た仕丁たちの列に紛れられては、到底見つけ出せるわけがない。

「口惜しいッ、見す見す逃がしちゃうなんて」

半刻《はんとき》ほど探し回った末、空手のままどちらからともなく大仏正面の広場に戻ると、牟須女は大きな口を歪《ゆが》めて、地団駄を踏んだ。

日がとっぷり暮れた作事場は、炊屋帰りや女を買いに出かける仕丁たちが行き交い、昼間の賑やかさの名残をそこここに留めている。

行基の弟子衆は、さすがに食事を終えて寺に帰ったのだろう。造仏所炊屋の列は消え、中では食事を終えた仕丁ががやがや世間話をしているばかり。汗ばむほどの人いきれが、寒さに凍えていた身体をわっと押し包んだ。

二

肩を落とした二人の姿に、宮麻呂はすぐに事の首尾を悟ったらしい。ちらりとこちらを見ただけで何も言わぬ態度がかえって申し訳なく、

「ご出家方の汁は、あの後、作り直されたんですか」

と、真楯はもごもごと問うた。

「いいや、何せあまりに忙しく、その暇が取れんでな。菜と飯だけで勘弁してもろうたわい」

宮麻呂は蔬菜《そさい》のあく抜きや肉の筋切りといった下ごしらえにも、決して手を抜かない。鍋をひっくり返されたとはいえ蕪雑《ぶざつ》な料理を出すことは、炊男の意地が許さなかったのだろう。布拭きをしていた椀を棚に納め、宮麻呂は手早く膳の支度を始めた。

「そんなことより、真楯もさっさと食え。それ、菜じゃ」

炊屋の飯は一汁一菜が基本。猪汁と干し菜の塩漬けを目の前に置かれた途端、真楯の腹がぐうと鳴った。

「牟須女も片付けはよいゆえ、飯にしたらどうじゃ。親父どのを待たせるのも申し訳ないわい」

「いやいや、宮麻呂どの。そんな気遣いは無用にしてくだされ。雇女《やといめ》の賃金は、一日七文が定め。それに見合う働きをせずば、遠慮なく明け方までもこき使って構いませぬぞ」

おそらくどこぞの物売りから、濁酒でも求めたのだろう。長卓の端で調子っぱずれな声を張り上げた元珞の頬は、先ほどより更に赤らんでいる。

作事場のぐるりには高い柵が設けられているが、これは銅や炭などの資材持ち出しを防ぐためのもの。外から酒や菓子を運んで来る物売りには、見張りの使部《つかいべ》(下級役人)も快く出入りを許してくれる。

仕丁の大半は銭を持っていないが、物売りの側もそこは心得ており、米と商品の交換に応じるばかりか、頼めば余った米の買い取りもしてくれる。女を買いに出かける者はそれで銭を得られる上、糟《かす》が底に溜まったような安酒でも、冷え切った身体を暖めるには重宝する。ろくに休みも与えられぬ作事場において、物売りは仕丁には欠かせぬ存在だったのである。

「言われなくたって、賃金分の働きはしてるわよ。それより親父どの、また酒を飲んでるのね」

「おお、飲むが悪いか。なにもおぬしの稼ぎで買うたわけではないぞ。老いたりとはいえこの朱元珞、大鋳師・高市大国さまの右腕の座は、いまだ誰にも譲っておらぬわい」

けけけけ、と怪鳥《けちょう》の如き声で笑う元珞に、牟須女は呆れた様子で腕を組んだ。

「何言ってるのよ。親父さまは酒さえ飲まねばよい鋳師なのじゃがとこぼしてらっしゃるのは、他ならぬ大国さまじゃない」

「そ、それはそうじゃが。なにしろお頭さまは酒を一切飲まれぬゆえ、その旨さをご存知ないのじゃ」

「だいたい明日は朝から鋳師総出で、炉の支度をするんでしょう？　酒を過ごして寝坊しても、知らないわよ」

矢継ぎ早の娘の言葉に、元珞は見ている側が気の毒になるほど意気消沈した。

祖父と孫ほど年が離れている点からして、牟須女は遅くに出来た愛娘に違いない。口から先に生まれてきたような威勢のよさは、老父が甘やかしたせいだろう、と真楯は胸の中で勝手に決めつけた。

「まったく、親父どのは飲み出したら、きりがないんだから。あたしはまだ片付けがあるから、その一杯を空けたら、先に帰ってちょうだいよ」

一息にまくしたてるや、牟須女は腕まくりをして櫃に山積みになった椀や鉢を洗い出した。むっちりとした二の腕が、しきりに煤《すす》を上げる灯明の灯を映じてほんのり紅色に染まっていた。

「ああ、それにしても腹が立つったらないわ。あの汁盗っ人ったら、今度見掛けたら絶対に捕まえてやるんだから」

口汚く罵りながら、牟須女は藁束子《たわし》で乱暴に木椀をこすった。四方八方に盛大に水が散り、洗い終わった椀を布で拭いていた宮麻呂が、鬚に飛んだ雫《しずく》を手の甲でこっそり拭った。

「衣はお仕着せじゃなかったから、どこかの工人か雇夫よね。あの兎みたいに臆病そうな顔、決して忘れてやらないんだから。――ねえ、宮麻呂はここに来て長いんでしょ。あの男に見覚えはないわけ？」

「雇夫は入れ替わりが激しいでなあ。ここの客なら顔も覚えておるが、あの面はお目にかかったことがないわい。造仏所の者でないのは間違いなかろうが」

「そうね。あんまり日焼けしてなかったし、軽く足を引きずっていたわ。だとすると、写経所か絵所《えどころ》にでも勤めているのかしら」

わずかな間に、牟須女は案外細かい点まで見ていた。

確かに先ほど、男はひどく足をもつれさせていた。狼狽のあまりとばかり決めつけていたが、あれは悪い足で無理やり駆けていたからか。ともあれそんな特徴があれば、素性を明らかにするのは容易《たやす》いなと真楯が考えていると、

「はて、足が悪い男とな。ひょっとしてその男、目鼻立ちのちまちました、見るからに大人しげな奴か」

元珞が水音に負けじと、声を張り上げた。

「ええ、そうよ。でもそんな面で盗み食いをしようってんだから、人間、見掛けだけじゃわからないわよね」

「ふむ。わしの記憶に誤りがなければ、そ奴は秦緒とか申す造瓦所の炊男じゃ」

造瓦所の炊屋といえば、ついさっき、味の悪さで評判と噂したばかりの炊屋ではないか。だが真楯が声を上げるよりも早く、牟須女は洗いかけの椀を凄まじい勢いで水麻笥《みずおけ》に叩き込んだ。

「炊男ですってえ」

素っ頓狂な声を上げたその顔は、怒りのあまり真っ赤に染まっている。居残っていた仕丁たちが一斉に驚きの目を注ぐのにも構わず、彼女は全身をわなわなと震わせた。

「わかったわ。この炊屋の評判がいいのを妬《ねた》んで、どんな料理か偵察に来たのね。それだけならまだしも、せっかくの汁を鍋ごとひっくり返して逃げるなんて、なんて性悪なのかしら」

「悪気があって逃げたわけではあるまい。人間誰しも思いがけぬ事態に遭えば、後先など考えられぬものじゃ」

傍らの宮麻呂の声は、他人事《ひとごと》の如く落ち着いている。あまりに冷静なその態度に、牟須女は子どもじみた仕草で頬を膨らませた。

「なによ、宮麻呂まであの坊さまみたいな口きいちゃって。いいわよ。明日にでも造瓦所の炊屋に押しかけて、汁の代金をふんだくってやるんだから」

牟須女は一人でそう腹を立てていたが、翌朝、それどころではない騒動が造仏所内に持ちあがった。造寺司の役人が炊屋に押し寄せ、宮麻呂に東大寺僧に生臭物を食べさせた嫌疑がかかっていると告げたのである。

「莫迦な。宮麻呂がそんな真似をするわけなかろう」

造仏所炊屋は日の出とともに開く。造寺司の役人が厨の扉を蹴破ったとき、炊屋ではすでに大勢の仕丁があわただしく朝餉《あさげ》をかきこんでいた。

容疑を聞かされて血相を変えた猪養に、使部を率いてきた役人が「まあ落ち着け」と片手を上げた。

以前、真楯や小刀良をこの作業場まで連れてきた、根道《ねみち》とかいう主典《さかん》であった。

「この炊屋の評判は、我らもよく承知しておる。実の親の如く、親身になっておぬしらに飯を食わせる宮麻呂が、かような行ないをするはずがないとも思うておるのだ」

「そんなことは当然でさあね。だいたいつんと偉そうに澄ましたあの坊主どもが、俺らと同じ飯を食うわけねえでしょう」

鮠人《はやと》に嘲笑われ、根道の頬に軽い苛立ちが走った。

まだ作事半ばにもかかわらず、寺内にはすでに百人近い僧侶が起居している。国内最高寺院たる東大寺だけに、万一肉や魚を欲したとしても、雇夫の飯になど見向きもせぬ出自のよい僧ばかりであった。

加えて、宮麻呂は朝から晩まで炊屋のため奔走しており、他所《よそ》で料理をする暇なぞない。根道の言葉に不審を抱かぬ者は、造仏所には皆無であった。

「されどかような訴えがなされた以上、我らとて一応、詮議せねばならぬのだ。大きな声で申すは憚られるが、もともと造東大寺作事場では、生臭物は一切禁断のはず。おぬしらが日頃何を食っているか、我らが見て見ぬふりをしておるのを忘れるな」

今朝の献立は鮒《ふな》の煮付けに呉《ご》（大豆）汁《じる》。さすがに決まり悪げにうつむく仕丁を眺め渡してから、根道は改めて宮麻呂に向き直った。

「そんなわけで、厨を改めるぞ」

「別に構いませぬが、わしが坊主どもに何を食わせたと仰《おつしや》るのでしょう。鶏でしょうか、それとも猪でございますか」

「いや、そういった食い物の類《たぐい》ではない。堅魚《かつお》（鰹）の煎汁《いろり》じゃ」

煎汁とは、日干しにした堅魚の煮汁を、とろりとなるまで煮詰めた旨味調味料。風味が濃く、塩や醬とは比べものにならぬ旨さらしいが、手間がかかっているだけにその価は驚くほど高いという。およそ一介の炊男が使うはずのない品であった。

「愚かなことを仰いますな。煎汁を求める銭があれば、仕丁どものため、猪の一頭でも買って参りますわい」

「正直、わしもそう思うておる。されどおぬしが昨日、勧進僧どもに作った汁に煎汁が入っていたと、我らのもとに訴えが届いておるのじゃ」

その途端、竈の脇にいた牟須女が弾かれたように顔を上げた。彼女が何か言おうとするのを目顔で素早く制し、宮麻呂は厨の奥に顎をしゃくった。

「煎汁とはむしろ好都合。さようなものがここにないことは、少し調べればすぐに知れましょうて。どうぞ好きにご覧なされ」

根道の合図に、屈強な使部が三人、厨に踏み入った。しばらくの間、それぞれ棚の小壺を開けたり、麻笥の中をのぞきこんだりあちこちを改めていたが、やがて申し合わせたような無表情で根道を振り返った。

「なにも胡乱《うろん》な物はありませぬ」

「こちらもでございます。干魚《ひうお》や膾《なます》の類はございますが——」

仕丁たちはそろって箸を止め、それ見たことか、という顔つきをしている。ううむ、と小さな呻《うめ》きを上げ、根道は宮麻呂に軽く頭を下げた。

「忙しいところを邪魔してすまなんだ。されどこれもお役目なのじゃ」

「承知しております。それにしてもわしが寺僧たちに煎汁入りの汁を食わせたとは、一体どこからの訴えでございます」

「うむ、実は昨夜、造東大寺司に投げ文があっての。そこで急ぎ東大寺の三綱《さんごう》を召し、この炊屋と東大寺の厨を改めることになったのじゃ」

出家者に関する法律『僧尼令《りょう》』では、肉を食った僧尼は三十日間の労役が課せられると定められている。ましてや東大寺は天皇発願の大寺。造寺司は訴えが本当なら一大事と判断し、迅速な行動に出た様子であった。

「申しておくが宮麻呂、これで疑いが晴れたわけではないぞ。わしの同輩が今、寺僧たちに喚問を行なっておる。もし奴らが何か白状すれば、再び糾問が行なわれると覚悟しておけ」

念押しして根道たちが引き上げようとした瞬間、彼らの前を小柄な影が駆け抜けた。

そのまま外へ走り去った人影を牟須女と気付き、真楯は思わず手にしていた椀を放り出して、炊屋を飛び出した。

椀の中身をかぶったのだろう。

「うわっ、何をするんだよッ」

という小刀良の悲鳴が背後で弾けたが、そんなことは気にしていられない。

昨日の夕刻、宮麻呂が勧進僧に薯蕷汁を振る舞おうとした時、その場にいた仕丁は真楯と小刀良だけであった。その後、宮麻呂は結局彼らの汁を作り直さなかったため、精進の汁の存在を知っているのは、あの場にいた行基の弟子たちと牟須女・元珞父娘、真楯と小刀良、それに汁鍋をひっくり返した秦緒だけのはずだ。

行基の信者たちが、宮麻呂を造寺司に訴える道理がない。また小刀良や牟須女たちが宮麻呂に害意を持っているとも考えられぬ以上、投げ文の主は造瓦所炊屋の秦緒でしかあるまい。

とはいえそれを糺《ただ》したとて、秦緒はあっさり肯《うべな》わぬだろう。あの牟須女のことだ。そんな彼の態度にかっとなれば、いったい何をするか知れたものではない。

始業を告げる鐘はまだ撞かれていないが、土塁の上にはすでに数人の鋳師が登っている。明日行なわれる二段目の鋳造に備え、炭と棹銅《さおどう》を今日のうちに炉の内部に何層にも重ねておくのである。

造仏所炊屋から半町ほど離れた場所で牟須女に追いつき、真楯はその腕をぐいと摑んだ。

「放してちょうだいよ。秦緒とかいう奴を締め上げてやるんだから。うちの炊屋が繁盛してるからって、あることないこと造寺司に訴えるなんてひどいじゃない」

牟須女は大きな唇を震わせて、真楯を見上げた。

「放さなかったら、手籠めにされるって叫ぶわよ。親父どのの仲間の中には、気の荒い連中も多いんだからね」

「ちょっと、落ち着けよ。お前が正面切って乗り込んでも、自分がやりましたとあっさり白状するわけないだろう。昨日の顚末《てんまつ》をお役人に申し上げて、後のことはお任せしようぜ」

「造寺司の役人が何してくれるって言うのよッ」

いきなり牟須女が拳を握りしめて叫んだ。

土塁上の鋳師が、一斉に振り返るほどの大声であった。

彼女の双眸《そうぼう》にはいつの間にか、うっすらと涙が浮かんでいる。見てはならぬものを見た気がして、真楯は息を吞んだ。

「造寺司なんか、頼りにならないわ。だって他の炊屋は以前から宮麻呂の腕を妬んで、菜園の蔬菜だってうちにはしなびたものしか回さないのよ。でも幾度そう訴えたって、あいつらはそれは炊屋同士で話し合うべき事柄じゃとか言って、全然取り合ってくれなかったんだから」

「なんだって」

各炊屋で使う野菜は、造東大寺司直営の菜園から支給され、炊男同士が話し合いで分ける定めである。

だが宮麻呂は菜園の蔬菜をほとんど使わず、自分で摘んだ山野草や、知り合いの畑から買い付けた野菜ばかり用いている。すべて彼独特のこだわりから来たものと思い込んでいたそれに、よもやかような背景があったとは。

「そりゃ木工所の炊屋なんて、炊男だけでも三人もいるし、たくさん客を集めなきゃやっていけないでしょうよ。でもだからって、宮麻呂の邪魔をしていいわけないいじゃない」

炊屋の経営は炊男に一任され、生じた利益はそのまま彼らの取り分となる。このため作事場の中には、市に店を出す感覚で炊屋を営む者もおり、木工所の炊頭《かしきがしら》など差し詰めその筆頭であった。

「でも宮麻呂はいつも周りの謗りや邪魔立てには知らん顔で、あんたたちに旨いものを食わせようと奔走してる。そんな宮麻呂がまたしてもこんな目に遭って、真楯は悔しくないの？」

知らなかった、と真楯は呆然と牟須女の口許を見つめた。

いや、知らなかったのは自分一人ではあるまい。宮麻呂を敬愛する猪養も、捷《すばし》っこい鮠人も、今の牟須女の話を聞けば、すぐに顔色を変えるはずだ。

さりながら幾ら宮麻呂が口をつぐんでいたにせよ、彼が置かれている境涯など、少し想像を巡らせれば容易く想像ができたはず。今までそれにまったく思い至らなかったのは、ひとえに己の迂闊《うかつ》さゆえだ。

真楯は堅く唇を噛みしめた。

「分かったら止めだてしないでよね。まったく皆、宮麻呂がおとなしいと思って莫迦にしてッ」

止める気など、もはや毛頭ない。かといってこのまま牟須女を一人で行かせるわけにもいかず、真楯はそのまま彼女とともに造瓦所に向かった。

三

通りがかりの役夫に教えられた造瓦所炊屋は、日当たりの悪い坂の下。ひょろりとした柳が傍らに生え、ただでさえ陰気な雰囲気を一層湿っぽくしていた。

「こんなじめじめした炊屋が、流行《はや》るわけないじゃない」

本来ならまだ朝餉の客でにぎわう時刻だが、小屋の煙出しは堅く閉ざされている。

牟須女が眉をひそめながら炊屋の戸に手をかけようとすると、二間ほど離れた井戸で水を汲んでいた仕丁たちが、「ああ、やめときな」と声をかけてきた。

「そこの飯なんて、食えたもんじゃないぜ。今は秦緒も留守だしな」

「留守ですって。こんな時刻に、炊男がどこに行ってるのよ」

牟須女の驚きの声に、男たちはそろって苦笑とも嘲笑ともつかぬ笑みを浮かべた。

「今頃広場で、大仏さまを拝んでるだろうさ。それを朝昼晩と日に三度、俺たちが一番腹を空かせているときにやるんだ。おかげでなかなか炊屋は開かねえ、ようやくありつけた飯がまた恐ろしくまずいときたもんで、今じゃ客なんてほとんどいねえ有様さ」

首天皇は大仏発願の際、「造像に協力する者は、心から誠を尽くし、大いなる幸いが来るようにと念じながら、一日三度、毘盧舎那仏を拝め」と命じた。

とはいえ労役に就く者に、そんな暇があるわけがなく、実際は日に一回の礼拝《らいはい》すら、行なう者は稀《まれ》。造寺司の役人も作事場の実情はよく承知しているだけに、礼拝については何も口出ししないというのが実際のところであった。

「まったく、なに考えてるのかしら。炊屋は仕丁たちにうまい飯を食わせるのが、もっとも大事な仕事でしょうに」

苦々しげに吐き捨て、牟須女は勝手に炊屋に踏み込んだ。小さな甑と鍋が一つずつ竈《かまど》にかけられているものの、灰は完全に冷えきっている。長卓にはうっすら埃《ほこり》が積もり、長らく客足が絶えている事実を、ありありと物語っていた。

「味が悪いのも問題だけど、まず飯の時刻に炊屋が閉まってちゃ、客なんか来ないわよねえ」

卓に触れた牟須女が指先の埃を忌々《いまいま》しげに吹き飛ばしたとき、戸口に小柄な人影が差した。

見覚えのある男が足を引きずりながら入ってくるや、真楯と牟須女の姿にはっと棒立ちになった。

「真楯、捕まえてッ」

牟須女の叫びよりも早く、秦緒がぱっと身を翻す。だが咄嗟《とっさ》のことに悪い方の足をもつれさせたところを、真楯は背後から引き起こすように羽交い締めにした。じたばたと暴れる腕をねじ上げ、そのまま土間に押さえつけた。

「な、なんだ、お前ら。物盗りか」

「ふざけないでよッ。あたしの顔に見覚えがあるでしょう」

煙出しまで閉めているせいで、炊屋の中は朝とは思えぬ薄暗さである。ぬっと突き出した牟須女の顔に、秦緒は小さく腰を浮かせた。

とはいえ真楯が力任せに押さえているせいで、その場に立ち上がることは叶わない。すぐにどしんと尻餅をつき、彼はかすれた声を絞り出した。

「し、汁の物代は払う。頼むから、造寺司にだけは内緒にしてくれ」

「物代ですって？　あったり前でしょう。もらうわよ。宮麻呂がこの寒空、わざわざ薯蕷掘りに行った分の労賃も含めて払ってもらうわ」

かくかくと首をうなずかせる秦緒の襟元を、牟須女はむんずと両手で摑んだ。

「けどその前に、一緒に造寺司に行ってもらうわよ。投げ文は自分がやりましたって、お役人さまたちにはっきり申し上げてちょうだい」

「な、投げ文だと」

「とぼけるんじゃないわよッ。昨夜、造寺司に宮麻呂を誣告《ぶこく》したのはあんたでしょう」

「そ、そんな真似、俺はしていないぞ」

怒りのあまり、牟須女の両手は完全に秦緒の襟首を締め上げている。彼が苦しげに足をばたつかせているのに気付き、真楯はあわてて牟須女の腕を押さえた。

「冗談も休み休み言いなさいよ。そりゃ宮麻呂を嫌う連中は、作事場には山ほどいるでしょうさ。でも昨日の汁の話を投げ文に書けるのは、あんたしかいないじゃない」

げほげほと咳き込みながら、秦緒は上目遣いに牟須女をうかがった。

「昨日の汁ってあれか。煎汁が入った薯蕷汁か」

「煎汁なんか、入っちゃいないわよ。あれはただの精進汁だわ」

いいや、と秦緒は妙に頑固に首を横に振った。

「ただの薯蕷汁が、あんなにうまいわけない。煎汁でも使ってなきゃ、あんなしっかりした味は出ないはずだぞ」

「なんですって――」

真楯と牟須女は顔を見合わせた。

食材の仕入れは、すべて宮麻呂の仕事。ただの水仕女である牟須女は、金銭の出入りには全く関与していない。

他所の仕丁や工人、更には造寺司の役人までを客としているだけに、造仏所炊屋の内証は相当裕福なはず。無理をすれば少々の煎汁ぐらい求められようし、鍋にそれを入れたとて誰も気付きはしない。だが——。

「ふざけないでよ。宮麻呂がそんなものを坊さまたちの鍋に入れるわけがないじゃない」

仁王立ちになった牟須女に、秦緒はびくっと身をすくめた。それでも亀が甲羅から鼻先だけ突き出したような様子で、恐る恐る抗弁した。

「俺だって、まさかと思ったさ。でも煎汁を使ってるとなれば、そりゃ味がいいのも道理じゃないか。あれだけの繁盛ぶりも納得できるし、駆け出しの俺がかなうはずがないよな」

寂しげに呟いた声が、なぜかそこで突然、潤みを帯びた。

「何せこの足じゃ、大仏さまの造営には加われないだろ？　だからせめて炊男として、作事場の役に立とうと思ったのによ」

「なによ、それ。あんたみたいな根性なしが、炊屋なんて営めるはずないわよ」

「そういう言い方をするなよ。俺にはこれしか手立てがなかったんだからさ」

ぽつりぽつりと語ったところによれば、秦緒は元は葛下郡《かずらきのしもぐん》の木工《もっこう》（大工《だいく》）。河内国や京にもほど近い同地は、古来、木工や瓦工、鋳師など多くの渡来系工人が住まう地域として知られていた。

「とはいっても最近は葛下の工人も、あまり仕事がなくってな。河内や和泉《いずみ》くんだりまで働きに出るのも、そう珍しくねえんだ」

百年前、半島の大国・百済《くだら》が滅亡した際には、何万もの人々が様々な知識や技術を携え、日本に押し寄せてきた。しかしその後の長い歳月の間に、この国の民は半島渡来の技能を吸収し尽くした上、彼らを凌駕《りようが》する技術まで会得。更には大唐に更なる知識を求めに行く者も現れ、葛下の工人はいつしか世の傍流に追いやられていたのである。

「あれは六、七年前だったか。出稼ぎ先の河内で、暴れ川に橋を架けようとしてらっしゃる行基さまを見かけてな。まだ小寒い春先ってのに、お弟子衆たちに交じって腿まで冷たい水に浸かり、川底に杭を打ち込んでらしたんだ」

その瞬間、彼を手伝わねばという思いが、秦緒の全身を貫いた。

行基が説く仏の道に心打たれたわけではない。ただ、驚くほどやせ細った老僧が早春の大河に挑む姿に、彼を手伝わずして何の木工だと感じたのである。

出稼ぎ先の仕事を大急ぎで片付けるや、彼はすぐ行基一行に合流した。そして二十日ほどかけて架橋を果たし、葛下郡に戻ったのである。

「けどそれからもずっと、行基さまのお顔が頭から離れなくってよ。だからあの方が勧進聖となって大仏を造られると聞いて、何としてもお手伝いをしようと決めたんだ」

最先端の技術がなくとも、木工は木工。それに雇工になれば日銭も得られると踏んでの決意であったが、故郷を出た翌日、思いがけぬ不幸が彼を襲った。京に至る中つ道を歩いていたところ、疾走してきた馬を避け損ね、左足に大怪我を負ったのである。

痛みを堪えて、そのまま道を急いだのが悪かったのだろう。造東大寺司に出頭し、望み通り木工所に配された頃には、その足は常人の二倍ほどにも腫れ上がっていた。

これでは足場に上がることもままならない。しかたなく道具の手入れなどの雑務をするうちに痛みはひいたが、骨は曲がったまま固まり、木組みに登るのも、歩幅で距離を測るのも叶わぬ身体となってしまったのである。

「そんな折、木工所の炊男から、力仕事だけが大仏建立の知識じゃないと励まされてな。たまたま空きが出た造瓦所の炊屋を任されることになったんだ」

とはいえまったくの素人が、いきなり百数十人の食事を賄《まかな》うのである。食材の仕入れだけは木工所炊屋が口利きしてくれたが、飯の炊き具合、汁の味付けなどはおいそれと身に付きはしない。右も左も分からずうろたえている間に、気の短い仕丁たちが軒並み造仏所炊屋に流れてしまったのは、至極当たり前であった。

「宮麻呂の作る飯の旨さは格別というから、それも仕方ないと諦めてはいたんだ。でも仕丁はともかく、行基さまのお弟子衆は味なんかで分け隔てなさるはずがない。だから造瓦所の手伝いに来られるって聞いたときには、必ず俺のところで飯を食ってくださると思い、頑張って精進の菜まで調えてたんだぜ」

それだけに法弟や優婆塞《うばそく》らがそろって宮麻呂の炊屋に去ったとき、彼の中で何かが弾けた。己の飯のまずさは承知している。それにしても、よもや自分をこの作事場に駆り立てた行基の弟子にすら、そっぽを向かれるとは。

それまで努めて見て見ぬふりをしていた造仏所炊屋が、ひどく妬ましかった。よく考えれば、造仏所炊屋で出されるものとて、所詮は鬚面の中年の作る飯。自分だってもう少し月日を重ねれば、宮麻呂ぐらいの腕になれよう。そう自分を励まし、ならばせめて一口、宮麻呂が作る飯がどんなものか食べてやろうとした末が、昨日のあの騒ぎ。鍋をひっくり返してしまったのは決して悪気があってではなく、ただただ盗み食いが目的だったのだと言い訳する秦緒に、

「なんとまあ……」

と、真楯は呆れ返って呟いた。

行基を慕って作事場にやってきた末、己の料理の下手さからあんな騒動を招くとは。考えようによっては、哀れとも一途《いちず》とも言えるが、いずれにしても情けないことこの上ない。

「それで宮麻呂の汁の味はどうだったんだ?」

真楯の問いに、秦緒はうなだれていた顔をほんのわずか起こした。気弱げに目をしばたたき、耳を澄まさねば聞こえぬほどの声で、

「……旨かったんだ」

と、ぼそりと呟いた。

「坊さまに煎汁の入った汁を飲ませるなんて、本当はしちゃいけないんだよな。けどそんなことも忘れるほど、あの汁は味がよくってさ――」

畜生ッと叫び、秦緒は両手で頭を抱えた。

「あんな飯を作られちゃ、俺は一生、行基さまのお役に立てないじゃないか。足を痛めちまった俺には、もう飯作りしか出来ねえっていうのによ」

ふと異様な気配を感じて、真楯は傍らの牟須女を振り返った。肉付きのいいその肩は大きく上下し、顔色は先ほどより更に朱に染まっている。握りしめた拳がわなわなと震えていると気付いた直後、彼女は耳を聾《ろう》するほどの大声を張り上げた。

「ふざけるんじゃないわよッ」

突然の怒声に、秦緒は涙に濡れた顔をぎょっと上げた。

何を言われたのか分からぬといった間抜け面に指を突きつけ、牟須女は一歩、彼に詰め寄った。

「何が行基さまのためよ。そんな考えで飯を作ってちゃ、そりゃまずくてまずくて仕方なかったでしょうよッ」

「お、おい。牟須女」

宥《なだ》めようとする真楯の手を振り払い、牟須女は怒りに満ちた声で続けた。

「炊屋の者が飯を作るのは、行基さまのためでも、ましてやあの莫迦でっかい大仏さまのためでもないのよ。そんな御大層なことを考えてるんだったら、すぐさまここから出て行きなさい。足が悪かろうが手が悪かろうが、その気になれば出来る仕事はいくらだってあるはずだわッ」

「な――なんだと」

「あたしや宮麻呂はいま、作事場で働く仕丁や役夫たちの腹を満たすためだけに飯を作るの。それが御仏のため、行基さまのためになるなんてのは、あんたの思い上がりよ。働く男たちの腹を満たすことのほうが――一膳の飯、一椀の汁を拵えるほうが、仏さまを造るよりもずっとずっと大事なんだからッ」

そうか、と真楯の脳裏に突然、宮麻呂の鬚面が浮かんだ。何故、彼があも仏や僧侶に毒舌を振るうのか、分かった気がした。

人が仏のために働くのは、ある意味では容易い。だがそれは実は他人を排除し、己と仏だけを結ぶ、この上なく利己的な奉仕だ。

だからこそ宮麻呂は決して、仏に向き合おうとはしない。その代わり、目の前にいる男たちの腹を満たすべく奮闘する彼は、仏からもっとも遠い場所におりながら、実は仏以上に自分たちを救おうとしているのではあるまいか。

(仏さまが無くても死にはしないが、飯を食わなきゃ死んじまうもんな)

宮麻呂にとっては、ここにいる者たちに飯を食わせることこそが、何物にも代え難い行為。そう、一膳の飯、一椀の汁は、現実に生きる人々には、経典にも仏像にも勝って安寧を与える存在なのだ。

「ちょっと来なさいッ。そんな根性の男が炊男だなんて、同じ炊屋の恥だわッ」

牟須女はそう言うなり、秦緒の襟髪をひっ摑んだ。そのままおよそ女とは思えぬ力で、彼を炊屋の外に引きずり出した。

「ま、待て待て。そいつをどこに連れて行く気だ」

「決まってるでしょう、うちの炊屋よ。宮麻呂に説教の一つもしてもらって、ついでに誣告の件も、もう一回問い詰めてやるわ」

そう怒鳴る牟須女の顔を、微かな影がよぎった。おそらく彼女の心の片隅には、真楯同様、先ほど秦緒が口にした煎汁の件が引っかかっているのだ。

宮麻呂が僧侶に煎汁を食わせるはずがない。そう思いはするものの、あれほど仏法僧に冷淡な彼を見ていると、灰をかぶせたはずの胸の底で小さな熾火《おきび》が燃え上がる。

とはいえそれを正面から宮麻呂に問いただすのは、恐ろしくてならない。そこで牟須女は秦緒の口を借りて、真偽を見極める腹なのであろう。

さりながら二人が連れてきた秦緒の姿に、宮麻呂は眉一筋動かさなかった。

「この秦緒が、昨日の精進の汁に煎汁が入っていたって言うんだけど――」

牟須女の口ごもりながらの言葉にも、ふむ、と顎を一つ撫でただけであった。

「煎汁のう。秦緒とやら、おぬし、なぜそう思った。これまで煎汁を口にしたことはあるのか」

「あ、ああ、ほんの一度だけな。それに末醤とも醤とも、ましてや塩とも違う旨みがありゃ、煎汁だと思うのは当然だろう」

「ふうむ。あの風味の違いが分かるとは、おぬし、腕は立たぬが、舌はなかなか冴えておるようじゃな。されどあれに入っていたのは、煎汁ではない。楡皮《にれかわ》じゃ」

聞きなれぬ名に、真楯はもちろん秦緒や牟須女までもが、きょとんと目をしばたたいた。

「なんじゃ、その面は。真楯、おぬしらに食わせておる汁にも、時折、楡の皮は使われておるのじゃぞ。今までそれに気付かなんだとは、味が分からぬにも程があるわい」

楡は寒冷地に多く生え、木目の緻密《ちみつ》さから造寺や造船にもしばしば用いられる高木。葉が馬の飼料に用いられるという知識はあったが、樹皮が食用になるとは、真楯はついぞ知らなかった。

「楡皮は楡の樹皮を日干しにし、臼《うす》で粉にしたもの。ただ舐めても味はないが、汁や菜などに混ぜると、わずかな酸味と旨みをもたらすのじゃ」

この楡皮と塩で蔬菜類を漬け込むと、葅《にらぎ》という酸味のある漬物になる。ただし発酵に日数がかかるため、食べられるのは春以降だと宮麻呂は付け加えた。

「そういえば真楯や牟須女は、まだわしの葅を食べたことがないのじゃな。楡皮で漬けた竜葵《こなすび》や蓼《たで》は旨いぞ。楽しみにしておれ」

また楡皮を汁に用いれば、わずかな酸味が特徴的な、深みのある味に仕上がる。

汁は具材によって風味が変わり、肉や魚が入ったものは特殊な味付けをせずとも風味がいい。しかしそれを蔬菜のみで作ると、どうしても味が浅くなるため、しばしば楡皮を加えているのだと語る宮麻呂に、真楯はほっと胸をなでおろした。

彼を疑った自分たちが愚かだった。いくら仏法僧に冷淡であっても、そんな宮麻呂が料理でもって僧たちを辱《はずかし》めるわけがない。一瞬でも疑念を抱いた己が、恥ずかしくてならなかった。

「とは申しても楡皮は、京ではあまり用いられぬ品。何も知らぬ秦緒が、その味に首をひねったのも無理はないわい」

宮麻呂の声が、不意に低くなった。

「――そこでおぬしは存知寄りの何者かに、あれがどういう味付けによるものかと相談した。その者がきっとそれは煎汁だと言ったゆえ、おぬしはそう信じ込んでしまったのではないか」

視線を左右に泳がせる秦緒に、「どうじゃ、間違ってはおるまい」と宮麻呂は畳みかけた。

「一度でも煎汁を食っておれば、よもや楡皮と間違えるはずがない。仮にも炊屋を一軒、預かっているおぬしじゃ。それぐらい自分で気付いたと見栄を張りたかったのじゃろうが、下手な隠し事は厄介を呼ぶぞよ」

「ち、違う。俺だって、それぐらい」

「つまらぬ意地を通すと、おぬしがわしを造寺司に誣告したことになるぞ。その相手に義理立てする必要がないのなら、おとなしく本当のところを言うべきと思うがのう」

その声は静かだが、双眸には有無を言わさぬ光が宿っている。

秦緒はしばらくの間、宮麻呂を上目遣いでうかがっていた。だがやがて不意に肩をすぼめ、

「……木工所の炊頭だ」

と、かすれ声で呟いた。

「木工所の炊頭には、今の炊屋に移るときに世話になったんだ。昨日、あの薯蕷汁の味がどうにも不思議だったんで相談を持ちかけたら、『そりゃ、煎汁に違いない』と教えられたんだ」

「ふむ、なるほどなあ。これで得心がいったわい」

さして驚いたふうもなく、宮麻呂は己の顎先をゆっくりと撫でた。

「あやつなら勝手に勘違いした末、わしを陥れようと、造寺司に投げ文をしても不思議ではない。やれやれ、まったく迷惑な話じゃ」

木工所の炊頭は、以前から宮麻呂を目の仇にしていた男。秦緒から聞かされた思いがけない話に、これは彼の足を引っ張る好機だと小躍りしたのであろう。

宮麻呂が生臭物を食べさせた相手を東大寺僧と記したのは、あえて騒動を大きくし、造仏所炊屋に造寺司の役人を踏み込ませようとしての行為か。

いずれにしても京ではあまり知られていない楡皮を宮麻呂が使っていると思い至らなかっ

たことは、彼らの失策であった。

「ど……どこまで腹黒い男たちなのかしらッ。宮麻呂、すぐに秦緒を連れて、造寺司に行きましょう。一刻も早く疑いを解かなくちゃ」

さりながら宮麻呂はにやりと頰を歪め、激昂する牟須女を「まあ、待て」と制した。

「わしの疑いは、朝の時点で晴れておる。それよりもこんな話、正面から造寺司に告げるのはもったいないわい。ここは一つ、わしに任せておけ」

無精鬚に覆われた唇には、事態を面白がるような笑みが浮かんでいる。妙に凄みのある口調に、さすがの牟須女も押し黙った。

「ところで秦緒とやら、おぬし、どうやら舌だけはそこそこ使えるようではないか。もしその気があらば、わしの炊屋を手伝ってみぬか。ここのところ役夫どもも通ってくるせいで、炊男が一人では大変なのじゃ」

「お、俺をここで雇うっていうのか」

「そうじゃ。どうせ客も来ぬような炊屋、閉めていても障《さわ》りはあるまい。その代わり、飯の蒸し方や菜の作り方ぐらい、わしが教えてやろう。いい話と思うが如何じゃ」

押し付けがましく言い放った宮麻呂が、木工所の炊頭とどう話をつけたのか、残念ながらそこまでは真楯も知り様がない。

だが少なくともその翌日から、これまで造仏所炊屋の前を素通りしていた菜園の荷車は、どこよりも先に宮麻呂のもとに来るようになった。代わりに木工所炊屋の蔬菜が急にしなびたものに変わり、下っ端の炊男が毎日、市に蔬菜を買い付けに出かけ始めたことは言うまでもない。

市で野菜を求めれば、その分、料理にかかる費《つい》えが増える。ただでさえ混んでいた宮麻呂の炊屋がますます繁盛し、木工所炊屋に閑古鳥《かんこどり》が鳴いているとの噂が真楯の耳に届いたのは、年が明け、作事場のそこここに若草が芽吹き始めた頃であった。

「莫迦者、米を竈にかけるまで、最早、半刻もなかろうが。そういうときは米を浸す水に、湯を注《さ》すのじゃ。そうすれば米が早く水を吸うわい」

宮麻呂の罵声が、足場の上まで響いてくる。

次なる鋳込みに向けて、様仏に籾殻《もみがら》入りの泥を塗っていた真楯たちは、あまりの大声に思わず顔を見合わせた。

最近の造仏所炊屋では時折、具の大きさがひどく不揃いな汁や、生煮えの飯が供される。だがそんな日は決まって宮麻呂が、全員に酒を一杯ずつ振る舞ってくれるため、仕丁たちの中には最近、不出来な飯を楽しみにする不心得者すら増えつつあった。

「まったく、秦緒が宮麻呂と同じぐらいうまい飯を作れるようになるのが先か、俺たちの労役の明けるのが先か。いったいどっちなんだろうな」

恬淡《てんたん》とした猪養の声に、数人の仕丁が明るい笑い声を立てる。

造仏所炊屋に来てからこの方、秦緒は一日三回の大仏礼拝をぱったりと止めた。

何せ時分どきの炊屋は、まさに戦場の忙しさ。宮麻呂に罵倒されながら走り回る中で、彼は己とこの作事場の男たちにとって何がもっとも尊いか、身に染みて学んだのであろう。

そう、心を込めて供される与楽の飯は、ただ腹を満たすだけの食い物ではない。それはこの作事場に寝起きする者たち全員の心と身体を健やかに保つ、生ける仏にも等しい存在なのだ。

「ええい、牟須女も笑っておらず、さっさとそこの菜を刻め。今日は薺蒿《うはぎ》（ヨメナ）飯にするぞ。菜は鶏の醬焼きじゃ」

丘裾から吹き上げる風はまだ冷たいが、降り注ぐ陽射しには明らかに春の温《ぬく》みが含まれている。

そこに香ばしい醬の匂いが混じった気がして、真楯は早くも空き始めた腹を片手で押さえた。

雲雀《ひばり》が一羽、陽を過《よ》ぎって飛び、思いがけぬほど大きな囀《さえず》りを残して、空の彼方へと翔《か》け去った。

みちの奥

一

一日の仕事の終わりを告げる木盤の音が、丘の麓から響いてくる。大笥《おおけ》の中で粘土をこねていた男たちは、その乾いた鋭い音を聞くなり、一斉に顔を上げて太い吐息をついた。

「やれやれ、今日もすっかり泥まみれ汗まみれだな」

「早く水を浴びて来ようぜ。ぐずぐずしてると混んでくるからな」

周囲の仕丁《しちょう》や雇夫が我がちに仮屋を出て行く中、真楯《またて》は首にかけた手拭いで額の汗を拭うと、屈めていた腰を伸ばして、草葺《くさぶ》きの天井にううんと両手を突き上げた。

東大寺造仏所の仕丁約百五十人は、常は十人一組で作業に当たる。だが作業の工程によっては、その班を更に五班で一つに編成した、壱の組・弐の組・参の組で仕事を割り当てられることも多く、ここ数日、真楯が属する壱の組は、作事場の端の掘立小屋で、外型《そとご》の材料となる土作りをしているのであった。

外型といっても、胴回り二十丈を超える巨仏の型だけに、その厚さは約一尺半。当然、用いる土の量も膨大で、背後の山から削り出した土に水を加え、藁《わら》や籾《もみ》、川砂を混ぜ込む作業は、若い真楯が悲鳴を上げるほどの重労働である。

背中や手足は強張《こわば》り、寝起きの際には節々がぎしぎしと痛むが、それよりもなお堪《こた》えるのはこの暑さであった。

寧楽《なら》は盆地だけに湿度が高く、風の吹きこまぬ小屋の中は、日中は耐え難いほどの熱気に包まれる。これならいっそ屋外で、照り付ける陽射しを浴びて身体を動かしていたほうがましとすら思われた。

(その点、補鋳担当の弐の組はいいよな。炉の近くは熱いだろうが、足場の上なら少しは風があるだろうし)

見上げれば、巨大な様仏《ようぶつ》(中型《なかご》)は腹部まで土塁で覆われ、更にその周囲を幾つもの足場が囲んでいる。ぞろぞろとそこを降りる仕丁をよそ目に、足場の中ほどで熱心に図面を覗き込んでいるのは、大鋳師の高市大国《たけちのおおくに》とその配下の鋳師たちだ。

昨年九月から鋳造《ちゆうぞう》が始められた毘盧舎那大仏《びるしやなだいぶつ》は、計八回の鋳造のうち、ようやく三段目の鋳込みが終わったばかり。しかもこの三段目の製作は与願印《よがんいん》を結んだ左手部分の共鋳(本体と同時に各部を鋳造する手法)のせいで、予定をはるかに超える日数がかかった。

そのためか、高市大国はこのところ、続く四段目の鋳造に危惧《きぐ》を抱いているらしい。大仏建造計画の総責任者である造仏所長官・国公麻呂《くにのきみまろ》と、鋳込み方法を巡って足場の上で激しい言い争いをしている姿を、真楯もしばしば目にしていた。

「四段目には施無畏印《せむいいん》を結んだ右手が含まれておるからなあ。膝の上に置かれた左手と異なり、胴体からぬっと突き出た右手は、完全に宙に浮いておる。あれを胴体もろとも鋳込むのは、わしとて不安だわい」

つい昨日も造仏所炊屋《かしきや》で、鋳師の朱元珞《しゅのげんらく》が髭《ひげ》にこびりついた酒を拭いながらそう話していたが、鋳師の仕事はあくまで鋳造作業そのものに限られ、毘盧舎那仏全体の造形と製法は、公麻呂に一任されている。

首《おびと》(聖武《しょうむ》)天皇が大仏建造を発願《ほつがん》したのは、今から八年前の春。難波宮《なにわのみや》への行幸の途次、河内国大県郡《かわちのくにおおがたぐん》(現在の大阪府柏原《かしわら》市)の知識寺《ちしきじ》にて、巨大な盧舎那仏塑像を礼拝《らいはい》したのがきっかけであった。

風の噂では天皇を知識寺に案内するよう進言したのは、当時、隣接する大和国葛下郡《かずらきのしもぐん》に住んでいた公麻呂とも言われており、おそらくそれが縁で、帝は公麻呂に厚い信頼を寄せるようになったのだろう。現在推し進められている大仏の工法は、すべて公麻呂の考案に基づいており、造寺司の官人たちも、そんな彼に一目も二目も置いていた。

右腕をどう鋳るか、結論はまだ出ていないが、ともあれ自分の計画の危険性を指摘され、面白くないのに違いない。公麻呂と大国の不仲は、いまや知らぬ者のいない公然の事実であった。

二人はともに三十半ば。しかし寒さ暑さを厭《いと》わず、連日、配下とともに働く大国に比べ、公麻呂は数日に一度しか作事場に出てこない。それもちらっと足場を巡るだけで、すぐ役所に引き上げてしまう彼に対し、作事場の者たちの評判は決して芳しくなかった。

その一方で年が改まってからこの方、造仏所の仕事は更に忙しくなるばかりであった。大仏鋳造の最終的な成否は八段すべてを鋳込み、外型を外してみねば分からぬが各段の鋳造が終われば、その都度、湯切れ（銅不足）がある箇所は足し、過分な箇所は削らねばならない。加えて上から銅を流し込むたび、下の段の外型にぐらつきがないかを改め、型のゆるみに備えて再度土塁を築く必要もあった。

一段目、二段目の鋳造中は、銅が冷めるまでの数日間、仕丁にも休みが与えられた。だが三段目、四段目ともなるとそんな暇なぞなく、弐の組は現在、補鋳に駆り出されているし、参の組は大仏の頭部に載せる螺髪《らほつ》の鋳造を行なっている。

帝発願の大事業だけに、造寺司は仕丁の怪我や病には細心の注意を払っているが、まだまだ先の見えぬ重労働に、作事場では様々な不平不満が徐々に蓄積しつつあった。小さな事故や喧嘩が相次ぎ、仕丁も役人たちの中にも刺々しさを露わにした者がどことなく増えているようだ。

（ましてや、今は仕丁頭《しちょうがしら》があああだものなあ）

作事場の坂の下には、資財運搬のため佐保川《さほがわ》から引かれた運河が流れている。次々と坂を下りてゆく仕丁たちは、夕餉《ゆうげ》の前に川岸に設けられた水場でひと汗流すのだ。

しかし普段であれば率先して彼らを仕切り、水場が混まぬよう計らう仕丁頭の猪養《いのかい》の姿は、魁偉《かいい》な男たちの列の中にない。

真楯は泥まみれの足を手拭いでさっと拭き、足半《あしなか》を突っかけて外に出た。

「おい、真楯、水を浴びに行かねえのか」

「俺は後でいいや。先に行っててくれ」

仲間たちに手を振って造仏所の炊屋に向かえば、まだがらんとした飯台の隅で、猪養が無言で酒を飲んでいる。その向かいには造寺司主典《さかん》・葛井根道《くずいのねみち》が座り、仏頂面の猪養を睨《にら》みつけていた。

「近寄らないほうがいいわよ。二人とも、昼からずっとああなんだから。宮麻呂《みやまろ》までが機嫌が悪くて、困っちゃう」

汁椀を渡しながら声を潜める牟須女《むすめ》の向こうでは、炊男《かしきおとこ》の宮麻呂が気難しい面《つら》で鍋をかき回している。その隣で見習い男の秦緒《はたお》が身を縮こまらせているのは、虫の居所の悪い宮麻呂に、すでに何やら叱り飛ばされた後なのだろう。

牟須女にわかったとうなずき、真楯は台に並んでいた焼き鮒《ふな》の皿を取った。甑《こしき》からなるべく静かに飯をよそい、猪養たちからもっとも離れた場所に席を占めた。

飯を口に運びながら、さりげなく二人をうかがったが、猪養も根道も真楯には一瞥《いちべつ》もくれようとしない。そのそっけなさがかえって心配で、真楯は小さな息をついた。

何しろ、いつも仕丁一人一人に目配りをする仕丁頭の猪養は、病気だと言い張り、かれこれもう六日も作事場に出ていない。

ただでさえ長引く作事に不満が膨んでいる最中《さなか》、人望厚い仕丁頭が怠けては、造仏所の綱紀は弛《ゆる》む一方。しかも危険な作事場では、一瞬の気の緩みが恐ろしい事故を引き起こすことも多い。

それだけに仕丁の監督に当たっている根道は最近、こっそり炊男の宮麻呂に、

「おぬしの言うことであれば、猪養も聞こう。頼むから、作事場に出るよう申してくれ」

と仲立ちを頼んだり、こうして昼間から飲んだくれる猪養の説得を試みているのであった。

「猪養、造仏所の仕丁はみな、おぬしを慕っておる。それにもかかわらずこうやって酒に酔い潰れ、あやつらを放り出すつもりなのか」

仕丁たちが炊屋に押しかけてくる前に、話を落着させねばと思ったのだろう。根道は少しばかり早口で、猪養に詰め寄った。

「だいたいいつまでそうやって怠け続けるのじゃ。このままではいずれ、厳しいお咎《とが》めを蒙《こうむ》ろうぞ」

お咎めだと、と低い声で呟くなり、猪養は乱暴に木椀を卓に置いた。なみなみと注がれていた酒がこぼれ、卓を濡らす。次の瞬間、雷のような怒号が炊屋に響き渡った。

「だったらさっさと俺を放り出せばいいだろうッ。人の労役を勝手に延ばしたのはそっちじゃないか」

猪養が声を荒らげるのも無理はない。仕丁の労役は三年が定め。さりながら今年の二月末をもって故郷の阿波《あわ》に戻るはずだった彼は、直前になって突如、造寺司《ぞうじし》より二年の労役延長を命じられたのであった。

作事が多忙を極めているただ中で人望厚い仕丁頭に去られては困るという造寺司の主張も、確かに一理ある。しかし愛する家族や田畑を故郷に置いてきた仕丁は皆、労役の明ける日を指折り数えて待ちわびている。あと一年、あとひと月と帰郷を待ちわびていた猪養からすれば、あまりに一方的で、非道この上ない措置であった。

とはいうものの所詮一介の仕丁である猪養が、造寺司の指示を拒めるわけがない。渋々もとの如く作事に加わったが、一度、浮き立っていた心は、すぐに平静を取り戻せはしない。病気と言い立て、彼が酒に溺れ始めたのも、ある意味、しかたがない話であった。

「だいたい仕丁たちをまとめられねえのは、俺がいないからじゃなく、造寺司が無能だからじゃないか。いつも偉そうにふんぞり返っているくせに、俺に頼らなきゃ作事が進まんのか」

「なんじゃと」

温厚な根道の顔が、さすがに怒りの色に染まった。

「だいたい最前からえらくおだててくれるが、俺は阿波三好郡《みよしぐん》のただの正丁《せいてい》に過ぎねえんだ。普通に考えれば、俺よりも都のお役人衆のほうが、人を使うのはうまいはず。それがこんな俺を強引に引き留めるたあ、あんたらはただの木偶《でく》かよ」

「ええい、下手《したて》に出れば、好き放題を。そもそもこのように多忙な折節、手下を放り出して酒ばかり食らうとは、おぬしは仕丁頭の自覚がないのか」

「二人ともいいかげんにせぬかッ。かような罵声ばかり聞かされては、こっちが作る飯までまずくなるわッ」

突如割って入ってきた大声に、根道と猪養ばかりか、真楯や牟須女までがぎょっと厨《くりや》を振り返る。先ほどまで唇を引き結んで鍋を睨みつけていた宮麻呂が、汁で濡れた杓子《しやくし》を、猪養にまっすぐ突きつけていた。

「だいたい猪養、三十を超えた大の男が何をぐちぐち文句ばかり垂れておる。勝手に労役を延ばしたのは、確かに官の非道。されどそれが気に食わぬのであれば、懸命に作事に勤《いそ》しみ、さっさと大仏を完成させればよいではないか」

もともと猪養は、弁が立つほうではない。非の打ちどころのない正論に、うっと詰まった彼を尻目に、宮麻呂は瞼《まぶた》の厚い目を根道に振り向けた。

「それに主典さまも主典さまじゃ。仕丁は所詮、三年で入れ替わるものでありましょうが。それを念頭に入れず、先の頭であった大麻呂《おおまろ》が去ってからこの方、ひたすら猪養ばかりに頼ってきた果てが、このありさま。才覚のある男をいち早く見出し、いつ仕丁頭が代わっても平気なよう計らうのが造寺司の役目ではござらぬのか」

「う、うむ。そうじゃ、確かにおぬしの申す通りじゃ」

根道が尖った顎を慌ててうなずかせたそのとき、鮠人《はやと》や小刀良《ことら》たちがどやどやと炊屋に入ってきた。いずれも水を浴びてきたのかさっぱりした顔で、中にはまだ鬢《びん》から水を滴らせている者もいる。

眦《まなじり》を決した宮麻呂の姿に、咄嗟《とっさ》に事態を悟ったのであろう。それまでやかましくしゃべり交わしていた鮠人たちが、しんと黙り込む。そんな中で彼らの後ろから入ってきた大柄な一人だけが、きょとんとした面持ちで炊屋の中を見回した。

年は真楯と同じぐらい。四角い顔と丈夫そうな顎、野牛を思わせる体軀の中で、くりくりとした目が妙に人懐っこさを感じさせる青年であった。

さすがに仕丁たちの前で説得を続けられもせぬのか、根道がごほんと咳払いして席を立つ。彼のためにさっと道をあける鮑人たちを尻目に、遅れて入ってきた仕丁は厨と飯台を隔てる台に近づくと、積み上げられていた椀を勝手に取り、竈《かまど》の前の牟須女に突きつけた。

慌てて牟須女が注いだ汁を受け取り、菜と飯を盆に載せて適当な席に座る。

仕丁は配置換えや入れ替わりも多く、組や宿舎が違う者とはなかなか口を利く機会もない。いま、真っ先に席についた男は、先月やってきた新入りのはずだが、真楯は彼の生国も名前もいまだ知らぬままであった。

さっさと飯を食い始めた新入りの姿に、他の仕丁たちも思い出したように列に並び、牟須女から汁椀を受け取り始める。ぎこちないながらも炊屋が普段のにぎわいを取り戻していくのを眺めながら、真楯は残していた蕨《わらび》の塩漬けで残った飯をかきこんだ。

おそらく秦緒が用意したのであろう。皿に不細工に盛られた塩漬けは塩抜きが弱く、舌がしびれるほどに辛い。

（なんじゃこりゃ。まったく秦緒は相変わらずだな）

そう胸の中で呟いた矢先、「ちょっと、漬物が足りないわ。ちゃんと調えておきなさいよッ」という牟須女の怒声が背後で響き渡り、真楯は自分が叱られたような気分で首をすくめた。

二

造仏所炊屋の夕餉は、一汁一菜が基本。ただし時には貴族や近隣の富人、また菅原寺《すがわらでら》に集う行基《ぎょうき》の弟子たちから知識（寄進物）が届けられることがあるため、菓子（果物）や酒が各人の折敷《おしき》に載ることも案外多い。

「今日の汁の具は茄子《なす》（茄子）、菜は焼いた鮒じゃ。それとそこな麻笥《おけ》の中に、造寺司より下された早生りの李子《すもも》が入っておる。数がないゆえ、一人一つずつじゃぞ」

宮麻呂の大声に、数人の仕丁が麻笥に駆け寄る。中から掴み出された果実を受け取り、真楯は二つ隣の長卓に腰を下ろした鮠人と小刀良に近づいた。

「よう、真楯。えらく泥まみれじゃねえか」

二人は現在、ともに弐の組で、三段目の補鋳に当たっている。炎天下の土塁の上で、朝から晩まで駆けまわっているせいだろう。前後が分からぬほど日焼けした鮠人の顔の中で、歯の白さだけが際立っていた。

「そっちはいま、外型の土作りだよな。いいよな、日陰で一日じゅう土捏《こ》ねをしてるんだろ」

「ふざけるな。あんな蒸し暑い仮屋にいるぐらいなら、外のほうがよっぽどましだ」

言いながら真楯は、黄色く熟した李子にかぶりついた。舌が蕩《とろ》けるほど甘い果汁が、気持ちよく喉を滑り落ちていく。

小刀良が丸い顔をにっこりとほころばせ、「大丈夫さ」とうなずいた。

「どうせ明日か明後日には、型造りが始まるさ。そうしたら真楯も、土作りの毎日ともおさらばだよ」

「いいや、どうもそうはいかねえみたいだぜ」

鮠人が不意に周囲を見回し、声を低めた。

「さっき水場で、鋳師たちの話を小耳にはさんだんだ。例の大仏さまの右手、あれはやっぱり、高市大国さまの工房で別鋳にして、後日、はめ込むことになったらしい。お二方の諍《いさか》いを耳にされた佐伯今毛人《さえきのいまえみし》さまが、双方の言い分を聞き取られた上で決められたんだと。そうなると外型を拵《こしら》える前に、様仏の腕を外すわけだろう？　あれだけしっかり乾いた中型を直すんだ。二、三日は軽くかかるだろうぜ」

佐伯今毛人は、今年三十一歳。首《おびと》（聖武《しょうむ》）天皇や光明皇后の信頼厚い辣腕官吏で、朝から晩まで造寺司に詰めるばかりか、時には従者も伴わずに作事場に現れ、工人や仕丁に直に言葉をかける。

飯は足りているか、宿舎で悪い病は流行《はや》っていないかなどと詳しく聞き取り、少しでも不具合があれば、すぐ改善を命じる生真面目な人物だけに、作事場の不穏な気配を察し、いち早く手を打った様子であった。

「ふうん、じゃあそのために、新たに足場を組まなきゃならないねえ。御腕を切り落とした箇所にも更に土を塗るわけだし、四、五日——いや、十日は要るかな。いずれにしても、公麻呂さまがよく折れたもんだ」

小刀良が眉を曇らせたように、たった一箇所の修正といっても、相手は何しろ高さ五丈三尺余りの巨仏。腕の長さも、軽く三丈を超える。

古参の仕丁によれば、様仏の中心部は四本の柱を中心とする木組み。その上に割竹を藤蔓《ふじづる》や縄で結びあわせて木舞《こまい》を組み、粘土と砂を盛り上げたものが中型の正体である。

つまりひと口に腕を外すといっても、それは土を削り、鋸《のこぎり》で木舞や柱を切断する大工事。相当の困難が伴うことは、想像に難くなかった。

「要はまた、塗り土が要るってわけか。ちぇっ、もうしばらくあの暑さとつきあわなきゃならないとはな」

真楯が唇を尖らせていると、奥にいた新入りが空になった折敷を持って立ち上がった。水場が混んでいるためか、炊屋はいつもより客足が鈍い。汚れ物用の櫃《ひつ》に皿や椀を納め、彼は鍋を磨いていた宮麻呂に声をかけた。

「――」

その言葉を聞くや、真楯は思わず隣の小刀良と顔を見合わせた。新入りが何を言ったか、まったく理解できなかったのだ。

「おお、そうか。それはよかった」

宮麻呂がわずかに頰を緩めるのに、新入りはまた何か一言二言述べて、炊屋を出て行く。さりながらその内容もやはり、真楯には理解できなかった。

「なんだ、あいつは」

誰にともなく呟いたのを聞き咎めたのだろう。鮠人が背後を振り返り、「ああ、乙虫《おとむし》か」とうなずいた。

「ありゃあ、こないだから俺と同じ班になった乙虫だ。骨惜しみせずに働くいい奴だが、出が陸奥国《むつのくに》らしくってな。何を言ってるのか、まったく分かりゃしねえ。組長《くみおさ》もそれには手を焼いているぜ」

「陸奥？　じゃあ、あいつは蝦夷《えみし》なのか」

小刀良が驚きの声を上げたのも無理はない。東山道の果ての陸奥《みちのく》は、「道《みち》の奥《く》」という名の通り、日本《ひのもと》の辺境地域。大化以降、相次いで皇化政策が施されてはいるものの、蝦夷と呼ばれる人々の多くはいまだ寧楽に服従せず、鎮定と叛乱が相次ぐ未開の地であった。

蝦夷の領土と接する一帯には、防御施設である城柵が築かれ、畿内からの植民も盛ん。また帰属した蝦夷が京《みやこ》に登り、衛府の官人に取りたてられる例もままあるものの、何せかの地は寧楽から何千里と隔たった遠国である。陸奥の出身者に奇異の目が向けられるのは、致し方なかった。

「待てよ。なにも陸奥国の全員が、蝦夷ってわけじゃないだろう。仕丁として上番《じようばん》してぃるんだから、俺たちと同じ正丁なんじゃないか」

「けど真楯、さっき、あいつが何を言っているか、全然理解できなかったじゃないか。あれはきっと蝦夷の言葉だよ」

このとき宮麻呂が厨の中から、「いいや、違うぞ」と野太い声を投げてきた。

「確かに聞き取りづらい箇所が多々あるが、あれはわしらと同じ倭《やまと》の語じゃ。もっともあまりに訛《なま》りが激しいゆえ、慣れぬ者には蝦夷の語と聞こえるじゃろうがなあ」

「宮麻呂は、あいつの言ってることが理解できるのよね。あたしや秦緒には、全然聞き取れないんだけど」

　小刀良と鮑人から折敷を受け取りながら、牟須女が乙虫が出て行った戸口を見やった。長い夏の陽はようやく傾いたが、吹きこむ風はじっとりと生温かい。壁に止まった蟬が、炊屋内の男たちのしゃべり声に負けまいと、喧《かまびす》しく鳴き交わしていた。

「この炊屋には、陸奥や出羽《でわ》はもちろん、西は大隅《おおすみ》、薩摩《さつま》の者までやってくるからのう。よく耳を澄ませれば、何を言っているかぐらいは自然と察せられるものじゃ。もっとも同じ訛りでしゃべることは出来ぬがな」

　諸国から人が集うこの作事場では、東国出身者と西国の者が意思疎通を図れぬことがままある。そういった場合は他の仕丁や造寺司の役人が間に立ち、訛りの強い者同士を取りつぐが、乙虫ほど激しい訛りの持ち主はこれまで目にしたためしがなかった。

　陸奥や出羽は人口が少なく、上京にも日数がかかることから、はるばる寧楽までやって来る仕丁は多くない。そんな遠方の者たちすら徴発させられている事実に、真楯はこの造東大《ぞうとうだい》寺《じ》作事の規模の大きさを改めて知った思いであった。

「それで宮麻呂、さっき乙虫はなんて言ってたの？」

「ああ、今日の汁はうまかった、これほどうまい飯が食えるなら、仕丁暮らしも悪くないと言うておったのじゃ。それにしてもあの訛りのせいか、厨から見る限り、乙虫はいつもひとりぼっちじゃな」

宮麻呂はちらりと炊屋の奥に目を投げた。七分ほど客の入った炊屋の中で、再び酒を飲み出した猪養の周りだけが、ぽつんと空いている。うまくもなさそうな顔で立て続けに木椀の中身を呷《あお》る横顔は、以前の彼とは別人かと思うほど険しかった。

「普通、乙虫のような新入りは、仕丁頭があれこれ世話を焼くものじゃ。それも致さずに己の苦悩にばかり浸っているようでは、もはやまともな頭とは言えぬ。さような男は、さっさと郷里に戻したほうが皆のためやも知れぬな」

一日の労働から解放された仕丁や雇夫の声で、時分どきの炊屋は鐘の中にいるかの如き喧騒に包まれている。このためそんな宮麻呂の呟きが聞こえたのは、間近にいた真楯たちだけだっただろう。

また戸が開き、今度は指先に色とりどりの顔料をこびりつかせた絵工たちが、どやどやと入ってきた。牟須女が新たな客に汁を注ごうと、杓子を握り締めたときである。

「ええい、どけどけ。邪魔だ」

突然絵工たちを押しのけ、数人の使部《つかいべ》（下級役人）がなだれを打って炊屋に飛び込んできた。先頭に立った一人が、何事かと箸を止める男たちを見据え、居丈高な声を張り上げた。

「ここに弐の組の組長はおらぬか。誰か、吉良《きら》を見た者はおらんか」

「吉良だったら、さっき宿舎に戻って行きましたぜ」

李子の種を吐き出してそう答えた鮑人を、役人がじろりとにらんだ。

年は三十手前。目鼻立ちは整っているが、どこか悪いのかと疑うほどやせぎすの身体と顔色の悪さが、どこか蜥蜴《とかげ》を思わせる男であった。

「まことか。偽りを申すとためにならんぞ」

「嘘を言って、何の役に立つんでさあ。あの組長のことだ。今頃は懐に銭を突っ込んで、街へ女を買いに行こうとしてるはずですぜ」

弐の組の組長である吉良は、からっとした気性が取り柄の三十男。ただ女好きが玉に疵《きず》で、炊屋でも隙を見ては牟須女の尻を撫でまわし、気の強い彼女から毛嫌いされていた。

「いかがいたしましょう、雄足《おたり》さま」

使部が振り返るのに、雄足と呼ばれた官人は形のよい眉を寄せた。

「しかたがない。誰ぞ、下の番小屋を見て来い。――いや、その前に、今ここにおる弐の組の者は全員、表に出よ」

突然の命令に、飯を食っていた全員がどっと驚きの声を上げる。軽く片手を上げてそれを制し、雄足は淡々とした口調で続けた。

「先ほど台帳を改めたところ、本日、鋳師が用いた銅と蔵より出納《しゅつのう》した銅の量が合致しておらぬと判明した。三百斤（約二百キロ）、棹銅《さおどう》にして十本が紛失しておるのだ」

鋳造用の棹銅は作事場の北の蔵に収納され、朝晩を問わず厳しい監視が付けられている。出納には造寺司の役人の立ちあいが必須で、夕刻には一日に使った量の勘計（帳簿監査）が行なわれる定めであった。

これまでも出納の収支が合わず、組長や鋳師が呼び出される例はあったが、そのほとんどはすぐ、現場での帳簿の記入漏れによるものと判明した。それも棹銅一本や二本程度の誤差が大半で、十本もの棹銅が失われるとは前代未聞の珍事であった。

「ふん、誰かが横流ししやがったな。うまいことやりやがったぜ」

鮑人が足元に転がった李子の種を蹴飛ばし、仲間たちの顔をすばしっこい目でうかがった。

鋳師たちの計算によれば、大仏鋳造に必要な銅は七十万斤余り。その用に供すべく、国内随一の銅山のある長門国長登《ながとのくにながと》では日に夜を継ぐ勢いで良質の熟銅《じゆくどう》が産出・製錬されているという。

鉱物に限らず、仕丁・雇夫に日々与えられる米や銭、堂舎の建造に用いられる木材や炭など、この作事場には銭に換えられる物が膨大に置かれている。作事場に出入りする際は、見張り小屋で荷の改めを受ける定めだが、毎日おびただしい資財に接していれば、どうにかしてあれをくすねてやろうと考える不心得者が現れても不思議ではなかった。

「確かに棹銅を運んだのは我々ですが、実際に鋳熔かしたのは鋳師たち。はなっから我々ばかり疑われるのは、心外でございます」

小刀良が言い募るのに、雄足はふんと鼻を鳴らした。同じ役人でも根道とは異なり、どこか仕丁たちを下に見た態度であった。

「そんなことは、言われずとも分かっておる。すでに鋳師たちも呼び集めておるわ」

そうこうするうちに、小ざっぱりとした袍《ほう》に着替えた吉良が駆けて来て、配下の仕丁たちに外に出るよううながした。

「飯の最中にすまん。だがこういう疑いは、さっさと晴らしてしまうに限るからな」

「ちっ、けったくそ悪いったらありゃしねえ」

鮠人は忌々《いまいま》しげに舌打ちをしたが、組長の言葉には逆らえない。弐の組の者が次々と立ち上がるのを、真楯は無言で見送った。

おそらく彼らは宿舎に連れ戻され、荷の改めや不審な人物を見なかったかの糾問を受けるのだろう。とっくに飯は食い終わったが、そうなるとすぐに宿舎に帰るのも憚《はばか》られる。急にがらんとした炊屋を見回し、真楯は小さく溜息をついた。

「やれやれ、かような騒ぎの日は決まって、客足が鈍るものじゃ。この分では汁も飯もひどく余るのう」

言いながら宮麻呂は、笊《ざる》に積み上げていた大量の菜を、麻笥でざばざばと洗い出した。漬物にするのだろう。水切りした菜を適当に刻んで由加《ゆか》（瓦製の桶）に移し、塩を振りかけて揉む。青臭い汁を分厚い掌でぎゅっと絞る宮麻呂に、

「こういうことは、よくあるのですか」

と、真楯は問うた。

「そうじゃな。わしが知るだけでも、五、六回は起きておろうか。中には夜陰に紛れて蔵を破り、銅や炭を根こそぎかっさらった大胆な奴もおったぞ」

ただ、と続けながら、宮麻呂は菜を一切れ、口に放り込んだ。味が薄かったのだろう。傍らの壺から更に一握りの塩を振りかけ、再び菜に揉み込み始めた。

「そういった盗難はすべて、夜中に起きておる。今回のように真っ昼間に出蔵した棹銅をかすめ取るとは、聞いたことがないわい」

「炭や米ならともかく、棹銅十本かあ。いったいどこに隠したんでしょうね」

秦緒が拭巾《ふきん》（布巾）をすすぎながら首をかしげるのに、ううむ、と宮麻呂は低い呻《うめ》きを漏らした。

「三百斤の銅なぞ、そう容易に運べるものではない。盗難ではなく、単に造寺司や鋳師が帳面の記入を誤っただけとも考えられるのう」

「だけどもし本当に盗難だったとしたら、一人や二人のしわざじゃないわよね。安都《あと》さまが組長を真っ先に探したのは、正解だわ」

「安都さまってのは、さっきのお役人か」

真楯の問いに、牟須女は「そうよ」とぽっちゃりとした顎を引いた。

「あれは、造仏所舎人《とねり》の安都雄足さま。かっこいいわよねえ。あの独特の翳《かげ》が、なんとも言えないわ」

「そうか？」

確かに目鼻立ちは整っているが、ひょろりとした体軀は痩せすぎだし、何より権高《けんだか》な態度が気に食わない。首をひねった真楯を小莫迦《こばか》にした目で見つめ、「その冷たさがいいんじゃない」と、牟須女はあっさり言い放った。

彼女によれば、今年二十七歳の雄足は、造寺司の官人の中で最年少。元・大学寮の明経《みょうきょう》生《しょう》という経歴にふさわしい切れ者で、彼に憧れる女は作事場に多いという。

「まだ官位は低くていらっしゃるけど、あれほど有能なお方だもの。いずれは造寺司の次官、いえ長官にも登り詰められるに違いないわ。玉の輿《こし》を狙うなら、今のうちよね」

「ちょっと待て、牟須女はあんな冷やっこい男がいいのかよ」

「あら、男は仕事の顔と家の顔は違うものよ。我が親父どのだって、炊屋やうちじゃただの飲んだくれだけど、一旦炉の前に座ったら、顔付きからして違うんだから」

「誰が飲んだくれじゃと?」

言いながら顔をのぞかせたのは、当の朱元珞である。その後ろには鋳師たちのみならず、なぜか先ほど出て行ったばかりの弐の組の仕丁までが続いている。

「やれやれ、まだ作業中の炉の火そっちのけで呼びつけられるとは、造仏所のお役人の居丈高にはほとほと参ったわい。とはいえ銅の紛失の責任を問われれば、小さくなるしかないがなあ」

鮠人や小刀良の姿がないのは、呼び出された時点ですでに飯を食い終わっていたため、そのまま宿舎に留まったのであろう。それにしてもあまりに早すぎる仕丁の戻りに、宮麻呂が太い眉を不審げに寄せた。

「なんじゃ、もうお調べは終わったのか」

「おお、終わったぞ。というわけで、酒を頼む。ついでに何か肴《さかな》があれば嬉しいんじゃがな」

「わかった。ちょっと待っておれ」

宮麻呂はしばらくの間、厨の片隅の櫃に首を突っ込んでいたが、すぐに数切れの楚割《すわやり》を小皿に載せて持って来た。

楚割とは鮭や佐米《さめ》、須々来《すずき》などの魚肉を裂き、塩干しにしたもの。そのまま齧《かじ》ったり、小刀で薄く削いで食べる珍味であった。

「おお、ありがたや。作事場の士気は、炊屋の飯の味で決まるもの。宮麻呂はこの造東大寺司きっての功労者じゃのう」

「いくら褒めても、今日はこれ以外に肴は出ぬぞ。それにしても元珞、榑銅の盗難騒ぎはもう落着したのか。やはり、造寺司が記帳を間違えていただけか」

仕丁が続々と戻って来はしたが、やはり普段に比べると炊屋の客の入りは格段に悪い。菜の作り置きが充分にあるのだろう。宮麻呂は牟須女と秦緒に後を任せ、元珞の向かいに腰を下ろした。

「いや、そうではない。とある仕丁の床《とこ》の下から、榑銅が二本出て来たため、他の者は戻ってよしと言われたのじゃ」

「仕丁の床の下からじゃと――」

宮麻呂の声に、炊屋の奥でがたっと床几《しょうぎ》の倒れる音がした。振り返れば猪養が先ほどまでとは別人のような顔で、その場に棒立ちになっていた。

律の規定によれば、盗難は布五端あたり流罪一年が定め。榑銅一本が布何端に相当するかは不明だが、少なくとも配流五年や十年では済まぬだろう。造東大寺司の資財が官物であることを考え合わせれば、今後の見せしめのため、死罪に処せられる恐れすらあった。

いくら自分の境遇を嘆き悲しんでいても、そこはさすがに仕丁頭。誰がそんな罪を犯したのか、酒の酔いも一度に吹っ飛んだ表情であった。

「その仕丁、名はなんと申した」

詰め寄る宮麻呂に、元珞は酒の椀を大事そうに掌に抱き込み、「名までは知らぬ」と首を横に振った。

「ただ仕丁どもによれば、つい半月ほど前に、陸奥より来たばかりの男だそうな。造寺司に連れて行かれるのをちらっと見た限り、悪事を働きそうな面ではなかったがのう」

「陸奥じゃと――」

太い声を漏らすなり、宮麻呂は真楯たちを押しのけるようにして炊屋を飛び出した。

顔を青ざめさせた猪養が、一瞬遅れてそれを追う。

投げ出された木椀が卓から落ち、鈍い音を立てて土間で二つに割れた。

三

宮麻呂と猪養が炊屋に戻ってきたのは、その夜、半月が三笠山《みかさやま》に昇り始めた時刻であった。

「ええい、あの石頭がッ。少しはこっちの話も聞けってんだ」

炊屋の客はとうに退《ひ》け、片付けを済ませた牟須女は、半刻ほど前に元珞とともに帰って行った。

何となく宮麻呂たちが気がかりで、炊屋で余った酒を飲んでいた真楯と秦緒は、次第に近づいてくる声に顔を見合わせた。

「しかたがあるまい。乙虫の褥《しとね》の下より棹銅が出て来たのは事実。造寺司の役人が奴を疑うのも当然じゃ」

「けど本当にあいつが盗んだとしたら、残りの八本はどこに行ったって言うんだよ。——なんだ、お前ら。まだいたのか」

真楯たちの姿に、猪養は乱暴に頭をかきむしりながら、床几にどっかりと坐りこんだ。

二人の遅い夕飯でも作るつもりか、秦緒が無言で厨に引っ込む。何やらことこと始めたその背を眺め、猪養は深い息をついた。

「まったく、役人どもときたら、てんで頭が固くていけねえ。乙虫が盗っ人だと、端《はな》っから決めてかかっていやがる」

猪養によれば、乙虫は床の下の棹銅について、身に覚えはないと言い張っているらしい。さりながら雄足たちは強い訛りで述べられる抗弁にはこれっぽっちも耳を貸さず、乙虫を造寺司の仮牢に放り込み、明朝より詮議を始める予定という。

詮議といっても、罪を疑われた者に行なわれるそれは、拷問に等しい責め問い。乙虫の無罪を信じるのであれば、明日までに犯科人を捕えて来いとでも言われたのだろう。猪養の顔には明らかな焦燥がにじんでいた。

「そうでなくともこのところ作事場では、仕丁同士の喧嘩やら小さな事故やら、数々の騒ぎが相次いでおる。造仏所からすればここら辺りで、手綱を締めてかかりたいのかもしれぬな」

規律が緩んでいる原因の一つが自分だとの自覚があるのだろう。宮麻呂の言葉に、猪養は決まり悪げにそっぽを向いた。

とはいえ同じ仕丁でも、腹の底で何を考えているかまで、完全に理解しあっているわけではない。ひょっとしたら本当に、乙虫が棹銅を盗んだのかもしれないと真楯は思ったが、猪養はその疑いをあっさり一蹴した。

「何せ陸奥から出て来たばかりの乙虫には、棹銅を銭に換える手立てがないからな。無論、金物を扱う店は、市に幾つもあるが。されど十全に言葉も通じぬあいつから、明らかに官物と知れる棹銅を買う者はおらん。それにすぐに足がつく作事場で盗みを働くほど、あいつも間抜けじゃないだろう」

「でももしかしたら、他に仲間がいるのかも。そいつが乙虫を仲間に引き入れ、銅を盗ませたと考えられませんか」

「さあて、それもどうじゃろうなあ」

今度は宮麻呂が、うっそりと口をはさんだ。

「まったくありえぬ話ではないが、なにせ京の者たちはとかく陸奥や出羽の者を見下すものじゃ。言い方は悪いが、仲間に入れるのに、わざわざ乙虫を選ぶ者はおるまいて」

宮麻呂の言葉は、あながち的外れではない。

日本の中心である寧楽には、国内はもちろん、唐・新羅《しらぎ》からも様々な人々が訪れる。その中でも東山道の果てである陸奥・出羽、西海道《さいかいどう》の果てである大隅や薩摩の者は、蝦夷だの隼《はや》人《と》だのと呼ばれ、蔑《さげす》まれる傾向があった。

共に哀しければ泣き、嬉しければ笑う人間にもかかわらず、彼らはほんの少しの言語や顔貌の違いゆえに恐れられ、化外の民と見なされていたのである。

真楯は正直、遠国の者にそこまでの忌避感は抱いていない。だが長年この炊屋で仕丁たちを眺めてきた宮麻呂が言うのだから、京には彼らをひどく差別する者が数多《あまた》いるのだろう。ひょっとしたら似たような例は、これまでに幾度もあったのかもしれなかった。

「そうなると盗っ人は自分たちから目を逸《そ》らせるために、乙虫を陥れたってわけか。畜生、なんてことをしやがる」

猪養が腹立たしげに卓を殴りつけた。

現在、造仏所で働くのは仕丁や雇夫、鋳師・奴婢《ぬひ》を合わせて三百人余り。畿外からやってきた仕丁とはいえ長年寧楽に暮らしていれば、知人の数人ぐらいはいよう。また鋳師であれば、自分で棹銅を鋳つぶして売り捌《さば》く手もある。乙虫の無実を主張しても、では代わりに誰が犯人だと名指しすることは、一晩では到底不可能であった。

「ところで問題の棹銅は、そもそもいずこでなくなったのじゃ」

「ああ、さすがの宮麻呂も、作事の現場までは知らねえか。作事場では毎朝一番に、大鋳師さまと造仏所の役人が相談して、その日必要な棹銅の数を決める。そして入り用な銅を蔵からまとめて運び出して資材置き場に置いておくんだが、盗まれたのはどうもこの資材置き場かららしい」

鋳師は日中必要な銅を資材置き場まで取りに行き、出納帳に持ち出した量を記す。そしてその日のうちに使いきれなかった銅は、夕刻、まとめて蔵に戻され、役人によって監査が加えられるのであった。

「造仏所の記録によれば、今朝出蔵した棹銅は四十本。うち二十本が補鋳に用いられたものの、蔵に戻ったのは十本のみ。それで十本が盗まれたと判明したってわけだ」

「待ってください。四十本もの棹銅を作事場に運び入れながら、そのうち半分しか使わなかったのですか」

真楯の問いに、猪養は鼻の頭に皺を寄せた。

「ああ、それな。実は今日の午後、国公麻呂さまが改鋳のやり方について高市大国さまを咎められ、作事が予定の半分も進まなかったんだと」

「公麻呂さまが――」

「大国さまが右腕の鋳造を別鋳で押し切ったのが、面白くないんだろうな。これまでずっと何も仰《おつしや》らなかったのが、午後になっていきなり、即刻、弐の組が行なっている補鋳を止めよと命じられたそうだ。さすがの今毛人さまも、逐一作業を見守っておられるわけでなし、こういった嫌がらせにはなかなか気付いて下さるまいなあ」

下段から順に鋳込みを重ねる際、ただ熔銅を流し入れるだけでは、段同士の結着力は不足する。このため高市大国は一段の鋳造が終わった後、補鋳によって銅の高さを整えた上で、ところどころに切り込みを入れ、上下の銅がうまく絡み合うよう工夫していた。

「だが公麻呂さまに言わせれば、補鋳を施してから切り込みを入れるなど、無駄も甚《はなは》だしい。不足のある部分や銅が余った部分はそのままにして次の段を鋳れば、切り込みと等しい効果が得られるだろうとのお考えだそうだ」

公麻呂の主張にも理はあるが、大国たちの優れた技術のおかげで、鋳造で生じる銅の過不足箇所は決して多くはない。上下段が芋継ぎ（継ぎ目が平滑な積み方）にならぬためにも、細かな凹凸を作る作業は不可欠なのだが、公麻呂は何としても、腕の鋳造法を変更させられた遺恨を晴らしたいのだろう。大国の補鋳を執拗に咎めた上、ついには「貴重な棹銅を無駄に用いるつもりか」と恫喝《どうかつ》まで加え、作業を中止に追い込んだのであった。

とはいえいったん火を入れた炉を、すぐに止められはしない。しかたなくすでに炉に入れていた銅だけそのまま熔《と》かし、残った棹銅は手つかずで蔵に戻したらしいと猪養は語った。

「つまり本来、余らぬはずの棹銅が、今日に限って残ったわけか。何やら妙じゃのう」

行き当たりばったりの盗難で十本もの棹銅は運べまいが、補鋳中止が言い渡されたのは、今日の昼過ぎ。前もって、棹銅が余ることを知る者はいなかったのに、なぜ盗っ人はまんまと棹銅を手に入れられたのか。

三人が押し黙ったのを、話がいち段落したと勘違いしたのだろう。秦緒が一つだけ火を落としていなかった竈に小鍋をかけ、二人分の汁を温め始めた。ついで大皿に載せた握り飯を、三人が囲む卓に置いた。

「とりあえず宮麻呂も猪養も、飯にしたらどうですか。特に猪養、酒ばかり飲んで、腹にも入れないのは身体に毒ですよ」

「おお、済まぬな。残った汁と飯は、ちゃんと外に運んだか」

「はい、いつも通りにしてあります。多分、とっくに空になっているでしょう。後で鍋を取りに行ってきます」

ひょんなことから造仏所炊屋で働くようになったにもかかわらず、秦緒はほんの数か月ですっかり宮麻呂に心酔してしまったらしい。料理の腕は相変わらず上達の兆しがないが、宮麻呂と猪養の腹具合を心配したり、宮麻呂がいない間に一人でこつこつと明日の仕込みをする姿は、少々甲斐甲斐しすぎるほどであった。

皿には刻み菜を混ぜた握りこぶしほどの握り飯が、十も並んでいる。ご丁寧なことにその傍らには、瓜の糟《かす》漬《づ》けまで添えられていた。

「秦緒はこういうところは気が利くのう。されどこの瓜はちょっといただけぬ。糟をちゃんと落としておらぬし、端がすべてつながっておるではないか」

小言を言いながら、宮麻呂は早速、握り飯にかぶりついた。

「それに秦緒、この飯の量は少し多くないか。いくら俺でも、宮麻呂と二人でこんなには食えんぞ。ひょっとして奴《やっこ》どもの食い扶持《ぶち》まで、使っているんじゃないか」

呆れ顔の猪養に、秦緒は「大丈夫です」と笑った。

「今日は客の入りが悪く、飯がずいぶん残りましたから。ちゃんと数えたわけではありませんが、奴婢どもの食い分はむしろ常より多かったと思います」

「ふむ。わしはいつも、ほぼ三十人分の飯が余るように計らっているのじゃが。そうか、今日はそんなに残ったか」

早くも二つ目の握り飯を手にして、宮麻呂はふと身動きを止めた。そのまま双眸《そうぼう》をじっと宙に据え、何やら考え込む顔になった。

「どうした、宮麻呂。喉に飯でも詰まったか」

猪養が差し出した水を、首を振って退け、「そうか――」と、宮麻呂は低い声を漏らした。

「わかった、わかったぞ。残りの棹銅は、きっとあそこにあるのじゃ」

言うなり床几を蹴って駆け出そうとする腕を、猪養が慌てて摑んだ。

「ちょっと待て。棹銅の隠し場所となれば、そこには盗っ人がいるんだろう。一人で探しに行くのは危うい。下部《しもべ》を呼んで来よう」

そんな猪養に、宮麻呂はきっぱり首を横に振った。

「いいや、それには及ばん。棹銅があるのは、作事場でも一、二を争う安全な場所じゃ」

とはいうものの、彼を一人で行かせるわけにもいかない。竈の火をすぐに消せずおろおろしている秦緒を置き去りに、真楯と猪養は宮麻呂とともに炊屋を飛び出した。

作事場のある小丘の裾には竹矢来《たけやらい》が巡らされ、ところどころに番小屋が置かれている。

点々と連なる不寝番の灯は、坂の上に立つ真楯の目に、故郷の鳰《にお》の湖《うみ》（琵琶湖）で行なわれる夜釣りの船灯りかと映った。

「――ここじゃ」

わき目もふらずに駆けた末に宮麻呂が立ち止まったのは、作事場の北端。明々と燃える篝火《かがりび》に照らされた蔵の前であった。

番をしていた下部たちが、時ならぬ三人の姿に一瞬、矛《ほこ》を構える。だがすぐに、「胡乱《うろん》な者ではない。造仏所の炊男と仕丁頭じゃ」との宮麻呂の声に、安堵の表情で武具を降ろした。

「おい、ふざけるな、宮麻呂。ここは棹銅が仕舞い込まれている蔵じゃねえか」

からかわれたと思ったのか、猪養が声を荒らげた。

「その通り、造寺司の蔵じゃ。行方知れずの八本は、ここに納められているのじゃろう」

「なんだと、つまり盗難なんてなかったってわけか。だとしたら何故、乙虫の床の下から棹銅が出て来たんだ」

「いや、盗みは確かにあったのじゃ。いや、あったことにしたい者がいるというのが正しかろう」

貴重な銅を納めるだけに、蔵は土蔵造り。太い格子の組まれた戸は頑丈で、中の様子はまったくうかがい知れない。

黒々とした闇が蟠《わだかま》るばかりの蔵の奥を見つめ、宮麻呂は静かに言葉を続けた。

「何しろ今この作事場には、長門より毎日のように膨大な銅が運び込まれておる。その一方で、螺髪の鋳造や、東西両塔、僧院などの堂舎の建造も始まり、毎日の出蔵の夥《おびただ》しさといったらない。となれば造寺司は、日々の出入りの数は改めても、現在蔵にどれだけの棹銅が納められているか、また帳面上の記録が実際の数と合致しているかなぞ、いちいち確かめておらぬのではないか」

宮麻呂は普段、厨の余りを奴婢に食わせるべく、わざと三十人分の飯を余分に拵えている。炊屋の客足は日によって異なり、残った飯が予定に満たない日もあれば、今日のようにそれを軽く超過する場合もあるが、毎度残飯の量を改める暇は、多忙な彼にはない。

造寺司の蔵でもそれと同じことが起こっているに違いないと、宮麻呂は説いた。

「つまり蔵に戻された棹銅は、ちゃんと二十本あったというわけですか」

「二十本ではない。十八本じゃ。乙虫に盗みの咎を着せるため、二本だけ最初に残したのであろう」

煌々《こうこう》と焚かれた篝火のせいで、真楯たちがたたずむ物陰はかえって深い闇に沈んでいる。蔵の壁に、下部たちの影が大きく伸び上がる様が、妙に禍々《まがまが》しく見えた。

「蔵にある限り、棹銅は造仏所のもの。それを仏身に変えるは、鋳師の役目。そうなると蔵から出納した銅が失われた場合、誰が叱責を受けるであろう」

（誰が、だと――）

宮麻呂の言葉を真楯は、脳裏で反芻《はんすう》した。

蔵の棹銅は造寺司の役人の手で出蔵され、鋳師に委ねられる。そして今回、棹銅が紛失したのは、作事場で鋳師たちが目を離した隙ということになっている。そう、そして実際先ほど、元珞は銅の紛失に関して、自分たちの非を認めていたではないか。

あっ、と先に声を上げたのは、猪養か真楯か。ほぼ同時に立ちすくんだ二人を振り返り、宮麻呂は小さく顎を引いた。

「そうじゃ、そこまでして鋳師に咎を着せたい者といえば、お一方しかおられまい」

「まさか……まさか国公麻呂さまが大国さまを陥れるため、盗難騒ぎを企んだと言うのか」

問いかける猪養の声は、気の毒なほどかすれていた。

「陥れるとの言いようは、大袈裟《おおげさ》やもしれん。ただ何か鋳師たちが失態を犯してくれれば、以後、自分の命《めい》に従うようになろうと考えられたのではないか」

高市大国とその配下は、畿内きっての鋳師集団。自分に反抗する彼らをどうにか黙らせたいが、彼らが作事場から去るような事態となっては、大仏鋳造に障《さわ》りが出る。大国たちの口を噤《つぐ》ませ、なおかつその技を今後も作事場で発揮させるためには、彼らの弱みを摑むのが一番。その弱みを作るために、公麻呂は棹銅を掠め取らせたのだ。

安都雄足の行動があれほど迅速だったのも、造仏所長官である公麻呂の内意を受けてとなれば腑に落ちる。二本の棹銅を容易に見つけられたのとて、あらかじめそこに銅が隠されていると承知していたゆえに相違ない。

「ですがそうなると何故、犯科人の疑いが乙虫に着せられたのですか」

「それはおそらく、乙虫が陸奥の出だからであろう。蝦夷に近いような正丁なぞ、公麻呂さまや雄足さまは人とは思うておられぬのじゃ」

訥々《とつとつ》と語る声がわずかに震えていたのは、決して勘違いではあるまい。何気なさを装う口調がかえって、宮麻呂の中に溢れかえる怒りを如実に示していた。

「公麻呂さまからすれば、銅の管理の悪ささえ責められれば、罪を着せる者なぞ誰でもよかったはず。されど愚かさゆえに銅を盗んだのだと言い立てるためにも、犯人は帝のありがたいご軫念《しんねん》を理解できぬ無知蒙昧《もうまい》の輩《やから》である必要があったのではなかろうか」

地の果てにも等しい陸奥から来た男なぞ、まつろわぬ蝦夷とさして変わりがない。仮に拷問にかけて亡くなったとて構わぬ、と彼らは考えたのに違いなかった。

冷ややかな安都雄足の顔が、脳裏をよぎる。造寺司内でもっとも年若な彼は、本当にいずれは長官にも昇らんと考えているのかもしれない。その野望を果たすために帝の信任厚い公麻呂に取り入り、乙虫を陥穽《かんせい》に嵌《は》めようとしたのだとすれば、獣の如きと評されるべきは彼の側。人としての道すら失った彼が、道の奥の者を見下すなぞ、言語道断の行いであった。

ふと見れば猪養は両の手を拳に変え、己の足元を睨みつけている。やがて厚い肩をすぼめて、太い息をつき、

「いくぞ」

と、元来た道を戻り始めた。

「いくぞって――いったいどこにですか」

「決まっているだろう、造仏所だ。畜生、俺の手下に好き放題しやがって」

そう吐き捨てる横顔は、炊屋の片隅で己の不遇ばかり嘆いていた彼とは別人のように険しい。

「ふん、それでこそ我らが仕丁頭じゃ。おぬしが酒なんぞに溺れずしっかりしておれば、公麻呂さまたちもかような濡れ衣をうちの仕丁にかけなんだかもしれぬのう」

褒めたのか嫌味を言ったのか分からぬ口調で呟き、宮麻呂がその後に続く。

いつしか半月は中空に昇り、膝先まで土塁に覆われた毘盧舎那大仏を皓々《こうこう》と照らし付けている。

鴉《からす》か、それとも鷹であろうか。ギャアッと怪鳥じみた声が坂の裾で起こり、何かに断ち

切られたかのようにすぐにぷっつりと途絶えた。

四

造仏所は他の所同様、造東大寺司の被管官司。このため造仏所の役人は常は作事場内の造東大寺司の官衙《かんが》で、執務している。

昼間であれば大勢の役人や下部が詰める役所も、深更《しんこう》近くともなれば、宿直《とのい》の数人が留まるばかり。主典の葛井根道でも残っていればまだ話を聞いてもらえただろうが、生憎とっくに下庁したらしく、顔見知りの下部の姿もない。

「しかたない。こうなりゃここで夜明かしして、明朝、出勤して来られた根道さまを捕まえるまでだ」

猪養が造寺司の門前に胡坐《あぐら》をかいた直後、かたわらのくぐり戸が微かにきしみ、背の高い男が一人、足音を立てずに姿を見せた。造仏所舎人の安都雄足であった。

あっ、と声を上げた真楯たちに、雄足は一瞬、不審げに眉を寄せた。

だがすぐに、どこで三人に会ったかを思い出したらしく、

「――おぬしらか」

と不機嫌そうに呟き、足早に坂を下りようとした。

詰所に姿がなかったところからして、併設の書庫で調べ物でもしていたのだろう。月影に照らし出された袍には、あちらこちらに埃《ほこり》がついている。涼やかな墨の匂いが、真楯の鼻先に微かにたゆたった。

「お待ちください、舎人さま」

「なんだ」

あわてて走り寄った猪養に向けられた目は、氷を含んだように冷たい。それには微塵もたじろがず、猪養は雄足に一歩詰め寄った。

「先ほど捕えられた乙虫を、お返しください。棹銅を盗んだのは、あいつではありません」

「なんだと。先ほども申したであろう。確かに乙虫はやっておらぬと言うておるが、あ奴の床の下から銅が出て来たのは事実。ほかに犯科人がいると言うのなら、そ奴を今すぐここに連れて来い」

向かい合えば、猪養は雄足より頭一つ分、背が高い。そんな相手をじろりと見上げ、雄足は小さく鼻を鳴らした。

「どうした。本当に犯科人を捕えてくれれば、乙虫とやらの無実を信じてやらぬでもないぞ」

ここで雄足に、先ほどの推論をぶつけることは容易《たやす》い。さりながらただの仕丁である猪養や真楯が何を述べたとて、長官の国公麻呂の密命を受けて陥穽を仕組んだ当人が相手では、どんな結果が待ち構えているか、火を見るよりも明らかである。

身分の違いの前には、事の理非なぞ何の役にも立たない。ましてや証拠のないただの推論をぶつけても、雄足がそれを肯定するはずがなかった。

猪養は大きな口を引き結んで、雄足を見つめている。しかし不意に大きな息をつくや、分厚い胸を張った。

「犯科人はおります。雄足の行く手を遮るように両手を広げ、野太い声を張り上げた。

「犯科人は——この俺でございます」

「なんじゃと」

あまりに思いがけなかったのだろう。さすがの雄足が絶句する。それを尻目に猪養はもう一度、

「犯科人はこの俺でございます。さあ、なんなりとお咎めを下してくだされ」

と繰り返し、その場にどすんと座りこんだ。

「天地神明に誓って、乙虫は犯人ではありません。本当の盗っ人がどこにいるかは存じませんが、ともあれ仕丁頭たる俺がしゃんとしていれば、こんな盗みは起きなかったはず。いわばこの騒動の犯科人は、俺でございます」

梃子《てこ》でもここを動くまいとばかり、猪養は太い腕を組んだ。その双眸には、鋼のような意

志が湛えられている。雄足や公麻呂の企みをこちらが承知していると告げるには、十分すぎるほど雄弁な眼差しであった。

ちっ、という鋭い舌打ちとともに、雄足は苦々しげに顔をしかめた。

なるほど猪養の主張は、筋が通っている。

さりながらここで造仏所の仕丁から厚い信頼を寄せられている彼をひっくくれば、どんな騒ぎになるか知れたものではない。

大仏の第三段目製作開始よりこの方、工程は日に日に遅れるばかり。更にまた作事の妨げになる騒動を起こしては、作事の最高責任者たる造寺司長官より叱責を蒙るやもと考えたのであろう。

痩せこけた頬を引きつらせ、雄足は猪養を見下ろした。

「なぜあの仕丁を、そうまでして庇《かば》う。あいつは言葉すら満足に通じぬ、陸奥の男だぞ」

「陸奥だろうが出羽だろうが、俺には関係ありません。乙虫は造仏所の仕丁、すなわち俺の配下でございます」

一息に言い放つ口調には、なんの躊躇《ためら》いもない。しばらく忘れていた仕丁頭の責務、それを仲間を守るため再び何としても担わねばという堅い意志が、全身から焔のように立ち昇っていた。

雄足はしばらくの間、苛立たしげに猪養を見つめていた。しかし不意に、

「――わかった」

と低い声で呟いて踵《きびす》を返し、三人を目顔で造寺司の官衙に導き入れた。

「仕丁頭のおぬしに免じて、こたびは乙虫の無実を信じてやろう。牢から出してやるゆえ、とっとと連れて帰れ」

資材管理の責任を鋳師に負わせるという公麻呂の当初の目的は、とうに果たされている。下手にここで乙虫を捕縛し続けるよりも、さっさと放免したほうが後腐れがないと考えたのだろう。

とはいえその思いきりのよさは、およそ並の人間が真似できるものではない。

（なんてお方だ……）

昼の熱気がいまだ地表に淀んでいるにもかかわらず、真楯はぶるっと身を震わせた。目の前の男は本当にいつか、造寺司長官にまで登り詰めるかもしれない、そんな気がしてならなかった。

もともと東大寺作事は、三笠山裾の小丘を切り崩した上で行なわれている。それだけに山際である東斜面は、真夏でも日が差さず、始終じめじめとした湿気に包まれており、造寺司の仮牢はまさにそのただ中、切り立ったような崖の真下に築かれている。

牢に近づくにつれ、ひんやりとした冷気が足元を這い上ってきた。

雄足の姿に、牢番が二人、はっと頭を下げる。そんな彼らを軽く手を振って追い払うと、雄足は油皿に火を移し、腰に提げていた鎰《かぎ》で太い木格子を開けた。

三方に板塀を巡らした仮牢は奥行きがあり、小さな灯り一つではそこに誰が放り込まれているのかまでは見透かせない。

「――出ろ、乙虫。迎えが来たぞ」

一瞬の間を置いて、微かな風の音が牢の奥から響いてきた。いや、違う。風と感じたそれは、牢の薄暗がりですすり泣く乙虫の声であった。

猪養が雄足の手から油皿を奪い取り、弾かれたように牢に飛び込む。

火影が猪養の大きな影を板塀に伸び上がらせるのと、壁にもたれかかった乙虫の肩を彼が懸命に揺さぶり始めたのはほぼ同時であった。

「おい、乙虫ッ。しっかりしろッ」

責め問いは明朝からと聞いていた。だがここに収容されるまでの間に、すでに殴る蹴るの暴行を受けたのだろう。ぐったりとした乙虫の瞼《まぶた》は腫れ上がり、半臂《はんぴ》のそこここには血がにじんでいる。

二人を見つめる雄足の目は、静まり返った沼の面《おもて》のように暗い。それまで無言であった

宮麻呂が、その横顔をちらりと見上げ、

「舎人さまは、陸奥の者がお嫌いでございますか」

と、小さな声で問うた。ひどく乾いた、平板な声音であった。

「——ああ、嫌いじゃ」

「なにゆえでございます」

「陸奥国は、この日本の果て。帝のご軫念も知らぬ蝦夷ばかりが住まう地の者なぞ、京に足を踏み入れさせずともよいのだ」

「されど班田《はんでん》を受けた正丁たちはみな等しく、帝にお仕えする大御宝《おおみたから》でございましょう。陸奥国の者ばかり、何故そこまで嫌われまする」

「ふん、帝にまつろうても、所詮蝦夷は蝦夷。面従腹背して、何を考えておるのかわからぬ奴らに変わりはないわい」

他人を見下し嫌うことに、雄足は一分の羞恥も感じていないのだろう。ひょっとしたら彼の目には、遠国の者は自分と同じ人間とすら映っていないのかもしれない。

人はしばしば、見知らぬ存在に対し、いわれのない嫌悪を抱く。確かに真楯とて、言葉の通じぬ乙虫に対し、蝦夷かと身構えもした。

しかしそれにしてもこの雄足の陸奥嫌いは、明らかに常軌を逸していた。

「面従腹背でございますか——」

　宮麻呂が深い吐息をついたとき、乙虫を背中に背負った猪養が、足をふらつかせながら牢から出て来た。その左右に駆け寄ろうとした真楯と宮麻呂の背に、雄足は低い声で吐き捨てた。

「わしの父は左京職の使部であったが、かれこれ十六年前、逃亡を企てた陸奥国の仕丁に刺されて死んだ。まことこの国の大御宝であれば、課丁の務めを果たすのは当然。それも出来ぬ蝦夷など、この国には要らぬのだッ」

　振り返れば雄足はぱっと土を蹴散らして踵を返し、官衙へ歩み去ろうとしている。肩を怒らせたその背に、陸奥国への憎悪が滲んでいると映ったのは、気のせいではあるまい。真楯はその場に棒立ちになった。

　雄足はきっと父を殺された哀しみを憎悪に変えることで、これまで生きてきたのであろう。そんな暗い道を歩んできた彼に一抹の憐れみを覚えぬでもないが、無関係な者に憎しみをぶつけるのは逆恨みではないか。

　傍らでは宮麻呂が大きな目をいっぱいに見開き、見る見る小さくなる雄足の背を凝視している。握りしめられた両の拳が、かすかに震えていた。

　宮麻呂、と声をかけようとして、真楯は息を呑んだ。その横顔が、まるで別人のように強張っていたからだ。

「――」

真楯には理解できない呟きが、鬚に覆われた口許から漏れた。ちょうどその瞬間、乙虫の口から絞り出された低い呻きのせいで、それを聞き取ったのは真楯一人だっただろう。

さりながら真楯がその事実が何を意味しているのか気付く前に、宮麻呂は乙虫の傍らにしゃがみ込み、その頰をぴたぴたと叩きながら、

「乙虫、乙虫、しっかりするのじゃ。すぐに炊屋で粥《しるかゆ》を煮てやる。それを食って、元気を取り戻すのじゃ」

と、胴間声を張り上げ出した。

「よいか、乙虫。このようなところで死んではならぬ。おぬしは生きて――生きて陸奥に帰るのじゃ」

古血をこびりつかせた頰を、腕を撫でながら、宮麻呂は懸命に乙虫を励まし続ける。猪養がどこかから荷車を探して来て、そこに乙虫を横たえる間も、ずっと彼に言葉をかけ続ける様は、獣が傷ついた仲間に懸命に寄りそおうとする姿にも似ていた。

――宮麻呂は、あいつの言ってることが理解できるのよね。あたしや秦緒には、まったく聞き取れないんだけど。

牟須女の声が、耳底でうわんとこだまする。

ぽっかりと黒い口を開けた牢が、果ても知れぬ暗く遠い道の入り口かと映った。

（宮麻呂――あんたいったい、何者なんだ）

立ちすくむ真楯を嘲笑うかの如く、牢の奥からまた微かな風が立ち、冴え冴えと月が輝く空へと吹き上がって行った。

媼《おうな》の柿

一

ごうごうというなりを伴って逆巻く熱気が、額に次々と大粒の汗を浮かばせる。

顎先に流れたそれを顔を振るって払い落とし、真楯《またて》は土塁の下から響く太鼓に合わせて、思い切り踏鞴《たたら》を踏みつけた。

その途端、耳を聾《ろう》するばかりの風音とともに、床板が男たちの重みをぐうと跳ね返す。少しでも油断すれば、八人の踏み子を振り落としかねぬその勢いは、さながら地中で蠢《うごめ》く巨大な龍にも似ていた。

毘盧舎那大仏《びるしゃなだいぶつ》の第五段目の鋳込みを迎え、寧楽外京《ならげきょう》の造東大寺《ぞうとうだいじ》作事場は地獄もかくやと思われる熱と轟音に押し包まれている。

もうもうと立ち上る黒煙が辺りを覆い、土塁の上は日中とは思えぬ薄暗さ。そこここの炉から吹き上がる青白い焰が、霞んだ空を妙に白々と染め上げていた。

「ええい、休むでないッ。踏んで、踏んで踏み抜くのじゃッ」

普段温厚な朱元洛《しゅのげんらく》までが、髭《ひげ》を振り乱して喚《わめ》き立てているのは、あまりの騒音のせいで、そうでもせねば互いの声が届かぬためだ。

「あと三十踏み、それが終わったら右列の四人は次の組と交替じゃ」

甑炉《こしきろ》に風を送る踏鞴は、炉の側に建てられた仮屋の中で、八人が二列に分かれて踏む。真楯は頭上から垂れ下がる荒縄を摑んだまま、仲間たちとともに「おうッ」と、半ばやけになって怒鳴った。

大仏鋳造《ちゅうぞう》が始まって、丸一年。現在、高さ五丈余りの様仏《ようぶつ》（中型《なかご》）は胸元まで土塁で覆われ、大仏の顔だけが小山の中からにょっきりとのぞいている。

台座を皮切りに、仏体の膝から腹、更に胸へと鋳込むに従って、外型《そとご》や仏身にかかる重量は増す一方である。今回の鋳造で下段が損傷せぬか、四段目との鋳継ぎはうまくいっているか……数々の不安のせいで鋳師たちの顔は強張り、現場には殺気じみた緊張感が漂っていた。

一つの炉が鋳る地金は、九百斤（約六百キロ）。踏鞴がごうごうと風を送るごとに、棹銅《さおどう》とともに積み重ねられた炭が激しい焔《ほむら》を吹き上げ、銅を真っ赤に鋳溶かす。仕丁、鋳師を問わず、土塁の上で働く男たちはみな、滴り落ちる汗と炭の粉を浴びて全身真っ黒に汚れ、地獄の釜の底の如き光景に、更なる不気味さを添えていた。

「右列交替まで、あと十踏み。次の踏み子は支度を始めよ」

元珞ががらがら声を張り上げていると、奴婢《ぬひ》の舎薩《しゃさつ》が背負子《しょいこ》で木炭を運んできた。渡りに船とばかりその腕を掴み、元珞は顎先で蹈鞴を指した。

「ちょうどよい。舎薩、おぬしも蹈鞴踏みに回れ」

「勘弁してくれよ。あんなところに追いやられたら、おいら、焼け死んじまう」

後ずさりする舎薩に、元珞は煤《すす》まみれの眉を撥ね上げた。

「ならぬ、おぬしも一度ぐらいは蹈鞴に上れ」

と険しい口調で怒鳴り付けながら、煤で真っ黒になった眉を逆立てた。

「一昨日《おととい》の雨のせいか、炭が捗々《はかばか》しく燃えぬ。このままでは銅が熔《と》け切る前に、踏み子が疲れ果ててしまうわい」

梁《はり》から下がった綱を掴み、全身の重みをかけて風を送り続ける蹈鞴踏みは、仕丁《しちょう》や奴《やつこ》の中でも特に屈強な若人が選ばれる重労働。だが炉の具合から、元珞は今日は普段にも増して強い風を送らねばと判断したのであろう。

老鋳師の厳しい表情に、舎薩はちっと舌打ちして、背負子を降ろした。折しも交替しようとしていた真楯の手から綱をひったくり、蠕動《ぜんどう》する蹈鞴の床板に身軽に飛び移った。

「しかたねえや。やってやらあ」

とはいうものの、細っこいその身体は、せりあがる床に今にも跳ね飛ばされそうである。

「おいおい、大丈夫か」

青ざめた真楯に、舎薩は少々頬を強張《こわば》らせながらも、不敵な笑みを浮かべた。

「ふん、これぐらい平気さ。それよりもさっさと水を飲んで来なよ。そんなとこでぼんやりしてると、熱にやられちまうぜ」

鋳込みの際、仕丁たちがもっとも恐れるのは暑気中《あた》り。ただ倒れるだけならまだしも、足場から転げ落ちたり、熱い炉に触れれば、どんな大怪我を負うか分からないからだ。

このため土塁の上には、誰でも渇きを癒せるように、水の満たされた大桶が至るところに置かれている。

舎薩はもともと要領がいい。すぐにこつを摑んだ彼に「まあ、これなら大丈夫か」と胸をなでおろして目を上げれば、猪養《いのかい》が炉の脇の足場の上でこちらに手を振っていた。

「おおい、真楯。俺も水が欲しいんだ。後でいいから、持ち場を代わってくれ」

炉の上から火に炭を足している猪養の顔は、茹で上げたように真っ赤である。急いで水を飲んで足場に上ると、彼は汗で濡れそぼった袖で額を拭い、炭を山盛りにした笊《ざる》を押しつけてきた。

「中の様子を見ながら、少しずつ炭をついでいけ。一度にまとめて入れると、焔が上がりすぎる。今の燃え方をよく覚えておくんだぞ」

折しもごおっと吹き上がった熱気が、はい、と答えかけた喉を塞ぐ。思わず身体をのけぞらせた真楯に、猪養が苦笑いした。

「あんまり中を覗き込むと、眉や睫毛《まつげ》を焼かれちまうぞ。ああそれと、もし火の粉が爆《は》ぜて目に飛び込んでも、絶対に目を閉じるなよ。瞼《まぶた》が焼きついて、二度と開かなくなるからな」

えっと怯《おび》え顔になったのが、よほど面白かったのだろう。猪養はげらげらと笑いながら、真楯の肩を叩いた。

「質の悪い薪ならともかく、甑炉に使っているのは、恭仁京《くにのきょう》そばの岡田焼炭所《おかだのやきすみどころ》に焼かせた上質の炭だ。そうそう爆ぜはしないから、安心しろ」

それより、と続け、猪養はふと真顔になった。

「眩暈《めまい》がしたら、すぐ誰かに代わってもらえよ。誤って炉に落ちれば、あっという間に骨まで溶けちまうぞ」

鋳込みに怪我はつきもので、やれ焼けた炉に触れて火傷をしただの、踏み子が胸をかきむしって倒れただのといった騒ぎは珍しくない。

作事場には典薬寮《てんやくりょう》の医師が交替で詰めているが、なにせ全ての所（部署）を合わせれば、一日千人余りが働く現場だけに、診察の手はまったく足りていない。それだけに猪養は常々配下の仕丁たちに、「まずは怪我をしないよう用心しろ」と口やかましく説いていた。

「わかりましたから、さっさと行って来てくださいよ。ただでさえ、ここは熱いんです。隣に猪養が立ってちゃ、暑っ苦しくてたまりません」

「こいつ、一人前の口を叩きやがって」

がははと肩を揺すりながら足場を降りる猪養の態度は、一時期の荒れようが嘘のように落ちついている。その背を目の隅で見送り、真楯が炉に炭を落とし始めたときである。

土塁の下からの太鼓の調子が、一瞬乱れた。

おや、と顔を上げたのは真楯だけではない。見回せば猪養はもちろん、顔を真っ赤にして蹈鞴を踏んでいた舎薩までが、土塁の裾を怪訝そうに振り返っている。

造寺司の下官《げかん》が打つ太鼓は、蹈鞴の調子を揃えるためのもの。音が乱れて踏み子が混乱すれば、せっかくの炉の火が消える恐れもある。

「ええい、どこの愚か者だ。鼓の音を狂わせよってッ」

大鋳師の高市大国《たけちのおおくに》が、血相を変えて土塁の際に走り寄る。しかし足場を降りようとした彼は、きらびやかな錦の袍《ほう》に身を包んだ男たちが次々とこちらにやって来るのに気づき、その場にはっと膝をついた。

先頭に立った細身の男が、足場を登りきるなり、荒れ狂う熱気に怯えたように立ちすくむ。

その後ろに従っていた小太りの男が進み出て、もっとも手近な甑炉を指図用の竹笞《たけむち》で指した。

「ただいまここには、かような炉が百余り備え付けてございます。すべての炉の銅が熔けましたら一斉に火口を開け、熔銅を型に流し込むのでございます」

落ち着き払った声で説明したのは、造東大寺司の高官・佐伯今毛人《さえきのいまえみし》であった。

東大寺の造営及び造仏・写経事業を主導する造東大寺司は、太政官直属の令外官《りようげのかん》。大鋳師の高市大国や大仏師の国公麻呂《くにのきみまろ》といった匠《たくみ》たちも、現在は便宜上、この司の役人に任ぜられており、いわば今毛人はこの作事場の最高責任者とも言うべき存在であった。

「忙しい最中《さなか》、邪魔をして済まぬ。長官へのご説明はわたしが行なうゆえ、皆、気にせず仕事を続けよ」

今毛人の声に、大国が深々と一礼して立ち上がった。

先ほどの太鼓の乱れは、下官が一行の姿に驚いたためだったらしい。元のあわただしさを取り戻す作事場を足場から眺め渡し、真楯は首をひねった。

説明も何も、うちの長官は佐伯今毛人さまじゃないのか、と不審を抱いたのである。

「真楯、すまなかったな。代わるぞ」

顔を洗ってきたのだろう。髪からぽたぽたと滴を滴らせて戻った猪養に、真楯は目顔で一行の姿を示した。

「猪養、あのひょろりとしたお方は、誰ですか」

「なんだ、真楯は初めてか。あれは造寺司長官の市原王《いちはらおう》さまだ」

「待ってください。長官は佐伯今毛人さまじゃないんですか」

真顔で尋ねる真楯を、猪養は一瞬、わけがわからないと言いたげな目で見下ろした。しかしすぐにああ、と小さく呟きながら、真楯の手から笊を受け取った。

「勘違いも仕方ないが、今毛人さまは造寺司の次官で、長官はこのところずっと、あの市原王さまだ。もっともお飾り同然でおられるゆえ、葛井根道《くずいのねみち》さまなぞは、長官ではなく、知事と呼んでらっしゃるがな」

葛城《かずらき》（天智《てんじ》）天皇五世の孫である市原王は、本職は僧尼や寺を監察する玄蕃寮《げんばりょう》の督《かみ》。その立場を買われて造東大寺司長官を兼任したものの、彼は生来作事には疎く、詩文や音曲を愛する文人貴族である。このため造寺の実務はすべて今毛人が担い、市原王は滅多に造寺司の官衙《かんが》にも足を踏み入れぬのだと猪養は語った。

なるほど今毛人の先導を受けた市原王の姿は及び腰で、頼りないことこの上ない。飛び交う火の粉がいつ、高価そうな錦の袍に穴を開けるかと、真楯は他人事《ひとごと》ながら心配した。

「それにしてもこれまでほとんど視察もなされなかった御仁が、なんでまたこんな日にお越しになるかなあ。今毛人さまも適当に断ってくれればよかろうに」

皇族である彼が怪我でも負った日には、作事場一同どんなお咎《とが》めを受けるか知れぬ。猪養が苦々しげに吐き捨てた。

あまりに危なっかしい歩みにたまりかねたのだろう。高市大国が市原王の傍らに寄りそい、その手を取った。

そんな彼らの後ろには、市原王の従僕らしき男たちが、ぞろぞろと従っている。いずれも作事場にふさわしからぬ身拵《みごしら》えの中に一人だけ、少々毛色の異なる男が交じっているのに気付き、真楯は猪養の袖を引いた。

「猪養、あいつ、どこか妙じゃないですか」

鋳込みの熱を懸念して、仕丁たちはみな袖の短い半臂《はんぴ》を着ている。市原王やその従僕たちも暑そうに襟元を緩める中、一列の末尾についた猪首の男がまとっているのは、鋳師たちの衣によく似た、手の甲までを覆う長袖の袍。作事場の熱気にもさして驚いた様子がないその顔には、引き攣《つ》れたような傷跡が無数に散っていた。

「見慣れねえ顔だが、胆の据わり方からして、ありゃ鋳師だな。とはいうものの高市大国さまが仕切る作事場に、新しい鋳師を連れて来るのも妙な話だ」

畿内きっての鋳師集団の棟梁《とうりょう》である高市大国は、以前から造仏所長官たる国公麻呂と大仏の製法を巡って対立している。

まさか、と真楯と猪養は顔を見合わせた。両者の仲違いに怒った今毛人が大国を馘首《かくしゅ》し、別の大鋳師を任ずるつもりではと疑ったのだ。

そうこうする間にも炉は激しく燃え盛り、幾つかの炉は踏み子を一人二人と減らし始めた。熔銅にあまりに熱を加え過ぎると、冷えた後の硬度が下がってしまうからだ。

鋳師が続々と大国に走り寄り、それぞれの担当の炉の銅が沸いたと伝える。

「三組炉、すべて鋳熔けましたッ」

と、元珞が高らかに告げると、蹈鞴を踏んでいた仕丁は我先にと仮屋を飛び出し、炉から湯口に至る煉瓦《れんが》の樋《ひ》の下に、真っ赤に熾《いこ》した炭火を並べ始めた。

樋の湿気を飛ばすとともに、湯口へと流れる銅の温度を、少しでも高く保つ工夫である。

やがてすべての炉の火入れが終わるや、大国は市原王に一礼し、大仏の正面に据えられた大炉の脇に立った。それと同時に幅五尺はあろうかという大旗が、黒煙渦巻く空に高々と掲げられた。

「よしッ、炉口を開けろッ」

大国の命令に合わせて、旗が大きく左右に振られる。すぐさま鋳師が、甑炉の炉口をふさいでいた煉瓦を鉄棒で叩き割るや、眩しく輝く熔銅が轟音とともに樋に奔出した。

触れれば骨をも溶かす灼熱の火の川は、赤を通り越して真白い閃光を放っている。激しい火花と地響きを立てながら樋を走り、湯口に滑り落ちるその様は、この世のものとは思われぬ神々しさであった。

市原王たちはもちろん、これまで幾度となく鋳込みに立ち会ってきた仕丁や奴までもが、固唾《かたず》を呑んだその直後、突如、太陽が落ちてきたかと思うほどの輝きが、土塁の一角で起こった。ついで銅鳴りとは比べものにならぬ轟音が響き渡り、激しい熱風が真楯たちの頬を叩いた。

足場がみしみしと揺らぎ、白煙が四囲に充満する。猪養がさっと顔を強張らせて、大仏の右側に据えられた炉を振り返った。

「畜生、湯（銅）が跳ねやがったなッ」

樋に水でも落ちていたのか、はたまた流れ落ちる熔銅に異物が混じったのか……。ともあれ、熔銅が樋から溢れたのは間違いない。

「逃げろッ」という声がどこからともなく上がり、仕丁や奴たちが土塁の降り口に殺到する。そんな人波に逆らって、高市大国や朱元珞が白煙の中に飛び込むのが、視界の端に映った。

「狼狽《うろた》えるなッ。湯が跳ねた炉は、たった一つだ。みな落ち着いて、持ち場の炉の火を落とせ」

猪養が足場の上から、仕丁たちを一喝した。

ここで全員が五段目の鋳造を放棄すれば、鋳直しのために土塁を崩し、半端に流し込んだ銅を削り取らねばならなくなる。他の炉で何が起きたとしても、残された者はそれぞれの持ち場を守る必要があった。

「舎薩、おまえは下に行って、お医師を呼んで来いッ」

うん、とうなずいて、舎薩が階梯《はしご》も使わずに土塁をするすると降りて行く。猪養の叱咤で何とか落ち着きを取り戻した仕丁が、残った鋳師ともども各炉の火を落とし、熔銅の流れ切った炉口を煉瓦で塞ぎ始めた。

真楯たちは常々鋳師から、鋳造の大敵は水気と教えられている。たとえ一滴でも熔銅に水がかかれば、銅は煮えたぎり、灼熱の火花となって四方八方に飛散する。このため鋳込み後は炉口を塞ぎ、自然に火が落ちて炉が冷えるのを待つのであった。

事故が起きた炉の周囲には、相変わらず濃い煙が立ち込めている。その中から朱元珞がはあはあと息を吐きながら駆け戻り、今毛人の前に膝をついた。

「申し訳ございませぬが、今日の視察はこれまででお引き取り下されと大国が申しております。怪我人も出ております。なにとぞ、お聞き届けを」

あいわかった、と今毛人は打てば響く速さでうなずいた。さすがは天皇より全幅の信頼を寄せられる人物だけに、その声は落ち着き払い、続く指示も明朗であった。

「医師が足りずば、遠慮なく申せ。典薬寮から人を遣わしてもらうほどに。市原王さま、それでよろしゅうございますな」

「う、うむ。おぬしのよいように計らえ」

かくかくと首をうなずかせる市原王の顔は青ざめ、ほとんど血の気がない。およそ造寺司長官とは思えぬ態度に、仕丁たちが思わず失笑したとき、あの猪首の男がのっそり進み出、今毛人に低頭した。

「でしたら次官《すけ》さま、あっしも高市衆の手伝いに行ってきまさあ。火傷の手当は、慣れておりますから」

「うむ、それもそうだな。手を貸してやれ」

「ちょ、ちょっとお待ちください」

元珞が大あわてで、今毛人の言葉をさえぎった。

「鋳込みの最中の事故は、われらの責任でございます。他所《よそ》の鋳師に助けていただく必要はありませぬ」

だが猪首の男はそんな元珞を振り返り、大きな口をにっと歪《ゆが》めた。

「大鋳師さまのお邪魔はしねえさ。それに俺ァ鋳師じゃねえ。そんなに嫌わねえでくれよ」

「なに、鋳師ではないと」

意外そうに尋ねた元珞に、「おお、その通りだ」と今毛人が言葉を添えた。

「その者は長石隈《ながのいしぐま》と申す。毘盧舎那仏さまの鍍金《ときん》を指揮する、忍海《おしみ》の金工じゃ」

毘盧舎那とは、梵語《ぼんご》で「太陽の輝き」の意。『華厳経《けごんきょう》』にはこの仏の智恵の光は遍《あまね》く衆《しゅ》生《じょう》を照らすと記されていることから、毘盧舎那大仏は太陽の化身とも見なされていた。

見事巨仏が鋳上がった後には、その全身に黄金を塗布するという計画は、真楯たちも聞いている。しかしまだ鋳造の成否もわからぬうちに金工を連れて来るとは、少々気が早すぎはせぬか。

ぽかんと口を開いた元珞にはお構いなしに、石隈はおもむろに立ち上がった。

「ぐずぐずしてる暇はねえだろ、じいさん。湯の火傷は傷が深《ふけ》えんだ。さっさと手当しねえと、大変なことになるぜ」

「じ、じいさんじゃと。何を申す。わしは高市大国さまの右腕と呼ばれる、朱元珞じゃ。おぬしごとき若造に小莫迦《こばか》にされるいわれは――おいこら、ちと待たぬか」

頭から湯気を立てんばかりにむくれる元珞を置き去りに、石隈は踵《きびす》を返して走り出した。

ようやく薄れ始めた煙が、その足元にまとわりついている。炉の冷える硬い音が、土塁の上に小さく弾け始めていた。

二

この日、爆ぜた熔銅を浴びたのは、仕丁六人と鋳師二人。幸い死人こそ出なかったが、樋の真横にいた鋳師は煮えたぎる銅を片足に浴び、骨がのぞくほどの大火傷を負ったという。

鋳込みを終えた造仏所炊屋《かしきや》は普段、ひと仕事やり終えた充実感から、ひどく浮き立った気配に包まれる。さりながらさすがに今日ばかりは、皆そんな気分になれぬのだろう。広い炊屋は静まり返り、そそくさと飯を食って席を立つ仕丁が後を絶たない。常より大量に余った汁鍋を前に、宮麻呂が重い息をついた。

「骨に至るほどの火傷では、片足は諦めねばなるまい。まあ足を失ったとて、鋳師ならまだ型造りなどの仕事がある。労役を終えた後、再び故郷で田畑を耕さねばならぬ仕丁でなかっただけ、よかったと言うべきかのう」

だが真楯が何より驚いたのは、負傷した八人の中に鮠人《はやと》が含まれていたことだった。

彼らは全員造寺司の一画に収容され、怪我の詳細はまだ分からない。付き添って行った猪養がいまだ戻らぬのも、仕丁たちの不安に拍車をかけていた。

小皿の漬物を箸でつつき回していた小刀良《ことら》が、小さな目をしばたたいて真楯を見上げた。

「なあ、真楯。鮠人は大丈夫だろうか。命に障《さわ》るほどの怪我じゃないって噂されてるけど、本当かな」

「きっと、その通りさ。逃げ足の早い鮠人が、大怪我なんかするものか」

励ましはしたものの、心細いのは真楯も同様である。

何しろ鮠人は、仕丁仲間の中でも人一倍目端が利く男。そんな彼が負傷した事実に、真楯は改めて自分たちが身を置く作事場の恐ろしさを、思い知らされた気分であった。

日はとっくに暮れたが、鋳師たちはいまだ事故を起こした炉の周囲で、何やら忙しげに立ち働いている。彼らが灯《とも》す松明《たいまつ》の焰が、厨《くりや》の奥に切られた窓の向こうで、ちらちらと揺れていた。

「おおい、造仏所炊屋ってのはここかよ」

いま一つ食欲はないものの、宮麻呂は客が飯を残すのを何より嫌う。真楯が無理矢理飯を飲み下して箸を置いたとき、金工の長石隈がだみ声とともに顔を突き出した。人気のない炊屋を無遠慮に見渡し、太い眉を寄せた。

「なんでえ、ここの飯はうめえと聞いたのに、がらがらじゃねえか。ひょっとして食あたりでも出したのかよ」

「新顔の癖に、騒々しい男じゃな。仕丁以外からは一食あたり六合の米をもらう決まりじゃがよいか」

ぶっきらぼうな宮麻呂の説明に、石隈は「おお、構わねえさ」と言いながら、片手に提げていた布袋を卓に投げ出した。

「これだけあれば、とりあえず二、三日分にはなるだろ。鍍金の準備のため、明日からしばらくここに通うからな。よろしく頼むぜ」

「ああ、先ほど仕丁どもが話していた金工とはおぬしか。それにしても金泥を仏体に施すのはまだ随分先じゃろう。もう作事場を見に来るとは、気忙《ぜわ》しい話じゃな」

今日の膳は干し菜を刻み込んだ菜飯に、鶏の油煮（揚げ物）と薑《はじかみ》（生姜《しようが》）入りの茸《きのこ》汁。

一人分だけ取り分けた汁を小鍋で温め始めた宮麻呂に、石隈はふんと鼻を鳴らした。

「そりゃ別に、俺の都合じゃねえさ。なにしろ今までこの国で、金脈を見つけた奴はいねえ。そうなると大仏さまに塗る金は、唐か新羅《しらぎ》から買い入れなきゃならんだろ。大仏全体でどれだけの金が要るのか早めに見定めろと、造寺司から命じられたのさ」

「ふむ、すると上《うえ》つ方々《かたがた》は、国内での産金を諦められたのか」

言いながら宮麻呂は、湯気を立て始めた汁を椀に注いだ。暗く沈んでいた炊屋に、薑の香りがぱっと満ちた。

「どうもそうみたいだぜ。まあこの国に金があれば、とっくに誰かが掘り出しているよなあ」

膳を受け取るなり、凄まじい速さで飯を掻き込み始めた石隈に、真楯は思わず声をかけた。

「じゃあ、帝は金は出ないと知りながら、毘盧舎那大仏を造ろうと思い立たれたのですか」

「最初っから諦められてたわけじゃなかろうぜ。今でも良弁《ろうべん》とかいう僧上さまに、金を与えたまえと祈らせておられるらしいしな。とはいえどれだけ祈ったところで、本来ないものが出るわけねえさ」

仕事柄、国内の鉱脈には通じているのだろう。石隈は「無駄なことを」と言わんばかりの口調で吐き捨て、一息に汁を飲み干した。

「そうか、この国ではどれだけ頑張ったとて金は出ぬか」

己に言い聞かせるように呟く宮麻呂を、真楯は横目でうかがった。

面倒見のよいこの炊男が何者なのか、仔細《しさい》に知る者は造仏所にはいない。

三月前、国公麻呂と高市大国の諍《いさか》いに巻き込まれた陸奥《むつ》出身の仕丁・乙虫《おとむし》を助けた際、宮麻呂は真楯には理解できぬ言葉を口にした。結局その後、乙虫は造瓦所に異動となったが、以来真楯はずっと、宮麻呂がしゃべったのは陸奥の語ではないかと疑っていた。

(だけど宮麻呂は昔、行基《ぎょうき》さまの布施屋《ふせや》にいたこともあるんだよな)

宮麻呂は今、四十過ぎ。十五、六年前に行基の元を去ったとすれば、その後、陸奥や諸国

呂はそんな地に赴いたのだろう。
さりながら陸奥は、一年の半分近くを雪と氷に閉ざされた鄙《ひな》の地。何を好き好んで、宮麻呂はそんな地に赴いたのだろう。

（いや、あるいは——）

もしかしたら宮麻呂はもともと、陸奥の出なのではないか。とはいえ寧楽から何千里も隔たった陸奥から京《みやこ》に出て来るには、何か理由があったはずだ。そう、たとえば乙虫の如く、仕丁として徴用されたとか。

（しかしそうなるとどうして宮麻呂は陸奥に帰らず、いまだ寧楽にいるんだろうな）

労役を終えた仕丁が、そのまま故郷を捨てることは、ごく稀《まれ》にあると聞く。とはいえそれは、耕すべき田畑も、その戻りを待つ家族もいない者の行ないだ。

その過去を忖度《そんたく》すればするほど、目の前の炊男がますます得体の知れぬ男と思われてくる。

真楯のそんな内奥など知らぬ石隈は、さっさと飯を平らげ、大あくびをして立ち上がった。

「うまかったぜ、ありがとよ。これからもよろしく頼むな」

「あと数日もすれば、早生《わせ》の柿を出してやる。甘いものが嫌いでなければ、楽しみにしておれ」

甘味に飢えている仕丁たちのために、宮麻呂は春は枇杷子《びわ》、夏は李子《すもも》など四季折々の菓子を飯に添える。このため造仏所炊屋に通う他所の仕丁や工人の中には、作事で山に入った際、栗や郁子《むべ》（野木瓜）を土産にと持ち帰る者もいた。

気が付けば炊屋に残る仕丁は、真楯たちのみ。「俺たちもそろそろ引き上げるか」と小刀良とうなずきあうと、猪養がようやく足を引きずるようにして戻ってきた。

疲れ切ったその顔に、もしや鮑人たちの具合が悪いのではとの危惧《きぐ》が胸を過《よ》ぎる。だが猪養は固唾を呑んだ真楯と小刀良の姿に、

「なんだ、お前らまだこんなところにいたのか」

と意外そうに呟き、わずかに頬をゆるめた。

「あいつらなら、心配いらんぞ。しばらく養生が必要だが、半月もすれば作事場に出られるそうだ」

「それは本当ですか」

「しかも造寺司の計らいで、官衙の一室で養生させてもらえることになったしな。お前らも時折、見舞いに行ってやれよ」

「造寺司って……じゃあ鮑人たちは、宿舎には戻らないんですか」

病気や怪我を負った者は、宿舎の一画で養生するのが定め。三度の食事も造仏所炊屋から運び、仲間たちが交替で身の回りの世話に当たるのであった。

「ああ、佐伯今毛人さまはいつも通り、宿舎で休ませればいいと仰《おっしゃ》ったんだがな。途中から話に加わられた市原王さまが、それではならぬと言い出されたんだ」

どうやら戻りが遅くなったのはそのせいらしい。言葉面の割には妙にうんざりした様子で、猪養は続けた。

「市原王さまによれば、怪我を負った八名は、我が身に代えても仏身を鋳奉らんとした男たち。その看護をおざなりにしては帝の叡慮《えいりょ》に背くゆえ、完治するまで、身柄は造寺司が引き受けるべきなんだとよ」

真楯にはまったく理解できぬことに、これほどの大作事を命じながら、首天皇は造仏事業が民衆を苦しめてはならぬと考えているらしい。一日三度、仕丁や工人に大仏を拝むように勧めているのも、これがただの作事ではなく、仏縁を得るための尊い行ないと理解させるためという。

そんな天皇の志に照らし合わせれば、なるほど市原王の主張はもっともであった。

「そればかりじゃないぞ。知っての通り、俺たちに支給される一日二升の米は、作事場に出られぬ場合、半分に減らされることになっている。それが今回に限っては、減給はならぬとも仰せられてな」

「ありがたい話じゃが、いきなりそんなことを命じられては、今毛人さまも困惑されたであろう」

　折敷を運んできた宮麻呂に、猪養は「まさにその通り」と太い眉を寄せてうなずいた。

「下手な先例を作ると、後が大変だからな。しかし今毛人さまの反対にも、市原王さまは頑として譲られず、はては『おぬしが許さぬと申しても、わしが造寺司長官の宰領で行なうわい』と喚き出されたんだ」

「市原王さまは、確か今毛人さまより一つ年上。なまじお年が近いだけに、今毛人さまに張り合うお心があるのかもしれませんねえ。まあ鮑人たちには、結構なお計らいですけど」

　小刀良がふうと深い息をついた。

「ところが、これにはまだ続きがあるんだ。市原王さまはあいつらのため、使部《つかいべ》を二名、看護に遣わすよう計って下さったんだが、なんと鮑人が『男に看病されるなんて、気持ち悪くてならねえ、どうせなら雇女《やといめ》を寄越してくれ』と市原王さまに直訴しやがってな。なんてこと言いやがると、思わずあいつを殴り飛ばしそうになったぞ」

「雇女じゃと。それはまた、勝手を言いよったなあ」

　さすがの宮麻呂も呆れ顔で、太い腕を組んだ。

　雇女とは洗濯や炊屋の手伝いなど、作事場の雑事を果たす女たち。この炊屋の手伝いに当たる牟須女《むすめ》もその一人であるが、はて、わざわざ女の手を借りたがるとは、ひょっとして鮑人はどこかの雇女に思いを寄せているのか。さりながら何分荒っぽい現場だけに、雇女の大半は不惑を過ぎた媼《おうな》。牟須女のような若い娘は数えるほどしかいないはずだ。

「しかも鮠人が寄越してほしいと言ったのが、誰だと思う。なんとあの、絵所《えどころ》の若狭売《わかさめ》なんだ」

「若狭売ですって。それはあの、強欲で知られる鼈《かわかめ》（スッポン）婆《ばば》あですか」

「なに、作事場の奪衣婆《だつえば》とも呼ばれるあの女子《おなご》か」

「なんでまた、よりにもよって――」

三人が一斉に驚きの声を上げたのも、無理はない。

絵所に勤める若狭売は、作事場では知らぬ者のいない強欲な老婆。絵所の炊屋で出される飯を、勝手に重椀（弁当箱）に詰めて持ち帰るほどの吝嗇家《りんしょくか》である。

ただの吝嗇家なら他にもいるが、その名が作事場で広く知られている最大の理由は、彼女が仕丁や工人に銭の貸し付けを行なっているからだ。

しかもその取り立てときたら、本業の金貸しも真っ青の激烈さ。絵所の工人に毎日のように返済を迫り、見かねて仲裁に入った役人に、

「老い先短い婆の銭を借りたまま返さぬとは、厚かましいにも程があろう。そんな男の肩を持つとは、さてはお役人さまが代わりに払ってくれるのか」

と、食ってかかったとも噂されていた。

「何故よりにもよって、若狭売なんぞの看護を受けたがるのじゃ。鮑人はあの媼と親しいのか」

真楯と小刀良は鮑人たちの怪我を案じるのも忘れて、顔を見合わせた。

「真楯、鮑人は若狭売に銭を借りてたっけ」

「いいや、聞いたことないなあ」

これで若狭売がまだ年若ければ、二人が男女の仲にあるとも考えられる。しかしどう贔屓《ひいき》目《め》に見ても、彼女はとっくに六十を過ぎた媼。鮑人と女の話をしたことはないが、まさか老婆が好みというわけでもあるまい。

「とはいえ長官さまともなると、若狭売の悪評などお耳に入らないからな。絵所で働く媼と聞いただけで、『それはまた殊勝な老婆じゃ』とうなずき、あっさり許可を与えてしまわれたわけだ」

「ううむ、分からん。怪我で苦しんでいる最中に、あの若狭売の顔なぞ見たいものじゃろうか。だいたいあの鼈婆あが、病人の看護なぞまともに出来るのかのう。妙な騒動にならねばよいが」

しきりに首をひねった宮麻呂の危惧は、数日もせぬうちに現実のものとなった。

「おい、聞いたか。絵所の若狭売ときたら、鮑人たちの看病を命じられたのをいいことに、造寺司の使部にまで金貸しを始めたらしいぞ」

「それも俺たちや工人に対するより、はるかに高利なんだとか。お役人相手にそんな商売をするとは、さすがあの婆さんらしいや」

若狭売の気性を考えれば、この結果は別段奇異ではない。だが作事場ならばいざ知らず造寺司内での金貸しが今毛人の耳に届けば、若狭売はもちろん、彼女を造寺司内に入れるきっかけを作った鮑人までがお咎めを蒙《こうむ》るやもしれぬ。

忠告したほうがいいのではと思うが、ここのところ造仏所は補鋳に忙しく、なかなかその暇がない。

(今日こそは仕事が終わった後、見舞いに行ってやるか)

と、考えながら真楯が中食《なかじき》(昼餉《ひるげ》)を掻き込んでいると、宮麻呂が突然その鼻先に、どんと竹の小籠を置いた。

見れば籠の中には、笹の葉で巻き締めた糯飯《もちいい》がぎっしり納められている。蒸し立てなのだろう。白い湯気を上げる籠を顎で指し、

「わしからの見舞いじゃ。これを鮑人たちの病間に持って行け」

と、宮麻呂は一方的に言い放った。

「今からですか。今日は午後から、甑炉を土塁より降ろすんですが」

「そんなことは、他の仕丁に任せればよかろう。どうせあやつら、造寺司ではろくな飯に在りつけておらぬだろう。少しは旨いものを食わせねば、なかなか怪我も治るまいて」

糯飯とは、蒸した糯米に小豆や胡麻などを搗《つ》き交ぜた保存食。腹持ちがよく、腰糧《こしがて》（弁当）にもしばしば用いられる品であった。

「造寺司が苦情を申したら、わしの指図と言え。ほれ、さっさと行かんか」

宮麻呂は宮麻呂なりに、若狭売の件を気にかけているのだろう。作事に追われ、なかなか同輩の見舞いに行けぬ真楯を、歯がゆく思っていたのかもしれない。

その気遣いをありがたく感じながら炊屋を出れば、井戸の際で都波蕗《つわぶき》（石蕗）が花を群咲かせている。

少し考えてから、真楯はそれを数本手折り、籠の端に挿して駆け出した。

青くさい花の香りが秋風と交じり合い、その香に更に爽やかさを添えた。

三

造寺司の官衙は作事場のぐるりを囲む竹矢来の際、興福寺間近の斜《なぞえ》の下に建てられている。

顔見知りの葛井根道などに見つかると厄介と案じたが、さすがは千余人もが働く作事場の中枢である。

「どけどけ、寄進の米が届いたぞッ。道を開けろッ」

「おおい、誰か大工の猪名部百世《いなべのももよ》を見なかったか。これより伊賀山作所《いがのやまつくりどころ》に、木材を改めに行くのじゃが」

「百世なら、鋳所《いどころ》に用があると言うて出かけて行ったぞ。そんなことより今日は間もなく行基さまが、奉仕の優婆塞優婆夷《うばそくうばい》どもを労《ねぎら》いに来られる。ひと騒動起ころうゆえ、今のうちに使部の数を増やしておけ」

忙しげに走り回る官人はみな、真楯なぞには目もくれない。これ幸いと手近な使部に尋ねれば、鮑人たちの病間に充てられているのは、官衙の東端の長室《ながむろ》。風通しのよい板間を訪《おとな》えば、薬の匂いを漂わせた男たちが実に暇そうな顔で横になっていた。

「真楯じゃねえか。見舞いに来てくれたのか」

よほど退屈していたのだろう。嬉しげに身を起こす鮑人の顔色は明るいが、その左腕は肘から先が麻布で覆われている。

「ああ、これな。もう大して痛まねえから、心配はいらねえぜ」

元気そうな口調に安堵しながら竹籠を渡すと、鮠人は薄い唇を嬉しげにほころばせた。

「さすがはあの親父、分かってるじゃねえか。ここの炊男ときたら、作るもの作るもの全部塩っ辛くてよ。このままじゃ身体が塩漬けになっちまうぜ。――おおい、宮麻呂からの差し入れだぞ」

まずい飯に倦《う》みきっていたのだろう。鮠人が籠を掲げるや、板間の男たちがわっと群がってきた。

皆どこかしらに麻布を巻いているものの、そろって血色はよい。半月ほどで作事場に戻れようとの猪養の言葉も嘘ではないと安堵を覚えたとき、男たちの間から筋張った腕がぬっと伸び、糯飯を鷲掴みにした。

「うまそうな糯ではないか。一つもらうぞよ」

振り返れば蓬髪《ほうはつ》を背で一つに結わえた老婆が、笹の葉をむしり取って糯飯にかぶりついている。

「おいおい、若狭売。それは俺たちへの見舞いだぞ」

「ふん、見舞いがいるほどの怪我でもあるまい。――なんとまあ、味の薄い糯飯じゃや。厨で塩でも貰って来ねば、食えたものではないわい」

言うなり若狭売は、更に二つの糯飯を懐に押し込んで立ち上がった。そのまま庭に下り、足半《あしなか》を突っかける。

「おい待て。お前、それを造寺司の奴らに売りつけるつもりじゃなかろうな」

中年の仕丁の声に振り返りもせぬのは、その指摘が図星ゆえであろう。

あまりに大胆なやり様にぽかんと口を開けた真楯を、鮠人が苦笑して振り返った。

「どうせ看病してくれるなら、退屈しのぎのできる相手のほうがいいと思ったんだがな。いや、あの若狭売は本当に面白いぜ。どこで覚えたのか、双六《すごろく》の相手もしてくれるしよ」

「本当に、矍鑠《かくしやく》とした婆あだよな。最近じゃ、造寺司の使部に銭の貸し付けまでしているらしいしな」

双六はあちらこちらの作事場や仕丁溜まりで、半ば公然と行なわれている賭博。なるほどただ傷を癒すだけの仕丁たちには、強欲で奔放な若狭売は、案外いい暇つぶし相手なのかもしれない。

とはいえ幾らなんでも、造寺司内での金貸しはやりすぎである。それを指摘すると、

「まあ、確かにそうなんだがなあ」

と、鮠人はあからさまに口ごもって、そっぽを向いた。

鮠人は思ったことははっきり口にする男。このように言葉を濁すのは、珍しい。

(やっぱりこいつ、若狭売から金を借りているんだろうか)

各所で働く雇女の給金は、一日七文が定め。それが造寺司の直雇になると、十文に跳ね上がる。借金の弱みからつい配属替えを斡旋してしまい、こんな有様になっているのでは——などと真楯が思い巡らしていると、造寺司の門の方角が急に騒がしくなった。

長室の裏でもざわめきが起き、数人の男たちがばたばたと駆け出して行くのが見えた。

「おおい、どうした。なんの騒ぎだ」

土産にした都波蕗の花を水桶に挿していた仕丁が、生垣の向こうを走る男たちに問いかけた。

「行基さまだ。行基さまがお越しになられたんだ」

「最近は滅多に作事場にお出ましになられぬのが、久しぶりにみなを励ましに来てくださったらしいぞ」

東大寺大仏の勧進聖《かんじんひじり》に任ぜられている行基を生き仏と仰ぐ在家信者が、作事場には多く手伝いに来ている。とはいうものの、行基はすでに八十を超えた高齢。最近は信者の引率も、高弟たちが務めることが多くなっていただけに、久方ぶりの大徳の姿に、優婆塞優婆夷たちは浮足立っているのだろう。ざわめきはどんどん大きくなり、あっという間に耳を聾するほどの喧騒に変わった。

目の前を過ぎてゆく人々をじっと見つめていた鮠人が、突然、よし、と声を上げて跳ね立った。

「ちょっと行基さまを拝みに行こうぜ、真楯」

「おいおい。怪我はいいのか」

「怪我ったって、片腕をちょっと火傷しただけだ。一日中ごろごろしてちゃ、身体が鈍《なま》っちまう」

言うなり駆け出した鮠人を追えば、造寺司の門前にはすでに老若男女が人垣を成している。当の行基は官衙の一室で、休息でも取っているのだろう。黒衣円頂《こくいえんちょう》の沙弥《しゃみ》が数人、声を嗄《か》らしてもみ合う人々を制止していた。

「争うてはならぬ。行基さまはすぐにお出ましになるわい」

「ただし今日もお身体が優れられぬゆえ、直にお声はかけられぬぞ。みな、おとなしくお姿を礼拝《らいはい》するのじゃ」

鮠人は人垣から半町ほど離れたところで足を止め、しばらくの間、そんな沙弥たちをじっと眺めていた。

だが不意に大きな息をつき、

「——おめえ、あの鼈婆あのこと、妙だと疑ってんだろう」

と、真楯の顔を見ぬまま呟いた。

な」

「あ、ああ」

「別にあの婆あから金を借りてるとかじゃねえぜ。じつはあいつ、うちの婆さんに似ていてな」

そうしている間にも、門前の人垣は膨れ上がる一方である。鮠人はその雑踏に目を据えたまま、訥々《とつとつ》と言葉を続けた。

「生きてりゃちょうど、あれぐらいの年になるだろう。いつもにこにこと笑って、俺に李子や柿を剝いてくれる婆さんだったんだ」

いくら顔貌が似ていても、あの激烈な若狭売に面影を重ねるとは、鮠人はよほど祖母を慕っていたのだろう。さもなくば市原王に直訴までして、無理を通すはずがなかった。

「俺には兄貴と姉貴が二人ずついてな。俺が腹に出来たとき、おふくろは冬の川に入って、俺を流そうとしたらしい」

それを止めたのが婆さんだったそうだ、という口調は、ひどく乾いていた。

口ばかり達者で、両親にも煙たがられる鮠人を、祖母だけはひどく可愛がってくれた。そんな祖母が亡くなったのは、鮠人が六歳の冬。彼女と瓜二つの若狭売を作事場で初めて見たとき、彼は祖母に果たせなかった孝行をこの老婆に施そうと腹を決めたのだという。

「けど若狭売はあんな気性だろう。下手に親切にしても、かえって警戒するに違いねえ」

ではどうすればと考えあぐねていたところに起きたのが、先日の事故だったのである。

「絵所の雇女は、冷たい土間にうずくまり、石臼《いしうす》でごりごりと顔料を砕くのが仕事。それに比べればしばらくの間とはいえ、造寺司で働くほうが楽でよかろうと思ったんだが、まさかそれで金貸しを始めるたぁなあ。さすがの俺も予想してなかったぜ」

「お前の婆さんも、あの婆あみたいに金にうるさかったのか」

「ふざけるな。乞食《こつじき》（托鉢）の坊主になけなしの銭を全部布施しちまうような婆さんだったさ。気立てだけなら、若狭売とはまるで正反対さ」

そう言いながらも、若狭売を祖母に重ねずにはおられぬ人のよさを少々意外に思いながら、

「気持ちは分かるけどな、鮠人」と真楯は切り出した。

「あの婆さんの図々しさを考えると、これ以上、関わらないほうがいいんじゃないか。このままじゃ、迷惑を蒙るのはお前だぞ」

「ううむ、俺もそう思っちゃいるんだがなあ」

鮠人はどうも煮え切らない。これはややこしいことになった、と戸惑いながら辺りを見回し、真楯は「おや」と目をしばたたいた。

「ええい、押しあうではない。行基さまは常々、己より他人を重んじよと説いておられよう。みな、こういうときこそ互いに譲り合おうではないか」

他の僧たちと一緒になって、しゃがれ声を張り上げている中年の沙門の顔に見覚えがある気がしたのである。

そうだ。あれは確か、以前、宮麻呂と久闊《きゅうかつ》を叙していた栄慶《えいけい》とかいう僧侶ではないか。

栄慶の側も、真楯に気付いたのだろう。太い眉をおっというように撥ね上げると、仲間の沙弥に短く断り、こちらにのしのしとやってきた。

「確かそなたは、造仏所の仕丁じゃったな。今日は宮麻呂はいかがしておる」

「宮麻呂なら今ごろ炊屋で、夕餉《ゆうげ》の支度に取りかかっているはずです」

「夕餉の支度か。先日は信じられなんだが、あ奴は本当に炊男をしておるのだなあ」

感慨深げな面持ちの栄慶を、鮠人が遠慮のない目で眺め回した。

「なんだ、あんた知らねえのか。造仏所の宮麻呂って言やあ、作事場では知らぬ者のいねえ炊男だぜ。造仏所はもちろん、他の所の工人や造寺司の役人までが飯を食いにくるほどの評判さ」

「うむ、宮麻呂は確かに昔から、飯炊きが得意じゃった。されどあ奴がおぬしたちの飯をのう」

その瞬間、真楯の胸にある妙案が浮かんだ。

そうだ、何もあれこれ頭を悩ませずとも、この沙門に彼の過去を尋ねればいいではないか。

人のよさそうなこの坊主なら、うまく水を向ければ、怪しみもせずに話を聞かせてくれるに違いない。

動悸を打ち始めた胸をなだめながら、「あの——」と真楯が言いかけたときである。

門に押し寄せた人垣が、うわあっという声とともに大きくどよもした。

真楯たちのちょうど真後ろに建つ官衙の広縁に、小柄な僧が姿を現したのである。

背丈はおそらく、真楯の肩までしかないだろう。その癖、頭が大きく、ちょこちょこと小走りに歩く姿がどこか子どもじみて見える。糸のように細い目をますます細め、行基は真っ黒に日焼けした顔を巡らした。

「なんじゃ、あの人々は。今日は祭りでもあるのかの」

その口調は、およそ貴賤《きせん》の人々から崇敬を受ける高僧とは思えぬほど間延びしている。

次の瞬間、栄慶が真楯たちを突き飛ばす勢いで広縁へ駆け寄り、行基を室内に押し戻そうとした。

「行基さま、お出になってはなりませぬ」

「なんじゃ、祭礼ではないのか、つまらぬなあ。のう、爺や。早く家へ帰ろうではないか」

行基はそう言いながら、栄慶の袖を掴んだ。駄々をこねるように地団駄を踏みながら、太い腕を揺り動かした。

「……それがしは爺やではありませぬ。行基さまの弟子の栄慶でございます」

彼らのやり取りは、造寺司の門前でたむろする人々の耳には届かなかっただろう。だが幸か不幸か真楯には、見る見る翳《かげ》りを帯びた栄慶の表情までが間近に臨めてしまった。どういうことだ、という鮑人の呟きが、妙に遠く聞こえた。

(まさか――まさか、行基さまは)

立ちすくんだ真楯と鮑人にはお構いなしに、栄慶は仲間の沙弥にさっと手を振った。するとその途端、僧侶たちは待っていたとばかりに大きく両手を広げ、

「行基さまは本日、お加減がよろしゅうない。このまま菅原寺《すがわらでら》にお帰りになるゆえ、みな早々に作事に戻るのじゃ」

「後日、また作事場に来られることもあろう。大徳さまの身を案じるのであれば、こたびは大人しく散れ」

と、信者たちを慇懃《いんぎん》な態度で追い散らしにかかった。

そんな弟子たちには目もくれず、行基は栄慶の袖を握ったまま、何やらよく分からぬことをしゃべり続けている。

やがて在家の人々が渋々引き上げると、栄慶は大きな目で真楯たちをじろりと睨《にら》みつけた。

「――おぬしら、今のお姿を見てしもうたな」

いつの間にか行基は広縁に寝ころび、すうすうと寝息を立てている。その小さな姿は、およそ菩薩とも讃えられる大徳とは思えない。

真楯たちの返答を待たず、栄慶は険しい顔つきで二人に詰め寄った。

「今日の行基さまは疲れておられるのじゃ。何をお話しになられたか、決して口外してはならぬぞ」

「待てよ、おめえ。ひょっとして行基さまは――」

「何分、大徳はお年。たまには現《うつつ》なきことを口走られもしよう。ただそれだけのことじゃ。よいな」

振り返ればいつの間にか他の沙門までもが、逃げ道を塞ぐかのように真楯と鮠人の背後に居並んでいる。

五十年も生きればめでたいとされる世にあって、行基はすでに八十一歳。老いは貴賤を問わず、誰にも平等に訪れる。高僧と仰がれる行基一人が、その宿命から逃れられる道理がなかった。

「ご気分がよろしい折は、以前のように法を説かれ、道を示されもなさる。この春先から少々、かようなお姿が増えただけじゃ」

行基の教団は、生き仏たる行基の存在あって、初めて成り立つ。畿内十数軒の布施屋も、今もあちらこちらで行なわれる土木工事も、彼なくしては途端に雲散霧消しよう。大仏の造営とて、途中で頓挫するやもしれぬ。

それだけに栄慶の日に焼けた顔には、苦悩の色が濃く滲んでいた。

「行基さまはこれまで何十年にもわたって、天下の民に我が身を捧げて来られた。その上かようなお姿になられてもなお教導をお願いするのは、我らとて心苦しい。されどいま行基さまにお退きいただくわけにはまいらぬのじゃ」

頼むッ、と栄慶はいきなり、その場に膝をついた。真楯と鮠人に向かい、剃りこぼちた頭を幾度も下げた。

「先ほど見たことはすべて、おぬしらの胸にしまっておいてくれ。かような口走りをなさるのは、二日に一度、いや三日に一度程度のこと。ほんの一刻もすれば、もとの温和な老師に戻られるのだ。頼むッ」

「ど、どうする、真楯」

「どうすると言われても――」

行基とその弟子たちの献身的な働きぶりを知らぬ者は、畿内にはいない。堤を築き、池をさらえ、路傍に倒れた貧民を甲斐甲斐しく布施屋に引き取る彼らは、官から見捨てられた人々を助け導く、まさに生ける菩薩そのものであった。

そんな彼らの最大の秘密を、軽々しく暴露できるわけがない。真楯は大急ぎで首をうなずかせた。

「い、言いません。誰にも告げませんから、手を上げてください」

「それはまことか。万が一、この秘事を漏らした暁には、わしは七度生まれ変わってでもおぬしに災いをなすぞ」

諸手をついたまま真楯を見上げる栄慶の目は、巌《いわお》をも貫くほど険しい。七度生まれ変わる前に、丸太のようなあの腕で絞め殺されそうだと胸の内で呟きながら、真楯は「約束します」とうなずいた。

「行基さまはこれまでに何百人、何千人ものお人を救ってこられました。そんなお方の大事を、決して漏らしは致しませぬ」

「もし宮麻呂に何か尋ねられても、決して何も言わぬか」

「はい、絶対に」

と答えてから、真楯はふと、なぜここで宮麻呂の名が出て来るのだと訝《いぶか》しんだ。

「あの栄慶さま」

「なんじゃ」

「どうして今、栄慶さまは宮麻呂のことを尋ねられたのですか。ひょっとして行基さまの布施屋にいた際、宮麻呂と行基さまの間になにか――」

「待たんかこの盗っ人めがッ」

さりながらその問いは、けたたましい喚き声で遮られた。

ぎょっと顔を上げれば、行基が寝そべる広縁の向こうから、一人の男が転がるようにこちらに駆けてくる。とはいえまさか昼日中の縁側で、誰かが寝ているなどとは思いもしなかったのだろう。

驚いたようにたたらを踏んだ男が、足を踏み外して縁側から落ちる。そんな彼を追って走ってきた小柄な影が、迷うことなく縁からその背中に飛び降りた。

「盗っ人めッ、わしの銭を返さぬかッ」

聞き覚えのある声に目をこらせば、あの若狭売が髪を振り乱して男の背に爪を立てているではないか。振り落とそうとする男の襟元を背後から締め上げ、彼女は甲高い声で怒鳴り立てた。

「証文をこっそり盗み取るばかりか、銭まで奪うとはッ。この横着者めがッ」

「は、放しやがれ。この婆あッ」

そう怒鳴るなり、渾身《こんしん》の力で若狭売を突き飛ばした男は、身形《みなり》からして造寺司の使部らしい。しかし足をもつれさせながら逃げ出そうとした彼は、次の瞬間、その場に後ろ向きに倒れ込んだ。

いつの間にか目を覚ました広縁の行基に襟首を摑まれ、足を滑らせたのである。

「女子に乱暴はいかんぞ。しかも盗みの上に、更に罪を重ねては、御仏《みほとけ》が悲しまれるわい」

「な、なんだとこの爺ッ」

行基の顔を知る者は、作事場に案外少ない。顔を真っ赤に染めた使部が振り上げた拳を、駆け寄った栄慶が後ろから摑んだ。

「な、なんだ、てめえら」

逃げようともがく使部を押さえつけると、栄慶は懐から取り出した手巾を裂き、その手足を素早く縛り上げた。

むっくりと起き上がった若狭売が、そんな使部の懐に腕を突っ込む。真ん丸に膨れ上がった鹿革の巾着を引っ張り出し、皺だらけの頬をにっと緩めた。

「これじゃ、これじゃ。まったく、造寺司のお役人相手でも、油断はできぬのう。坊さまたちのおかげじゃ。礼を言うわいな」

どうやら若狭売に金を借りていた男が、彼女の隙を見澄まして、証文と銭を奪い取ったらしい。

およそ国家鎮護の大寺造営の現場とは思えぬ生臭い騒動であるが、行基は若狭売の言葉に小さな顔をにこにことほころばせた。

「なあに、困っている者を救うのは、御仏のご意思じゃ。されどおぬしのような年でそれほど銭を溜めこんでは、かえって生くる妨げとならぬか」

その口調は、先ほどまでとは別人のようにしっかりしている。

少し開き気味の眉間はいかにもおっとりとして、およそ衆庶から賛仰される高僧のいかめしさはない。ただその一方で、真っ黒に日焼けした皺だらけの顔と肋《あばら》の浮き出た胸が、彼の過ごして来た歳月の厳しさを如実に物語っていた。

なるほど栄慶の言葉通り、行基が呆けた言動を見せるのは、ほんの一時らしい。そんな彼の言葉に、若狭売はけけっと小さな笑い声を上げた。

「なんの、銭はあって邪魔になるものではなし。妨げどころか、ありがたい伴侶じゃわい」

使部同様、目の前の老僧が何者か、まったく気づいていないのだろう。巾着から一枚、二枚——三枚目の銭を取り出そうとして止め、彼女はそれらを行基の膝先に押しやった。

「これは助けてもらった礼じゃ。おぬしのような坊主には分からぬであろうが、女子が一人で世知辛い世を渡るには、銭がなければどうにもならぬのよ」

「そうかのう。銭や財物はあればあるほど心を惑わせ、欲を募らせる。持てる物をみな他人に施し、自らは無一物で生きれば、これほど心穏やかなことはないぞ」

「それは一人でも生きて行ける者だけが言える、世間知らずの綺麗事じゃ。弱き者からすれば、この世は銭だけが頼り。心が穏やかであっても、それで野垂れ死んでは何にもならぬ。それにしてもかようなわしから銭を奪おうとは、こやつもつくづく因業な奴じゃわい」

縛り上げられた使部の顔に唾を吐きかけ、若狭売は年に似合わぬ敏捷《びんしょう》な動きで立ち上がった。

呆然と立ちすくむ鮠人をちらりと振り返り、軽く鼻を鳴らした。

「なんじゃ鮠人、そこにおったのか。ひょっとして銭を用立ててくれと、わしに頼みに来たのか」

「ふ、ふざけるな。若狭売こそ、そんな銭を持って歩いているから、盗っ人に遭うんだぞ」

鮠人は心のどこかでずっと、若狭売は本当は祖母同様、優しい老婆なのではと考えていたのだろう。だが当の彼女が言う通り、女が一人で生きて行くには、この世はあまりに厳しく冷たい。

きっと彼女はこれからも、強欲婆あと罵られつつ、銭だけを頼りに生きて行くに違いない。そんな媼の覚悟の前には、鮠人の心遣いは所詮、ただの独りよがりに過ぎない。そのことをまざまざと思い知らされたためか、言い返す彼の声はいつになく上ずっていた。

「ふん、家に仕舞っておこうにも身寄りはおらず、近隣の者とて信頼はできぬ。我が身一つしか当てにならぬとなれば、持ち歩くしかなかろうが」

鮠人を置き去りに歩き出した若狭売を、行基は縁側にちょこんと腰掛けて見送っている。夕日が眩しいのか、糸のように細められた目が、真楯にはひどく哀しげに映った。

「――世間知らずの綺麗事、か。この世にはまだまだわしなぞに救えぬ者が、数多《あまた》おるのじゃなあ」

人々から厚い尊敬を受ける行基が完全に惚《ぼ》けてしまうには、この世にはあまりに多くの苦しみ哀しみが充満しすぎている。そしてそれを悉《ことごと》く滅する日が来るまで、行基は耄碌《もうろく》し始めた身で、人々のために奔走し続けるのだろう。

鮠人は両の拳を握りしめ、強く唇を嚙みしめている。双眸《そうぼう》にうっすら涙すら滲ませた彼にどう言葉をかければと真楯が困惑していると、若狭売が突然、ぴたりと足を止めた。蓬髪を振り乱してがばと振り返り、しゃがれた声を張り上げた。

「ええい、おぬし、なにをいつまで突っ立っておるッ。さっさと長室に帰って横にならんかッ。そうそう出歩いては、怪我の治りが遅れるぞよ」

その言葉に、鮠人は一瞬、きょとんと目をしばたたいた。そしてすぐに、ぐいと顎を上げ、拳で顔を拭った。

ちっとわざとらしい舌打ちをすると、うるせえなあ、といつもと変わらぬ口調で吐き捨てた。

「そう喚き立てるなよ。戻りゃいいんだろ、戻りゃ」

「おお、そうじゃ。さっさと戻って寝ておれ。わしはもう一人、銭を取り立てる相手がおるからの。もしそ奴がおとなしく返済してくれれば、その銭で柿でも買《こ》うてきてやるわい」

柿、とぽつりと呟き、鮠人は小さな笑みを浮かべた。

「柿か、悪くねえな」

「そう思うならさっさと長室に帰っておれ。まったくどいつもこいつも、わしに迷惑ばかりかけよって」

口汚く罵るその足取りがひどく軽いのは、銭の取り立てに心が逸っているからか。しかし本当に彼女がただの守銭奴であれば、貸し付け相手でもない鮠人の身を案じはすまい。取り戻した銭を誰かのために使える事実が、若狭売をいつになく楽しげにさせているのだと、真楯は信じたかった。

随分短くなった日が、官衙の庭を茜色に染めている。

(炊屋でも今日あたり、宮麻呂が膳に柿を添えてくれるかもな)

柔らかなその甘さを口の中に甦《よみがえ》らせながら、真楯は見る見る遠ざかる老婆の背を見つめ続けた。

幼い童《わらべ》がその背に追いすがり、袖を摑んで共に歩み出す幻が、眼裏《まなうら》にふと浮かんですぐに消えた。

巨仏の涙

闇に覆われた坂の下で、松明《たいまつ》の火が頼りなげに揺れている。吹き上げる風に乗って響く声の小ささが、仲間たちがかなり遠くまで行っていることを真楯《またて》に無言裡に告げていた。

何かが視界を過《よ》ぎった気がして頭を巡らせば、星一つない夜空から、ちらちらと小雪が舞い落ち始めている。

今日は師走《しわす》の四日。しかもすでに深更《しんこう》を過ぎているだけに、足元からは湿気を帯びた冷えがしんしんと伝わってくる。

明日は首《おびと》（聖武《しょうむ》）天皇が造東大寺《ぞうとうだいじ》作事場に内々に行幸なさるとかで、仕丁《しちょう》たちは夕刻、仕事を終えるとそのまま交替で寺の湯屋に連れて行かれ、真新しい衣褌《きぬはかま》を支給された。吹き上げる湯気で身体を洗い流し、うっすら汗をかきながら褥《しとね》にもぐり込んだのが、まるで遠い昔のようだ。

（小刀良《ことら》の奴、どこに行っちまったんだ）

冷え切った手をすり合わせながら胸の中でそう呟いたとき、坂を駆け上がって来た鮑人《はやと》が、青ざめた顔を松明の灯りの中にぬっと突き出した。

どうだった、と口々に尋ねる仲間たちに、暗い顔で首を横に振った。

「駄目だ。見張り場の使部《つかいべ》（下級役人）も、それらしい人影は見てねえ。それより造寺司《ぞうじし》の奴ら、何が起きたのか勘付いた様子だぜ」

「そりゃ、これだけ大勢が走り回ってりゃあ、当然だ。使部どもは目こぼししてくれるだろうが、明朝、お役人衆が出仕しなさる前にかたがつかねえと厄介だなあ」

「しかも明日はよりにもよって、帝のご視察があると来た。なあ、どうする、猪養《いのかい》」

ひそひそ声で問われ、仕丁頭《しちょうがしら》の猪養は太い息をついた。不安げな仲間たちを見回し、

「おそらく」と低い声を絞り出した。

「小刀良と馬馗《うまくび》は、俺たちの隙を見て、東の山々に逃げ込む腹だろう。つまり奴らは今はまだ、作事場に隠れているはず。だとしたらここは焦らず、作事場の埃《ほこり》一つ見逃さない気構えで、あいつらを探すんだ」

おうっ、と低い声で応じた男たちが、松明を手に雪のちらつく闇の中へ散ってゆく。

「まったく、あの莫迦《ばか》が。こともあろうに、奴婢《ぬひ》なんかと脱走しやがって」

と、吐き捨てた猪養の頬に舞い落ちた雪片が、あっという間に水滴となって顎に流れる。周囲を外型《そとご》で覆われ、小山の中からにょっきりと頭だけを突き出した毘盧舎那大仏《びるしゃなだいぶつ》が、そんな仕丁たちを無言で見下ろしていた。

——その凶報が石見国《いわみのくに》からもたらされたのは、ひと月前の夕刻であった。

現在、東大寺造立の主力は、真楯同様、全国から徴発されてきた仕丁たち。しかしそれ以外にも造寺司は、諸国から定期的に役夫《えきふ》を集め、造寺の人手に充てていた。

一度徴用されれば丸三年間、故郷に戻れぬ仕丁に比べ、最長五十日で任用が終わる役夫は気ままで、仕事の覚えも遅い。だがそんな役夫を各所（部署）の仕丁が決して邪魔にしないのは、その中には故郷の縁者から、中央で働く彼らへの便りを託されてくる者が、少なからず含まれているためであった。

それらの中には炊男の宮麻呂《みやまろ》あての文を携えてくる者もいるが、それはどうもすでに夫役を終えて郷里に戻った仕丁たちが、作事場で世話になった礼を言付けたものらしい。宮麻呂はその都度、役夫に礼を述べ、飯を食わせていた。

しかしながら長らく家を空けている仕丁にとっては、もたらされる報せは決して喜ばしいものばかりではない。ましてや今年は春から天候不順が続いただけに、仕丁たちは同国の役夫が来たと聞けば、それが縁もゆかりもない相手であっても、田畑の出来や野山の実りについて、あれこれ聞きほじらずにはいられぬのであった。

その報せを造仏所に運んできたのは、小刀良の隣村から徴発されてきた役夫。里長《さとおさ》に言付けを頼まれ、配属先の鋳所《いどころ》に着くやすぐ、小刀良を訪ねてきたのであった。

「女房と娘が……弥奈女《やなめ》と稲女《いなめ》が死んだだって――」

夕飯時の造仏所炊屋《かしきや》は、蜂の巣をつついたような喧騒に包まれている。遠来の客に呆然と問い返した小刀良の声は、その騒ぎの中で不思議なほどはっきりと、周囲の者たちの耳を打った。

「なに――」

「なんですって」

隣の卓で飯を掻き込んでいた真楯や猪養はもちろん、厨《くりや》の中で走り回っていた宮麻呂や牟須女《むすめ》までが、顔を強張らせて身動きを止めた。

四方から注がれる眼差しに居心地悪げに身をすくめながら、三十がらみの役夫は小刀良に向かって、痩せこけた頬をそうだ、とうなずかせた。

「今年の石見の不作は、本当にひどい。日照りの少なさは毎年の話だが、幾日も降り続いた雨のせいで、田畑はもちろん、山の実りもろくにねえ有様だ」

そんな最中《さなか》、石見・出雲《いずも》両国を襲った悪疫に、飢えに苦しんでいた人々はばたばたと倒れた。小刀良や使いの役夫の里とて例外ではなく、一人も死人を出さなかった家はほんの一握り。病人の看護をするうち、一家じゅうが罹患、全滅した家も多く、小刀良の妻も幼い娘の看病に当たる中で、自らも病に倒れたと言う。

「う、嘘だ。あいつらが死ぬわけがない。弥奈女は俺が帰るのを待つと――いつまでも待つと言ってくれたんだ」

膝の上に置かれた小刀良の手が、ぶるぶると震えている。そんな彼に、役夫は小さく首を横に振った。

「気持ちは分かるが、本当だ。弔《とむら》いはすでに済ませ、形見としてこれを預かってきた」

そう言って置かれた幅二寸ほどの小袋を、小刀良は乱暴に卓から叩き落とした。

「う――嘘だ、嘘だ、嘘だッ。俺をだまそうたって、信じないぞッ」

「小刀良ッ」

温厚な丸顔を別人のようにひきつらせて役夫に摑みかかろうとする小刀良に、猪養が素早く飛びついた。両の腕をねじ上げられると、小刀良はまるで糸の切れた傀儡《くぐつ》のように、くたりとその場に座り込んだ。

「そ、そんな……あいつらが、あいつらが死ぬわけがない」

叩き落とされた袋の口はほどけ、指先で丸めたほどのわずかな髪の束が、冷たい床にぞろりと流れ出している。

厨からのっそりと出て来た宮麻呂が、その髪を袋に戻し、うなだれる小刀良に無理やり握らせた。

暗い顔でうつむく役夫を振り返り、

「つらい使いを果たしてくれ、小刀良に代わって礼を言うわい。よかったら、飯を食って行かんか」

と、顎先で竈《かまど》を指した。

今日の造仏所炊屋の菜は、鮒《ふな》の炙《あぶ》り焼きに蓮根の塩汁《しおじる》。しかし役夫は旨そうな湯気に満ちた厨には目もくれず、

「いいや、結構だ」

と、低い声で断って立ち上がった。

「そうか。では、おぬしには一食、貸しておくでな。気が向いたら、いつでも顔を出せ」

「……ああ、ありがとよ」

先ほど聞いた石見の惨状から推すに、この男もまた、病で家族を失ったのかもしれない。

呆然と宙を見つめる小刀良から顔を背けるその様は、真楯の目に、自らの悲嘆から逃げ出そ

うとしているかに映った。

ことのあらましを悟った炊屋の仕丁たちは、小刀良の方を見ぬまま、それぞれ飯を掻き込み始めている。そんな彼らに向かい、猪養は大きく両手を打ち鳴らした。

「全員、聞いての通りだ。明日から七日間、小刀良は服喪で休みになる。同じ班の者は、仕事の分担をよく考えておけよ」

黙々と食事を続けながら、全員が小さくうなずく。かたわらの真楯を振り返り、猪養はおや、と眉根を寄せた。

「そういや、鮠人はどこだ。真楯と二人で、小刀良を宿舎に連れていってもらおうと思ったんだが」

真楯たちと同時期に造仏所に配属された鮠人は最近、終業後に飯も食わぬまま、雇女《やとい め》の媼《おうな》・若狭売《わかさめ》の家に出かけて行くことがある。

二日前、季節外れの大風が京《みやこ》を襲い、作事場でも仮屋の屋根が飛んだり、積まれていた資材が崩れ、数人の怪我人が出た。おおかた今日は、大風で傾いた彼女の家の修繕にでも出かけているのであろう。

真楯がそう述べると、猪養は、「そうか」と一つうなずいた。

「じゃあ、しかたねえな。真楯、すまんがお前、飯を食ったら、こいつを仕丁小屋へ連れて行ってくれ」

「わかりました。あの……七日の喪が終わったら、小刀良はどうなるんですか」

恐る恐るの問いに、猪養は黒目の秀でた目をわずかに細めた。

「どうもこうもない。仕丁の務めは三年が定め。それが終わるまでは、元通り造仏に勤《いそ》しむだけだ」

「そんな。夫役《ぶやく》を切り上げ、石見に帰してやれないんですか」

目の前の猪養がそうであるように、労役が明けたとて、すぐ帰郷が許される保証はない。

真楯には故郷の家族といえば、後妻に尻の毛まで抜かれている父親と、なさぬ仲の義母と義弟しかいない。それだけに真楯は造仏所での毎日を苦しいと思う反面、未曽有《みぞう》の大作事にそれなりのやりがいを覚えてもいるが、小刀良は違う。

これまで聞いた限りでは、女房は小刀良の幼馴染み。それぞれの両親はとうに亡く、親子三人が肩を寄せ合い、山陰の田を耕してきたという。

小刀良が徴発されたとき、娘の稲女は二歳。労役が明けたあかつきにはどれほど愛らしい童女に成長しているか、彼はそれだけを心の支えに、苦しい夫役に耐えてきたはずだ。

その希望が突如はかない虹のように消えてしまった衝撃は、五日や七日の喪で癒えはすまい。かような心の傷を抱え、それでもなお大仏を造れというのか。

どうにもいたたまれぬのだろう。飯を食い終わった仕丁たちが、争うように席を立つ。やがて最後の一人が炊屋を出て行くや、

「――真楯、何が言いたいんだ」

と、猪養は渋い顔で真楯を顧みた。

「造寺司にお願いして、小刀良を石見に帰らせてやってください。こいつが抜けた分は、私や鮠人がなんとかします」

「ふざけるなッ、そんなことが出来るわけないだろうッ！」

そう怒鳴るなり、猪養はいきなり真楯の頰を殴り付けた。

猪養は物言いこそ荒っぽいが、他人に手を上げることは滅多にない。それだけに殴り飛ばされた頰や、ふっとばされて板壁にぶつけた背の痛みより、突然の暴力そのものが信じられなかった。

生ぬるいものが鼻の中をずるりと流れ、顎先に伝う。唖然と猪養を見上げる真楯を引きずり起こし、

「真楯、お前はこの一年、作事場で何を見て来たんだッ」

と、猪養はその襟元を両手で締め上げた。

「小刀良を案じるのは分からんでもない。けど作事場の仕丁は、全員が全員、お前みたいな

「猪養、それまでにしておけ。真楯とて、おぬしの言いたいことは悟ったはずじゃ」

水を満たした小麻笥《こおけ》を抱えた宮麻呂に止められ、猪養は軽く鼻を鳴らして真楯を突き放した。よろめいて、小刀良の傍らに尻餅をつくのを見やり、忌々《いまいま》しげに足元に唾を吐いた。

「いいや、悟ったもんか。確かに小刀良は気の毒だ。だが一度、そんなことを許せば、親兄弟の死を口実に、故郷に戻りたがる奴は後を絶たなくなる。それが真《まこと》ならともかく、嘘をついて労役半ばで帰ろうとする者、気の弱い仲間に仕事を押し付けようとする者が次々現れたら、この作事場はどうなると思う」

造寺司の役人とて、鬼ではない。意を尽くして請願すれば、賦役を司る民部省《みんぶしょう》に労役短縮を頼んでくれよう。

しかし人間はとかく、易きに流れがちなもの。特例が許されることが知れ渡れば、それを利用せんとする者が続々と続き、いずれは造寺そのものが立ち行かなくなるやもしれない。

仲間に迷惑をかけぬためにも、小刀良だけを帰郷させるわけにはいかないのだ。

「いいか、俺の前でそんな口を二度と利くな。これだから世間知らずは面倒なんだ」

転がっていた床几《しょうぎ》を引き起こし、猪養は残っていた飯を仏頂面で掻き込み始めた。

小刀良はすぐ側の騒動にも気づかぬ様子で、ひたすら虚空を見つめている。

宮麻呂は真楯の傍らにしゃがみ込むと、小麻笥に沈めていた手拭いを強く絞り、早くも腫れ始めた頬に押し当てた。

「のう、真楯。おぬし、仕丁の務めは何か、知っておるか」

「大仏を――毘盧舎那大仏を造り上げることではないんですか」

真楯の答えに、宮麻呂は莫迦な、と小さく吐き捨てた。

「生真面目にも、そんなことを考えておったのか。よいか、よく覚えておけ。仕丁の務めはただ一つ、労役を終えて、無事に生きて郷里に帰ることじゃ」

それは仕丁のみではない。遠く筑紫《つくし》に徴用される防人《さきもり》、京で一年間の軍役に就く衛士《えじ》も同じだ、と宮麻呂は続けた。

「大仏なぞ、御仏を信じぬ者にはただの木偶《でく》。あれを如何に完成させるかは、所詮、食うに困らぬ上《うえ》つ方《かた》や、大作事によって功を得る国公麻呂《くにのきみまろ》さま、鋳師衆の仕事じゃ。諸国より連れて来られたおぬしらには本来、無関係な話であろう」

「ですがあの大仏は、この国から少しでも災いを取り除くために造られるのでしょう？」

真楯とて、自分たちを厳しい労役に駆り立てる大仏造営を、疎ましく思わぬでもない。額に汗して立ち働く仕丁をただ見下ろすだけの巨仏が、本当に自分たちを救うのかと疑問を抱きもする。だがあまりに一方的な宮麻呂の物言いに、つい反論が口をついた。

この春先、長患《ながわずら》いの末に死んだ仕丁の浄須《きよす》は、最期まで造仏の進み具合を気にかけていた。大仏がある小丘の方角に手を合わせたままこと切れたその頬には、微かな笑みすら浮かんでいたと、同じ小屋の仲間は語った。

仏よりも生きている者のほうが大事と公言する宮麻呂の気持ちは、よく分かる。さりながらこの作事場には、行基《ぎょうき》を生き仏と崇《あが》める優婆塞優婆夷《うばそくうばい》を筆頭に、毘盧舎那大仏を信じる者たちが確かに存在するのだ。それにもかかわらず大仏を木偶だと言い切るのは、仏に心を寄せる者たちへの冒瀆《ぼうとく》ではないか。

「ふん、巨仏を造って世が治まるのであれば、小刀良の妻子は何故、病に倒れねばならなんだのじゃ。所詮、人を救うのは人のみじゃ」

そう言い放ち、宮麻呂はほとんど手付かずの小刀良の折敷を厨に引き上げた。甑《こしき》に残っていた飯で巨大な握り飯を作って竹皮に包み、真楯の膝先に放って寄越した。

「今がどれだけ苦しくても、人は生きねばならぬ。されどしばらくの間、小刀良は妻子恋しさに泣き、もだえ苦しもう。今日は宿舎に連れ帰り、これを食わせて寝かせておけ」

宮麻呂の言葉が届いているのかいないのか、小刀良の丸い頬にはいつしか、涙が滂沱《ぼうだ》と流れている。

こんな有様の彼に、飯を食う気力があるとは思えないが、そんな真楯の胸裏を汲んだかのように、「必ず食わせるのじゃぞ」と宮麻呂は低い声で念押しした。

「人間、腹が減ったままでは、ろくなことを考えぬ。食べたくないと申しても、無理やり口に押し込め。いいか、大仏の完成などとは関係なく、生きて故郷に戻ることこそが、おぬしら仕丁の務めなのじゃ」

宮麻呂の危惧《きぐ》通り、小刀良は宿舎に戻っても壁の一点を見つめたままであった。何を尋ねても答えず、ただ形見の入った袋を堅く握りしめ、握り飯にも手を付けない。

まさか本当に無理に食わせるわけにもいかず、真楯は気を揉んだが、それでも二日、三日と日が経つうちに、小刀良は宮麻呂が運んでくる食事に少しずつ手を付けるようになった。

日中は全員が出払った仕丁小屋でぼんやりと過ごし、夕刻、仲間たちが帰って来る前に褥《しとね》にもぐり込んでしまう。誰とも言葉を交わさぬまま服喪を終え、作事場に再び姿を見せた頃には、小刀良の頰は別人かと疑うほどげっそりとこけていた。

「長い間、休んで悪かった。もう大丈夫だ」

それでもすまなそうな表情で仲間に頭を下げた彼に、真楯たちは口々に悔《くや》みを述べた。

「本当に気の毒だったたな。こっちは構わないから、もっと休んでいてもよかったんだぞ」

「いいや、もう平気さ。そんなに気を遣わないでくれ」

やつれているものの、正気を取り戻したかに見える小刀良に、真楯たちはほっと胸をなでおろした。だが、どうやらその姿は、ごく上辺だけのものだったらしい。

小刀良の姿が見えぬことに同室の仲間が気づいたのは、今日の子《ね》ノ刻（午前零時）。しかも当人ばかりか荷物まで消えていると見て取るや、すぐさま彼は隣の寝小屋の猪養を叩き起こした。

厳しい労役に耐えかねた仕丁が故郷に逃げ帰る例は、さして珍しくない。さりながら役人に伴われての往路と異なる苦しい旅に、逃亡した仕丁の大半は路次で行き倒れる。またかろうじて郷里にたどり着いたとしても、そこにはすでに民部省の手配が回っており、すぐにひっくくられて寧楽《なら》に押送されるのが関の山であった。

しかも姿を消したのは、小刀良一人ではない。捜索の手伝いをさせようと寺奴婢溜まりに駆け込めば、馬甘という三十過ぎの奴《やっこ》が小屋から消えていた。

奴婢頭《ぬひがしら》の南備《なび》によれば、三年前に東大寺に売られてきた馬甘は、寺奴婢の中でも屈指の横着者。くすねた資材を売り飛ばしたり、奴婢溜まりに賽子《さいころ》を持ちこんで賭博をしたりと、これまで様々な問題を引き起こしてきた男という。

「これが他の奴婢だったら、一緒に逃げた良戸の心配なんかしないよ。でも馬甘となると、ちょっと厄介だねえ」

眠い目をこすりながらの南備の言葉に、猪養の顔からさっと血の気が引いた。

「小刀良ってのは、あのちょっとぼんやりした仕丁だろう？　ああいう手合いは案外、支給された米や布をしっかり溜め込んでるものさ。郷里までの道案内をするとか何とか言ってそれを巻き上げ、適当なところで当人だけ、ぽいと放り出しちまう恐れも――」

欠伸《あくび》混じりの南備の言葉を、猪養は強い口調でぶった切った。

「おい、南備。お前も探索を手伝え。とにかく一刻でも早く、あいつらを捕まえるんだ」

脱走が造寺司の役人に知れれば、小刀良には捕縛後、厳しい処罰が下される。何としてもそうなる前に彼らを捕まえるべく、造仏所仕丁の中で信頼できる三十名ほどが叩き起こされ、真夜中の捜索が始まったのであった。

二

東大寺の広さは、約十二保《ほ》（約九十ヘクタール）。東は春日山、西は東七坊大路にまで及ぶ寺地のぐるりには、資材の持ち出しを防ぐ高い柵が設けられ、造寺司の使部が数町置きに見張り小屋を構えている。

鮠人を含む十数人が、東の丘陵地を探すべく、斜《なぞえ》を登って行く。そんな彼らに加わろうとした真楯を、猪養の野太い声が引きとめた。

「真楯は俺と来い。南の畑界隈《かいわい》を見に行くぞ」

ひと月前のあの日以来、真楯は何となく猪養と顔を合わせるのを避けていた。猪養もまた、怒りに駆られて手を上げたことを恥じている様子だが、今夜ばかりはお互い気まずいなどと言ってはいられない。「わかりました」とうなずき、真楯は坂を下る猪養の後を追った。

豪壮な伽藍《がらん》や毘盧舎那仏などが建造されているのは、寺地の北半分。残る南側には仕丁や役夫の宿舎や、造寺司直営の菜園が広がっている。

仕丁の宿舎が櫛比《しっぴ》する中を走り抜け、二人が畑の側まで来たときである。

先を進んでいた猪養が、不意に足を止めた。その背中にぶつかりそうになった真楯を振り返り、「おい、見ろ」と畑の方向に顎をしゃくった。

淡く雪の降り積もった畑に、入り乱れた足跡がついている。半ば雪にかき消されている点からして、半刻《はんとき》ほど前のものであろう。畑をまっすぐ横切ったその足跡は、菜園の隣に建つ廐《うまや》の一つへと続いていた。

「真楯、お前はこっちから踏み込め。俺は廐の裏へ回るからな」

小声で指示するが早いか、猪養は足音を忍ばせて、幅六間の廐の裏手へ走り去った。

寺内で飼われる馬は、造寺司の役人が甲賀山作所《こうかやまつくりどころ》や大坂石作所《おおさかいしつくりどころ》に出かける際に用いるもの。早くも人の気配に気づいたのか、それともすでに何者かが身をひそめているのか。廐の中からは、かつかつという神経質な蹄《ひづめ》の音が響いてくる。

真楯は一つ大きく息を吸い、厩の戸に手をかけた。わざと音を立てて重い木戸を開き、

「造仏所の者だ。誰かいるのか」

と大声を張り上げた。

誰か潜んでいれば、驚いて裏に飛び出すはずと踏んだのだが、藁《わら》の香が満ちた厩舎《きゅうしゃ》には、六頭ほどの馬が繋がれているばかり。様子を窺いながら中に踏み込み、真楯は突然の闖入《ちんにゅう》者《しゃ》に鬣《たてがみ》を振る一頭の鼻先を軽く撫でた。

「真楯、誰もいないのか」

裏口から、猪養が怪訝そうな声をかけてくる。

「ええ、いません。さっきの足跡は、ここから逃げて行った際のものだったんですかね」

そう応じながら、真楯はふと誰かに名を呼ばれた気がして、背後を振り返った。

薄く積もった雪のせいで、外は夜とは思えぬほど明るい。戸口から射し込む雪明りを避けるように、壁際に小さな影がうずくまっている。それに気付いた瞬間、真楯は我知らず大声を上げていた。

「小刀良、小刀良か」

「ま、真楯……」

慌てて駆け寄った真楯に、小刀良はがちがちと寒さに歯を鳴らしながらすがりついた。

この寒空に、下帯一本だけの半裸。しかもどんな暴行を受けたのか、全身に大きな打撲の痕まである。

「猪養、来てください。小刀良がいました」

あまりに無惨なその姿に、さすがの猪養が驚き顔で立ちすくむ。それでもすぐに我に返ると、着ていた綿衾《わたぶすま》（綿入れ）を脱ぎ、寒さに震える小刀良の肩に打ちかけた。

「お前一人か。馬飼は逃げたんだな」

安全なところまで行けば、馬飼は小刀良を放り出すかもしれない、と南備は言った。だが馬飼は、捜索が予想外に早く始まったと知り、早々に一人で逃げることを決めたのだろう。

寒さゆえか、それとも恐怖ゆえか、かくかくと首をうなずかせた小刀良の双眸《そうぼう》に、不意に大粒の涙が盛り上がった。

「あ――あいつ――」

外の雪はいつしか、本降りに変わっている。

冷え切った小刀良の身体を、猪養は綿衾ごと屈強な背に負った。

「あいつ、稲女たちの髪の入った袋まで、一緒に奪いやがった。抵抗する俺をげらげら笑いながら蹴飛ばして、無理やり――無理やり、あの形見まで」

猪養の背で震えながら、小刀良はここまでの一部始終を憑かれたように語った。

それによれば、妻子のことが忘れられない小刀良に、馬楯が逃亡を持ちかけたのは半月前。自分も元は石見の出と告げ、逃げるなら道案内をすると買って出たという。

阿諛追従《あゆついしょう》を習い性とする奴婢の中には、良戸への奇妙な敵愾心《てきがいしん》を腹底に秘めた者も少なくない。おそらく馬楯は小刀良の件を小耳にはさむや、彼の財物を奪い、寺から逃げようとの企みを抱いたのだろう。狼の棲む山中に置き去りにされなかっただけ、まだましというべきかもしれなかった。

「莫迦か、お前は。奴婢ってのは、油断も隙もねえ卑怯な奴らばっかりだ。そんなことぐらい、五つの子どもだってわきまえてるぞ」

「そ、それは俺も知ってたさ。けど――」

腕が折れているのか、片手だけで猪養の首にしがみつきながら、小刀良は洟水《はなみず》とも涙ともつかないものを彼の肩にぼたぼたと滴らせた。

「国に……国にどうしても帰りたかったんだ。せめて一目、あいつらの墓を見て、里の者から二人の最期を聞きたかったんだ」

こんな状態の小刀良を、仕丁小屋に戻すわけにはいかない。猪養は人気のない炊屋にまっすぐ向かい、竈《かまど》の灰を掻き立て、鍋に湯を沸かし始めた。

炊男《かしきおとこ》の宮麻呂は、夜は元興寺《がんごうじ》近くの自宅に帰っている。猪養は厨を勝手にひっかき回すと、どこからか見つけてきた焼米を湯に浸し、綿衾にくるまったままの小刀良に与えた。

その間に真楯が寺内を走り回り、捜索中の仲間に小刀良発見の報を告げる。ぞろぞろと炊屋に引き上げてきた仕丁たちは、身ぐるみ剝がされた仲間の無残な姿を見るや、疲れ切った顔にはっきりと怒りの表情を浮かべた。

故郷に家族を残してきた仕丁には、小刀良の心中が痛いほど理解できる。悲しい弱みに付け込んだ馬楯の悪事に、さすがの南備までが忌々しげに舌打ちをした。

「だいたいあたいは一目見たときから、あいつが気に喰わなかったんだよ。それを三綱《さんごう》の奴らが、掘り出し物の屈強な男奴だと、無理やり買い入れやがったんだ」

役所から派遣される仕丁と異なり、馬楯や南備たち寺奴婢は東大寺の財産。それが逃亡したと知れれば、東大寺三綱はすぐさま、馬楯に追手をかけよう。当然、いつどうやって逃げ出したのか、詳しい詮議も始まるはずだ。

「しかたがない。小刀良は馬楯にそそのかされて逃亡を企んだが、あいつに荷物を奪われ、諦めて寝小屋に戻ってきたことにしよう。その上で、根道《ねみち》さまあたりにお取り成しを頼めば、さしたるお咎《とが》めも受けずに済むだろう。お前たちもそのつもりで、口裏を合わせろよ」

仕丁を監督する造寺司主典《さかん》の葛井《くずいの》根道は、温厚が取り柄の中年男。彼なら少々不自然な言い訳にも、知らぬ顔を決め込んでくれよう。

「こりゃあたいも管理不行き届きと叱られ、三綱から笞《むち》の二つ、三つは受けるだろうねえ。畜生、馬ＨＴＭＬが戻ってきたら、十倍にして返してやる」

南備がふけの浮いた頭をがりがりと掻いて吐き捨てたとき、

「この夜更けになにをしておるッ」

という険しい叱咤とともに、炊屋の板戸ががらりと開かれた。

そうでなくとも時刻が時刻である。全員がびくっと腰を浮かして振り返れば、竹の笞を手にした三十前の男が、形のよい眉をしかめている。

造仏所舎人《とねり》の安都雄足《あとのおたり》であった。

「夜間の出歩きは、厳しく禁じられているはずだ。しかもかように大勢が寄り集まって、いったい何を談合しておる」

仕丁の中に、猪養の姿を認めたのだろう。そう怒鳴りつけながら、雄足は眉間の皺を更に深くした。

造仏所の詰所は、作事場の麓に建つ造東大寺司官衙《かんが》の一角。夜遅くまで役所に残っている最中、ふと作事場に灯る灯に不審を覚え、ここまで登って来たのだろう。仕事熱心というか堅物というか、今の真楯たちには厄介この上ない相手であった。

「だいたい造仏所の仕丁どもは、他所の仕丁に比べて、司の言うことを聞かなすぎる。さあ、さっさと散れ散れ」

権高《けんだか》な声に、全員が渋々うなずいたときである。

「あっ」という驚きの声とともに、小刀良が立ち上がった。その手から木椀が落ち、焼米の湯漬けが辺り一面に飛び散った。

同時に南備が吊り上がった目を見開き、雄足の背後を指差した。

「う、馬醜ッ！」

全員の眼差しを浴びた男奴は、一瞬、日焼けした顔にしまったと言いたげな表情を浮かべた。だがすぐに開き直ったように唇を歪《ゆが》め、

「なんだよ、南備」

と、奴婢頭に不遜な薄笑いを向けた。

「寝付けねえからちょっと歩き回っていたら、このお役人さまに見つかっちまっただけさ。南備だってこんなところで、仕丁たちとよろしくやってるんだ。俺を怒る資格はねえだろ」

「あ、歩き回っていただと――」

馬醜に詰め寄ろうと立ち上がった小刀良が、足をふらつかせて倒れる。それをすんでのところで抱きとめ、猪養は「雄足さま」と険しい声を上げた。

「その奴をどこで見つけられました。そやつはこの小刀良に逃亡を持ちかけた末、こいつの衣や貯めていた銭を根こそぎ奪った不届き者です」

「と、とんでもねえ。濡れ衣でさあ」

慌てて雄足の足元に這いつくばる馬緖に、「なにを今更、言い訳するんだい」と、南備が冷笑を浴びせつけた。

「舎人さま、いま仕丁頭が言ったのは本当でございます。そもそもその馬緖は、東大寺寺奴婢一の迷惑者。あたいもこれまで、どれだけ手を焼かされたか知れません」

どうやら馬緖は、捜索の人員の多さに逃亡を諦め、強奪した金品をどこかに隠して、寝小屋に戻ろうとしたらしい。

これが仕丁同士の諍《いさか》いなら、無理やり縛り上げてでも品物の在《あ》り処《か》を吐かせられる。だが東大寺の所有物である奴に、仕丁が手を出すことは出来ない。馬緖の罪を裁くには、造寺司の力が不可欠であった。

ところが猪養たちの言葉に、雄足は不快そうに顔をしかめた。

「そんなことはわしには関係ない。それよりもおぬしら、さっさと寝小屋に戻らぬか」

と低い声で吐き捨て、さっと踵《きびす》を返そうとした。

「お、お待ちください、雄足さま。その馬緖は小刀良から、先日亡くなった女房子どもの形見まで奪ったのです。せめてそれをどこに隠したかだけでも、ご詮議ください」

「しつこいぞ。さような些事で、いちいち我らの手を煩わせるではない」

食い下がる猪養に投げつけられた声には、有無を言わさぬ響きがあった。

「先ほどおぬしは、その仕丁が男奴にそそのかされ、逃亡を企てたと申したな。三年間、天下の作事に尽力するのは、この国の公民に等しく課せられた定め。それを一人途中で逃げ出そうとするとは、不埒《ふらち》にもほどがあろう」

だいたい、と続けながら、雄足は炊屋の仕丁たちをじろりと見回した。

「仕丁頭とは、そういった仕丁たちを束ね、まとめるのが務めであろう。それを為さずしてわれらに尻拭いを願うとは、心得違いも甚《はなは》だしいわい」

あまりの正論に、猪養が一瞬、言葉に詰まる。その面上に冷ややかな一瞥《いちべつ》をくれると、雄足は今度こそ足早に炊屋を出て行った。

ここにいては袋叩きに遭うと思ったのか、馬馗の姿はすでにない。その逃げ足の速さからだけでも、彼の小狡《こずる》さが察せられるというものだ。

「あの野郎――」

雄足に向けられたのか、それとも馬馗のことか。猪養が拳を握って低い声でうめく。

開け放された戸の向こうでは、いつ止むとも知れぬ雪がしんしんと降り続いていた。

「ふうむ、されど小刀良が逃げだそうとしたのは、己自身の意思によるもの。その点がちと、厄介じゃのう」

三

翌朝、勝手に厨を使ったことを詫びがてら、猪養が昨夜の一件を報告すると、宮麻呂は煮えたぎる汁鍋を前に、無精鬚の伸びた顎を撫でた。

宮麻呂は案外癇性なところがあり、仕丁が厨に入るのをひどく嫌う。だがさすがに今日ばかりは、勝手に焼米に手をつけたことにも、何の文句も言わなかった。

「それにしても何故雄足さまは、その男奴の言葉を鵜呑みにされたのじゃろうな」

「なにせ俺は例の乙虫《おとむし》の騒ぎの折、雄足さまに正面から楯突いたからなあ。案外それを根に持っての、嫌がらせかもしれん」

牟須女は昨日から、月の障《さわ》りで炊屋を休んでいる。代わりになぜか厨の手伝いを命じられた真楯は、蒸し上がった甑を秦緒《はたお》と二人がかりで火から下ろしながら、「そうですかねえ」と首をひねった。

「雄足さまはあのお若さで、造仏所きっての切れ者と評判のお役人ですよ。猪養への恨みだけで、馬楯を庇《かば》ったりするでしょうか」

「いいや、分からんぞ。何しろ親父どのが陸奥《むつ》からの仕丁に殺されたことを恨み、乙虫に濡れ衣を着せようとなさるような御仁だ。俺憎さになにを思い立たれても、不思議じゃないだろう」

作事場の朝は、日の出に宮城で打たれる第一開門鼓とともに始まる。この鼓を合図に起き出した仕丁たちは、大急ぎで身支度を整え、半刻後に打たれる第二開門鼓と同時に、仕事に取りかかるのである。

雪をいただいた春日山の稜線はわずかに朱に染まり始めているが、第一開門鼓が鳴るまでにはまだ四半刻ほどある。それだけに炊屋には猪養たちのほか人はおらず、飯の匂いに誘われた鼠が二四、まだ薄闇の蟠《わだかま》る片隅で、小さな鳴き声を上げていた。

真楯が蒸し立ての飯に薊《あざみ》の塩漬けと茸《きのこ》汁を添えて渡すと、猪養は厨との境の板の上に折《お》敷《しき》を置き、立ったまま飯をかきこみ始めた。

「されどあの折、乙虫に無実の罪を着せたのは、大鋳師の高市大国《たけちのおおくに》さまを陥れんという国公麻呂さまの内意を受けてのことじゃった。あの舎人さまは実に才気走ったお方。造仏所百五十人の仕丁を統率するおぬしを、あからさまに嫌いはすまい。何か他に、理由があるのではないか」

確かに、と呟き、猪養が箸を宙に浮かせたまま考え込む。そんな彼から目を転じた宮麻呂に、

「真楯、おぬしはもういいぞ。後は秦緒に任せて、そろそろ飯を食っておけ」

と顎をしゃくられ、真楯は自分の食事を調え始めた。その途端、「猪養、いるかい」と声がして、奴婢頭の南備が戸口から顔をのぞかせた。

「おお、いるぞ。昨夜はありがとよ。馬楯の野郎、あの後すぐ奴婢小屋に戻ったのか」

猪養の言葉に、南備はなぜか敷居際にたたずんだまま、首を横に振った。

「ううん、現れたらすぐ、締め上げてやろうと思ってたんだけどね。ついさっき、あたいの目を盗んでこそこそ奴婢溜まりに戻ってきたよ。それよりもあいつのことで、ちょっと気になることを耳にしたんだ」

奴婢は男女で仕事が異なるため、奴婢頭の南備も男奴の日常をすべて把握しているわけではない。彼女に代わって作事場で男奴をまとめているのは、千手《せんじゅ》と呼ばれる老奴。その彼によれば、馬楯は時折造仏所の役人から、畿内の山作所・木屋所などへの文使いを命じられているというのである。

「一年ほど前、造仏所長官の国公麻呂さまが視察に来られた際、なぜだか馬楯のことを気に入られ、以来、たまに用事を言いつけてらっしゃるんだって。その上、千手もはっきり言い

たがらなかったけど、どうもあまり表沙汰にしづらい用も任されてるみたいだよ」

「国公麻呂さまがだと――」

思わず真楯は手にしていた飯の椀を置き、猪養の顔をふり仰いだ。

造仏所長官の国公麻呂は、毘盧舎那大仏鋳造の総監督。首天皇の信頼厚い百済《くだら》系の技術者で、大仏の造形及び製法の考案者でもある。

だが自らの技術に絶対の自信を持つ彼は、鋳造責任者である大鋳師・高市大国と工法を巡って対立しており、作事場での評判もあまり芳しくない。

半年前に起きた棹銅《さおどう》盗難事件は、表向き造寺司の勘違いということで決着した。さりながら勘の働く一部の仕丁は、それが公麻呂が高市大国を陥れるために企んだものと、薄々察しをつけている。

そうでなくとも、作事場で仕丁に労《ねぎら》いの言葉一つかけぬ彼に比べれば、配下の鋳師たちと汗水流して働く高市大国のほうが、よっぽど信が置ける。それだけに公麻呂も、仕丁たちの反発を敏感に感じ取っているのであろう。最近では造仏所に籠ったまま、現場にもほとんど顔を出さない。

そんな公麻呂があの馬埴を気に入っているとは。ある推測が脳裏をかすめ、真楯は大声を上げた。

「猪養、ひょっとしてあのとき、乙虫の床《とこ》の下に隠されていた棹銅は——」

盗難事件の際、陸奥から来た仕丁に濡れ衣を着せるべく、彼の褥《しとね》の下に隠された二本の棹銅。当時は誰が手を下したかなぞ考えもしなかったが、あれを実行したのは、馬餡だったのではないか。

そして安都雄足は、そんな国公麻呂の腹心。こう考えると、なぜ昨夜、雄足が馬餡をかばったのかも、説明がつく。

確かに、と言いながら、猪養は急に食欲の失せた顔で、箸を折敷に置いた。

「もしかしたら昨夜、雄足さまが作事場に上がって来られたのも、炊屋の灯を見咎められたからではないのかもな」

「よく考えれば、雄足さまに見つかったぐらいで、馬餡が脱走を諦めたのも妙ですよ。あいつは雄足さまから何か内密の用事を言い付けられ、それを果たすために作事場に残ったんじゃないですか」

他に漏らし難い用事を命じるとなれば、雄足は馬餡に何らかの褒美を与えるはず。利に聡い彼がそれにつられて逃亡を諦めたことは、十分考えられた。

「内密の用事のう。そうなるとそれはやはり、高市大国さまに絡んでおるのじゃろうか」

並の用事なら、昼日中に命じればよい。それをあんな夜更けに行なうとは、よほど後ろめたい用なのではないか。

猪養ははっと表情を引き締め、明るみ始めた外に目をやった。折しも打ち出された第一開門鼓と、それにわずかに遅れて鳴り出した寺の鐘に耳を澄ませ、

「そうか――」

と、低い声で呟いた。

「どうしたんです、猪養。何か心当たりがあるんですか」

「真楯、お前、今日作事場で何があるか覚えているか」

寝不足の頭を巡らせ、真楯はすぐに「あっ」と声を上げた。

そうだ、今日は昼過ぎに、首天皇が東大寺に行幸なさる。内々のことゆえ、仕丁と役夫は常の如く仕事をしていればいいと言われたが、それでも昨日は足場を洗い清めたり、そこここに打ち捨てられている塵芥《じんかい》を片付けたりと大忙しであった。

よりにもよってその前日に雄足が馬埴に接近したとは、ひょっとして公麻呂たちは今日の行幸の場で、何か良からぬことを企んでいるのではないか。

真楯が古参の仕丁から聞いた限りでは、帝が前回東大寺に足を運んだのは、大仏の雄型《おがた》である塑像が完成した二年前の冬。現在、毘盧舎那大仏は上胸部まで土塁で覆われ、かろうじて両肩と顔がのぞくばかりである。

こんな真冬に行幸なぞせずともよかろうが、何分帝はかような巨仏造像を思い立つほどの信心者。七段目の外型造りが始まれば、次に大仏のお顔が望めるのはすべての鋳込みが終わった後となるため、今の間にせめてもう一度、仏を拝もうと考えたのであろう。それを証するかの如く、帝は本日、高さ五丈（約十五メートル）を超える土塁のてっぺんまで登られると聞いていた。

「公麻呂さまは造仏の総監督だが、土塁上で起きる一切は、大鋳師の高市大国さまの責任だ。もし今日、どこかで事故でも起きてみろ。すべては大国さまの責任として、厳しいお咎めが下されるに違いない」

まさか玉体を傷つけるような真似はすまいが、外周四十丈（約百二十メートル）の土塁の上には、次の鋳込みに用いる甑炉《こしきろ》の資材などが大量に置かれている。そのうちの一つが崩れ、随従の一人に怪我でも負わせれば、どんな騒ぎになるか、考えるまでもなかった。

「お、大国さまに至急、このことをお知らせしましょう」

腰を浮かせた真楯を、「いいや、それは駄目だ」と猪養は低い声で押し留めた。

「もし公麻呂さまの企みを知られれば、大国さまはこの作事から降りると言い出されるやもしれん。今ここで日本一の鋳師集団である高市の一党に抜けられれば、この造仏は間違いなく頓挫するぞ」

「待て、猪養。するとおぬし、大国さまには内密に、公麻呂さまの企てを阻むつもりか」

「ああ、そうだ。それしかないだろう」

宮麻呂に大きくうなずき、猪養は南備を振り返った。

「馬飩が奴婢溜まりに戻ってきたのは、ついさっきと言ったな」

「ええ、ひょっとしたらあいつ、昨夜のうちに作事場に何か仕掛けたのかもしれないねえ」

「よしわかった。それは俺が探す。それより南備、小刀良の荷のことだが」

言いながら、猪養は戸口にたたずむ南備に近づき、早口で何か命じた。

あまりに小声のため、内容までは聞き取れない。しかしその言葉に、南備はえっと目を見開き、猪養の顔をまじまじと見つめた。

「それぐらいできるだろう?」

「そりゃやれないわけじゃないけど……そんなこととして、いいのかねえ」

「しかたねえさ。おめえだって馬飩の野郎には、色々腹に据えかねることがあるんだろうが」

「まあ、確かにね。しかたないか」

唇を小さく尖らせ、南備が踵を返す。その背中に宮麻呂が、「おおい、待て」と声をかけた。

「南備、まだ仕丁どもが来るまで少し間がある。用意してやるゆえ、飯を食っていけ」

金品で取引される奴婢は、人よりも家畜に近い存在と見なされている。それだけに仕丁が日に三度食べられる飯も、彼らに与えられるのは一度きり。それも粉米や麦糟《むぎかす》といった、牛馬の餌同然の粗末さを憐れんだ宮麻呂は、仕丁たちの食事をいつもわざと余らせ、奴婢たちに施している。

とはいえ、宮麻呂が残った飯を炊屋の裏に運ぶ頃には、甑は冷め、汁の具もほとんどなくなっている。それだけに彼は今、南備に先に飯を勧めたのだが、南備は小さく目をしばたたくと、きっぱりと首を横に振った。

「みながすきっ腹を抱えているのに、あたいだけが食うわけにはいかないさ。ありがとよ、宮麻呂」

その言葉に真楯はようやく、南備が戸口から踏み込んでこなかったのは、炊屋に満ちた旨そうな飯の匂いを嗅ぐまいとしてだったのではと思った。

女の身で奴婢頭を務める南備は、気が強く、どんな良戸にもずけずけとものを言う。しかしどれだけ仕丁たちから一目置かれていても、所詮は奴婢。彼らが食に満ち、暑さ寒さと無縁に過ごす日は一日たりとてない。

それだけに南備は、宮麻呂の施しにも決して慣れてはならぬと、懸命に己を自制しているのだろう。そんな彼女の前で平然と飯を食っていた自分を、真楯は恥じた。

「じゃあ、そっちは任せたぞ」

日はすでに春日山の稜線に顔をのぞかせ、一面に積もった雪が淡い朱に輝いている。猪養の声にひらひらと手を振ると、南備は新雪を蹴散らして、炊屋の前の坂道を下りて行った。

折敷の上の飯は、いつの間にか冷めている。喉に何かがつかえたような気分でそれを食べていると、身支度を整えた仕丁たちがどやどやと炊屋に押しかけて来た。帝の行幸に備え、いずれもこざっぱりとした衣褌を身に着けていた。

「あれ、猪養、早いな」

「ああ、そうか。真楯は飯の当番だったな。朝早くからご苦労なこった」

「こらあ、ぐたぐたしゃべっておらず、早う一列に並べ。そうでなくとも朝は時間がないのじゃ。おぬしらがさっさと食って出て行かねば、後から来た者が入れぬではないか」

ざわざわと騒ぐ仕丁たちを、宮麻呂ががらがら声で一喝する。

今日は長い一日になりそうであった。

四

「おおい、おいでなすったぞお」

足場のはるか下で起きた声が、仕丁たちの口から口へと伝えられ、早くも雪が解け始めた土塁の上まであっという間に届く。

その途端、珍しく朝から作事場に出ていた国公麻呂が四囲を見回し、「よいな」と大声を張り上げた。

「主上は作事場の常の姿を見たいと仰せじゃ。おぬしらは常の如く仕事を続けよ、いいな」

一方、大鋳師の高市大国は、そんな国公麻呂には目もくれず、型持《かたじ》がはめ込まれた空洞を覗き込み、配下の鋳師に何やら指示を与えている。

あちらこちらに焼け焦げがある袍《ほう》の袖をからげたその姿は、およそ天下の大鋳師とは思えぬ小汚さ。汚れ一つない官服をまとった公麻呂と正反対の無頓着な態度が、大国の姿をかえって凜々しく見せていた。

(作事場でどっちを信用するかと言えば、やっぱり大国さまだよなあ)

土塁上には造寺司の役人たちがずらりと並び、帝の到着を待っている。その中には、大刀を腰に佩《お》びた安都雄足の姿もあった。

いつ帝がお出ましになるのか、気になるのだろう。公麻呂は先ほどからしきりに、足場の下の様子をうかがっている。

「申し訳ありませんが、公麻呂さま。ちょっとこちらにお越しいただけませんか」

猪養がそんな落ちつかなげな彼のもとに駆け寄り、その傍らにひざまずいた。

「なんじゃと。間もなく帝がお越しになられるのじゃぞ。用事なら、後にせよ」

「すぐに終わります。どうしても帝のお運びの前に、お目にかけたいものがあるのです」

見下ろせば土塁の裾には、ひどく鮮やかな衣をまとった数十人の男たちが列を成している。そのただなかに置かれた手輿《たごし》が、帝の鳳輦《ほうれん》であろう。すぐにはそこから帝が降りて来ないと判断したのか、

「わかった。本当にすぐに終わるのじゃな」

とうなずき、公麻呂は先導する猪養の後ろについて歩き出した。

見送る視線に気づいた猪養が、ちらりと真楯を振り返る。付いて来い、と目顔で真楯を誘った彼が向かったのは、大仏の背側の資材置き場であった。

今、そこに所狭しと積み上げられているのは、次の鋳込みで用いる蹈鞴《たたら》と甑炉の部材。鋳込みごとに解体・建造を繰り返しているだけに、すべての部材に墨で蹈鞴の番号が記され、

すぐに組み立てられるよう、同じ長さに切りそろえた荒縄まで傍らに添えられていた。誰が命じたわけでもないが、やはりみな、帝のお運びが気になるのだろう。資材置き場に人の姿はない。

「ご覧いただきたいのは、あちらです」

そう言って猪養は、木架に立てかけられた、百丁近い梯子《はしご》を示した。

筒状の甑炉に炭を投じる長梯子は、大の男が二、三人登っても折れぬ丈夫なもの。鋳師たちは虫の被害を避けるため、この梯子ばかりは決して地面に寝かさず、こうやって木組みに立てかけて保管するのであった。

「木架に梯子をかける際には、天辺《てっぺん》を縄で縛り、倒れて来ぬようにいたします。ですが先ほど改めてみると、それ、あの一番端の梯子の縄がなくなっていました。おかしいですなあ、昨日造仏所の仕丁が総出で、ちゃんと結わえてあるか、確かめたばかりですのに」

そう言って猪養は木架の端を指し示したが、高く昇った冬の日はあまりに眩しく、頭上を仰ぐことができない。公麻呂は細い目をちらりと上げ、不機嫌そうに顔をしかめた。

「猪養、そなたかような些事を告げるために、わざわざわしをここへ誘ったのか」

「へえ、さようでございます。ですが、よくご覧ください。あの端の梯子、あれだけ縄で縛られておりませんでしょう」

苛立った声を漏らした公麻呂に、猪養は珍しくもって回った言い方で繰り返した。

「帝がお越しの最中、あれが倒れてくれれば一大事。今のうちに縛るべきと存じますが、いかがでしょう」

「ええい、わかった。さっさといたせ」

「縛ってよろしいんでございますか」

「そうじゃ。梯子をあのまま、放置してはおけまい」

これ以上、こんなことで手間取っているわけにはいかないと思ったのか、公麻呂は早口で言い捨てるなり、踵を返そうとした。

だが、ばっと跳ね立った猪養が、そんな彼の前に大手を広げて立ちふさがった。

「な、なにを致す。わしに狼藉《ろうぜき》でも働く気か」

資材ばかりが置かれている大仏の真裏では、大声を上げたとて誰にも気付かれない。恐怖に顔を引きつらせ、公麻呂は周囲を見回した。

「いいえ、そんなことは考えておりません。けど不思議ですねえ、公麻呂さま。あの木組みにかけられた梯子には、縄の欠けたものなんか一つもございませんのに、なんで公麻呂さまは今、あれを縛り直すべきと仰《おつしや》られたんですか」

なに、と公麻呂が息を呑んだ刹那、薄い雲が日を覆い隠した。

慌てて見上げれば、なるほど一番端、先ほど猪養が指した梯子は、真新しい縄で木組みにぐるぐる巻きにされている。公麻呂の顔が瞬時にして青ざめた。

「そ、それはおぬしが、あの梯子の縄が切れていると申したからではないか」

「先ほど高市大国さまに同じことを申し上げたら、どれ、と真下まで歩いて行かれ、しっかり縛られているではないかと仰いましたよ。ええ実のところを申し上げれば、確かに朝の時点では、あの梯子の縄は切れ、足元にきれっぱしが落ちていました。それを元通りに結い直したのは俺ですが、不思議ですねえ。まるで今の公麻呂さまは、最初からあの縄が切れているのをご存知だったみたいじゃないですか」

「そ、そのようなことは知らぬ。おぬしがかように申したから、わしはただうなずいただけじゃ。と、とにかく、わしはさようなことは知らぬぞ」

と、まくし立てながら、公麻呂が猪養を押しのけようとしたときである。

よいしょ、とどこからともなく声がして、土塁の下から真っ黒な手がぬっと伸びた。むき出しの土を摑み、奴の舎薩《しやさつ》が猿のように姿を現した。

「猪養、南備からの伝言だよ。馬඾ はあんたの言った通りに、始末したってさ」

足場を使わず、土塁を直によじ登ってきたのだろう。手足は泥にまみれ、半臂《はんぴ》の裾にはかぎ裂きまで出来ている。それでも得意げな顔で鼻の下をこすり、舎薩はにやりと笑った。

「小刀良の銭や衣は、畑の空井戸の中に隠してあったよ。まったくあいつも馬鹿だよねえ。奴婢頭が本気で怒ったら、奴の一人や二人、幾らでも内緒で片付けられるってのにさ」

南備はしばしば奴婢仲間をかばい、猪養たち良戸に楯突くが、本来、奴婢頭とは良戸に代わって奴婢を取り締まる存在。それだけに彼女さえその気になれば、奴婢の一人や二人、事故と見せかけて密殺することは難しくない。ましてやその気っ風のよさから、奴婢の絶大な信頼を集める彼女であれば、なおさらだった。

「おいらもさっき知ったんだけど、馬餡の奴、南備に隠れて、若い女奴を二人、好き勝手に慰みものにしてたんだって。ほら、南備は女奴には優しいからさあ。それを知ったらもう怒り狂っちゃって大変だったよ」

「な、なんじゃと。おぬしら、馬餡をどうしたのだ」

立ちすくんだ公麻呂の顔は、もはや蒼白を通り越し、完全に血の気がない。おや、とわざとらしく呟き、猪養は太い眉を上下させた。

「公麻呂さまは馬餡をご存知でいらっしゃるのですか。いや、まさか、造仏所長官ともあろうお方が、一介の寺奴婢のことなど記憶に留めておられる道理がないでしょうなあ」

「い、猪養、おぬし――」

悲鳴を上げかけた公麻呂の口を、猪養は大きな掌でふさいだ。暴れる両手を背にねじ上げ、

「いいですか、長官さま」とその耳元に低く囁きかけた。

「あなたさまがどれほど高市大国さまを嫌われようと、正直、俺たちには関係ありゃしません。けどこの毘盧舎那大仏造立は、最早あなたさまだけのものじゃないんですぜ」

「な、なにを申す。この大仏はわしが帝にお勧めし、製法を考案したものじゃ。わしがおらねば、絶対に大仏は建たぬわ」

ふごふごと息を漏らしながら、それでも公麻呂は懸命に抗弁した。こんな場合でも自らの立場を主張するとは、意外にも骨がある男である。

「ええ、さようでしょうさ。確かにこんなとてつもない巨仏の造り方を知る者なんぞ、この国に公麻呂さまただお一人でしょう」

でも、と猪養は公麻呂の顔を睨《にら》み下ろした。

「この大仏を実際に造っているのは、俺たち仕丁。火を熾《おこ》し、熟銅《じゆくどう》を仏身に変えているのは、鋳師衆でございます。そしてこの大仏を必要としているのは、別にあなたさまだけじゃねえんですよ」

「ば、莫迦なッ」

そう怒鳴るなり、公麻呂は猪養の手を力いっぱい撥ね除けた。はずみでその場に尻餅をついたまままずるずると後ずさり、血走った目で三人を眺め渡した。

「こ、この大仏はわしのものじゃ。わしが祖父より伝えられた百済の技術を揮《ふる》うべく、帝の信心を煽《あお》り立てて建立《こんりゅう》にこぎつけたのじゃ」

公麻呂の祖父は国骨富《くにのこつふ》といい、百済滅亡時には王宮の工房で工人を束ねる官吏であった。しかし当初こその技術の高さから骨富たち渡来の民をもてはやしていたこの国の者は、ほんの百年足らずの間に、百済人を凌駕《りょうが》するほどの技術を会得。そのため今では百済人を祖とする技術者たちは、時代遅れと陰口を叩かれ、ろくに仕事もない有様であった。

「されど我らの技の真髄は、この辺東の小国の者如きがそうもたやすく凌《しの》げるようなものではない。そこでわしは百済渡来の民を嘲《あざけ》る者どもを見返してやろうと、己が持つすべての知識を用い、未曽有の作事を為さんと思うたのじゃ」

そこで目をつけたのが仏道に心を寄せる首天皇だった、と公麻呂は恐ろしいほどの早口で続けた。

「首さまが在所にほど近い河内《かわち》に行幸なさると知り、わしは可能な限りの伝手《つて》を使って、お目通りを願い出た。そして大県《おおがた》の知識寺《ちしきじ》にある盧舎那仏の塑像をお見せし、帝ほどのご信心がおありであれば、これよりなお巨大な御仏を造ることも容易でございましょうと申し上げたのじゃ」

地震や飢饉《ききん》、更には裳瘡《もがさ》（天然痘）の流行といった天変地異の最中に帝位についた首は、仏法をひたむきに信じる生真面目な男。何とか天皇の務めを全うせんともがいていたその心に、公麻呂は見事に取り入ったわけだ。

「な、なんだと。じゃあこの毘盧舎那仏は——」

この国の安寧を願った帝が発願《ほつがん》した、この巨仏。それがまさか、目の前の小男の工人としての意地から造られたものだったとは。

思いがけない公麻呂の言葉に、真楯や猪養はもちろん、舎薩までが息を呑んでいる。

そんな三人に向かい、公麻呂は「よいか」と細い目を底光りさせた。

「この大仏は己が才を形に成さんためのものじゃ。誰にも、誰にも口出しなぞさせるものか」

(違う——)

激しい反発が、真楯の胸底からこみ上げてきた。

確かに造像の発端は、そうかもしれない。だが浄須は——何百人という優婆塞優婆夷たちは、この巨仏が自分やこの矛盾に満ちた世を救ってくれると信じている。そんな大仏が、この目前の工人一人のものであってなるものか。

ひょっとしたら宮麻呂の言う通り、人を救う御仏《みほとけ》なぞ、この世にはいないのかもしれない。しかし、それでいいのだ。この大仏建立に関わる、何千何万という人々。ある者は仏に全てを委ね、ある者は世を恨んで仏に唾する。そんな悲喜こもごも相乱れた彼らの思いすべてを呑み込み、それでもなおここに佇立《ちょりつ》する大いなる存在がこの未曽有の巨仏なのであり、激しい愛憎双方をその身に受けんがために、毘盧舎那仏は造られねばならぬ。

「よいか、猪養。仮に造仏所長官の職を罷免《ひめん》されたとて、この大仏はわしのものじゃ。わしの言葉で、わしの図面で造られた大仏には、誰にも手出しさせぬ。仮にそれが帝とて、同様じゃ」

はははは、と喉をのけぞらして哄笑《こうしょう》する公麻呂を見つめ、舎薩がぽつりと、「狂ってやがる」と呟く。それを耳聡く聞き咎め、

「狂っておるじゃと。このわしがか」

と、公麻呂は顔をしかめた。

「狂うてなぞおらぬ。己の造ったものに執着するのは、工人なれば当然のことよ。それを申さば、まことに世を救うかどうか知れぬ大仏のために、何百人何千人もの役民を全国からかき集めた帝のほうが、よっぽど常軌を逸しておられるのではないか」

狂っておらぬよ、ともう一度繰り返し、公麻呂は、ふと眉根を寄せた。

「それにしてもあの高市大国め。わしの企てにいちいち口を挟みよって、まことに腹立たしい男じゃわい」

「ですが公麻呂さま、今ここであの大国さまが去られれば、あなたさまの大仏も仕上がらぬままに終わるのではないですか」

猪養の静かな声に、公麻呂はふんと鼻を鳴らした。

「すでに大仏は六段目まで出来上がっておる。無論、全体の仕上がりは外型を外してみねばわからぬが、ここまで来れば鋳込みはすでに成功したも同然。大国など、もはやおらずとも構わぬわい」

「そうでしょうか」

と首をひねり、猪養はちらりと大仏の頭部を見上げた。

「確かにここまでの鋳造はうまくいっております。ですがすべての鋳込みを終えても、まだあちらこちらの亀裂や鋳物鬆《す》を塞いだり、穴の空いた箇所に嵌金《はめがね》を施さなきゃなりません。そういった細かな工程を、公麻呂さまお一人でなさるのであれば、お好きにすればよろしゅうございます。されどもし大国さまが作事場から去られるようなことになれば、俺は造仏所仕丁頭を辞めさせてもらいますぜ」

「な、なんじゃと――」

さすがに思いがけなかったのだろう。公麻呂が双眸をかっと見開く。どこか蛙を思わせるその顔を見た刹那、真楯は「だったら私も、他の所に行きます」と大声を上げていた。

「猪養が頭じゃない造仏所なんかに、いてたまるものですか。それなら造瓦所辺りで、瓦でも焼いていたほうがましです」

猪養はにやりと笑い、いきり立つ真楯をなだめるように片手を上げた。

そして立ちすくむ公麻呂を振り返り、わざとらしい溜息をついた。

「だいたい俺は造寺司に頼まれたからここにいるだけで、三年の労役はとっくに明けているんでさ。こんな騒ぎなど起こらなかったら、造寺司から追い出されるまでここで働くつもりだったんですがねえ」

これまで造仏所の仕丁たちが大きな事故もなく働き続けてきたのは、この猪養の統率力に負うところが大きい。それは造仏所長官である公麻呂も、嫌というほど承知しているのだろう。握りしめた拳をわななかせ、ううむ、と低い声を漏らした。

「――ということは猪養、大国さえこの作事場に留まっておれば、おぬしは鋳浚《いさら》えが終わるまで、仕丁頭を務めるのか」

「鋳浚えが終わるまで、ですか」

思いがけぬ反論に、猪養の顔が強張《こわば》った。

鋳浚えとは鋳加え（補鋳）終了後、鑢《やすり》や鏨《たがね》、砥石で表面を削り、更に鍍金《ときん》を施すために、全体を梅酢と木炭で磨く作業。その煩雑さから、鋳造そのものより日数がかかるやもと噂されている工程である。

ここまでの歳月から類推すれば、鋳造が終わるのは来年秋頃。その後、鋳加え及び鋳浚えまで指示するとなると、猪養はあと五、六年いや下手をすれば十年以上、ここに留まらねばならないかもしれない。

猪養は大きな唇を真一文字に引き結んだ。そして自分自身を納得させるかのように、力強く一つうなずいた。

「よろしゅうございます。大国さまにもはや何もせぬと公麻呂さまにお誓いいただけるのであれば、この猪養、大仏がまことに完成するまで、仕丁頭を務めましょう」

「お、おい、猪養。そんなこと言っちまっていいのかよ」

舎薩が慌てふためき、猪養の袖を引く。その頭を拳で軽く小突き、猪養は頭上にそびえる大仏を見上げた。

真楯の背丈の六、七倍もありそうな頭部の頂上に積もった雪は早くも解け、雪解け水がそこここからぼたぼたと滴っている。

今ごろ大仏の正面に登った帝は、まるで滂沱《ぼうだ》の涙を流すが如き仏を前に、なにを思っているのだろう。

真楯の脳裏に、唐突にそんな思いが浮かんだ。

「公麻呂さまもご存知の通り、俺は大仏が造り始められた頃からずっと、ここで働いて参りました。つまりこの大仏は俺にとっても、大事な仏。だったらそれが仕上がるまで、お付き合いさせていただきましょう」

猪養の言葉に公麻呂は一瞬、不快そうな顔つきになった。折しも頭上から額に降ってきた水滴を袖で拭い、ふん、と大きく鼻を鳴らした。

「いい加減、しつこい男じゃな。この大仏はわしのものじゃ。されど鋳浚えまで働くと申したおぬしに免じて、大国の勝手にも少しは目をつぶってやる。じゃがどれだけ長年務め上げても、大仏の螺髪《らほつ》一つ、おぬしのものにはならぬのじゃぞ」

そう言い捨てて踵を返した背に、己の大仏を愛する者への親しみがにじんでいると感じたのは気のせいだろうか。

公麻呂の胸の中に大仏への強い執着があるように、猪養や帝の胸裏にもまた、それぞれの巨仏への思いが宿っているのに違いない。

だが自分たち仕丁を徴発したのが帝だとしても、大仏は決して首のものでも、もちろん公麻呂のものでもない。仏を信じぬ宮麻呂、作事の無事だけを案じる猪養も含めたすべての者のために、この巨仏は存在するのだ。

「――ところでさ、猪養。馬楯の野郎は、どうしたらいいんだい。今はとりあえず、奴婢溜まりの柱に縛り付けてあるけどさ」

「そうさなあ。すべての悪行を葛井根道さまに申し上げた上で、他の寺にでも売り払ってもらうとするかな」

ここそこと囁き合う二人に、えっと真楯は目を見張った。先ほど舎薩は、南備が馬廰を始末したと言いはしなかったか。

驚く真楯を愉快そうに振り返り、猪養は大きな口をにっと歪めた。

「幾ら奴婢とはいえ、女に人殺しを命じはしねえぞ。俺が南備に頼んだのは、馬廰を何とか締め上げてくれ、とだけ。さっきそれをああ言ったのは、舎薩の機転さ。おおかた土塁の陰で、こっちの話を聞いてたんだろう」

思えば確かに舎薩は、「馬廰を殺した」とは口にしていない。ほっと胸を撫で下ろした真楯に向かい、舎薩が小さな包みを投げた。慌てて受け取って布を開けば、中に納められていたのは掌に載るほどの小袋であった。

「他の荷は奴婢溜まりで預かってるけどさ。これだけは少しでも早く、小刀良に返してやってくれって、南備からの言付けさ」

仕丁の務めは生きて故郷に帰ること、と宮麻呂は言った。

今、小刀良の中にある大仏はどんな姿をしているのだろう。その大仏を、小刀良は信じているのか、それとも憎んでいるのか。

どちらでもいい。どちらでも間違っていない。ただ、自分たち仕丁が何を思おうと、すべての者たちの思いを受け止めて、そこに大仏は居る。小刀良が妻子を失った悲哀から立ち上がり、この巨仏と対峙《たいじ》する日が一日でも早く来ることを、真楯は祈らずにはおられなかった。

冷たいものに襟元を叩かれ、ふと頭上に目をやる。まるで小刀良の哀しみがそのまま乗り移ったかのように、ぼたぼたと雪解け水を涙の如く滴らせる大仏を、真楯はいつまでも見つめ続けていた。

一字一仏

一

およそ春とは思えぬ寒風が、足元をすうすうと吹き過ぎてゆく。

東大寺作事場内の建物はみな、礎石すら用いぬ急拵《ごしら》えの仮屋。このためそこここに破れ目があるのは仕方ないが、最近の造仏所炊屋《かしきや》の隙間風はあまりにひどい。ぶるっと身体を震わせると、真楯《またて》は椀に残った茸《きのこ》汁の最後のひと口を、音を殺して飲み干した。

春の陽が生駒山《いこまやま》の向こうに沈んでから、すでに一刻《いっこく》。普段なら蜂の巣をつついたように喧《かまびす》しい炊屋は、珍しく気味が悪いほどの静けさに包まれている。

（それもこれも――）

と、横目でうかがった二つ隣の卓では、五人の男が澄まし顔で飯を食っている。わずかに漂う芳香は、彼らの身体に沁みついた墨の香りであろう。この場には不似合いに糊の効いた浄衣が、目に痛いほど白かった。

「おい、真楯。お前、まだ飯を食うつもりか」

向かいに座っていた鮠人《はやと》が、折敷《おしき》に残った瓜の塩漬けを顎で指し、低い声を投げてくる。すぐ背後に置かれた甑《こしき》からもう一膳、飯をよそい、真楯はああ、とやはり小声で応じた。

「今日は妙に、腹が減っててさ。なんなら先に帰っててくれ」

「ああ、じゃあ、そうするぜ。あんな取り澄ました写経生《しゃきょうしょう》と一緒じゃ、酒を飲む気にもなれねえしよ。――なあ、小刀良《ことら》、お前だってそうだろ？」

鮠人に臂《ひじ》で小突かれた小刀良が、目をしばたたきながら小さくうなずいた。

真楯や鮠人と同時期に造仏所に配された小刀良が、故郷の妻子の死を知ってから、すでに二か月。仲間の励ましに支えられ、かろうじて毎日作事場に姿を見せはするものの、その顔は以前とは別人の如く覇気がない。ましてや今日のように、造仏所炊屋にはおよそ似つかわしくない写経生がすぐそばにいれば、更に口数が減るのも当然であった。

胸の内は同じなのか、普段ならだらだらと無駄話に興ずる仕丁《しちょう》たちは、皆そそくさと飯を済ませて席を立ってゆく。

だが写経生たちはそんな周囲にはお構いなしに、尊大な態度で飯を食い続けている。口の中の強飯《こわいい》が、不意にじゃりじゃりと音を立てる砂に変わった気がして、真楯は思わず顔をしかめた。

（まったく、宮麻呂《みやまろ》もなんであんな頼みを受けたんだか）

造東大寺司主典《ぞうとうだいじしさかん》の葛井根道《くずいのねみち》が宮麻呂を訪ねてきたのは、昨日の夜。すでに仕丁の大半は宿舎に戻り、真楯が仕丁頭《しちょうがしら》の猪養《いのかい》とともに、最近、建てつけの悪い厨《くりや》のくぐり戸を修繕していた最中《さなか》であった。

「写経所の厨が食中《しょくあた》りを出したじゃと――」

小丘の麓に建つ造寺司《ぞうじし》の官衙《かんが》から、駆けて来たのであろう。顎の長い顔を真っ赤に染め、おお、と根道はうなずいた。

「原因は、朝餉《あさげ》の呉汁《ごじる》。幸い、大半の写経生が味が変だと言って残したゆえ、腹を下したのは数人じゃが、具合の悪いことにそこに写経所の炊男《かしきおとこ》が含まれていてのう」

天皇の勅願経を始め、様々な経典を書写する写経所は、造仏所と同じく、造東大寺司の被管官司。写経生と呼ばれる約五十人の能筆が、泊まり込みで経典の書写・校定に励んでいる。

豆の食中りは症状が激しく、快癒まで数日かかる。このため根道は宮麻呂に、明朝からしばらくの間、写経生たちにも食事を作ってくれと頼みに来たのであった。

「無論、その間の食い扶持《ぶち》は、造寺司より支払う。幸い写経生の数は、造仏所仕丁に比べればわずか。朝晩と昼の三度、ここに写経生どもを寄越すゆえ、飯を出してやってくれぬか」

「ちょっと待ってよ、根道さま。簡単に言うけど、写経生相手となれば献立だって変えなきやならないのよ。それを宮麻呂とあたしたちだけでやれって言うの」

雇女《やといめ》の牟須女《むすめ》が、きっと根道を睨《にら》み上げた。

造仏所をはじめとする各炊屋は、肉食の禁を勝手に破って献立を作っているが、一字一字に仏が宿るとも言われる有り難い経典を書写する写経生に、仕丁と同じ魚肉を供するわけにはいかない。

しかも造仏所や鋳所《いどころ》といった各所（部署）の働き手の主力が、諸国から徴用された仕丁であるのに対し、写経生はいずれもその能筆を買われ、寧楽《なら》近辺から集められた者たち。そこには宮城内から招聘《しょうへい》された下級役人も多く含まれており、彼らは総じて仕丁を見下す傾向があった。そのため様々な所の者が寄り集まるこの炊屋でも、これまで写経生を見かけることは皆無だったのである。

普段からここに来ているならともかく、何故仕丁と反りの合わぬ彼らに飯を出さねばならぬのかとばかり、牟須女は丸い頰を膨らませている。

だが、葛井根道は役人にしては温和で、仕丁たちにも何かと便宜を計らってくれる人物。それだけにさすがの宮麻呂も、否と言い難いのであろう。不満げな牟須女を制し、わかりました、とえらの張った顎をうなずかせた。

「おお、ありがたい。さりながら、ただでさえ混んでおる炊屋に写経生どもが押しかけては、おぬしも大変じゃろう。仕丁どもの時分どきを避け、その前後に分かれて飯を食うように申し付けておくゆえ、よろしく頼む」

ところがいざ蓋を開けてみると、大半の写経生は確かに炊屋の空いている時刻にやってくるものの、三十がらみの写経生を中心とした五人だけは、なぜか一番炊屋の混む時間に食事に来る。

仕丁からすれば居心地悪いことこの上ないが、宮麻呂が引き受けた話とあっては、下手に苦情も言えない。かくして一日の労役から解き放たれ、もっとも心の浮き立つ夕餉《ゆうげ》の時刻でも、炊屋には戸惑いの気配が濃く満ちているのであった。

「おい、なんであの五人は、わざわざこんな時刻に炊屋に来るんだ」

食い終わった折敷を厨に返しながらの真楯の問いに、牟須女は、

「そんなこと、こっちが聞きたいわよ」

と、吐き捨て、積んであった椀を荒っぽい手つきで洗い麻笥《おけ》に投げ込んだ。顔にはねかかった飛沫《しぶき》をぐいと二の腕で拭い、写経生たちを目で指した。

「あいつらったら、朝、炊屋に入ってくるなり、こんな獣臭いところで飯を食うのかって聞こえよがしに言ったのよ。ふん、海藻《わかめ》や滑海藻《あらめ》ばっかり食べてると、そんなに鼻が利くようになるのかしらね」

振り返れば、彼らが食べているのは海藻の煮付けと、仕丁と同じ茸汁。土間の片隅の小麻笥に豆が漬けてあるのを見るに、明日はきっとあれが彼らの主菜になるのだろう。

「手許が狂ったふりをして、あの生っ白い顔に汁をぶちまけてやればよかったわ」

よほど腹が立っているのだろう。物騒な呟きを漏らす牟須女を、かたわらの宮麻呂が「まあ、そう申すな」となだめた。

「そりゃあ、あ奴らには、仕丁たちの汗が染みついたこの炊屋は、さぞかし臭く感じられよう。まあもともと、我らとは質の異なる者たちじゃ。数日の我慢と思うて、素知らぬ顔をしておれ」

東大寺の発願者である首《おびと》（聖武《しょうむ》）天皇は、この作事に関わる者はみな等しく仏の弟子と称し、仕丁や雇夫を手荒に扱わぬよう布告している。おかげで真楯たちは常に腹いっぱい飯を与えられ、怪我や病気をすれば医師の診察すら受けられるが、京《みやこ》の者たちの中にはそんな扱いを片腹痛く感じている者も多いと聞く。

おそらくあの五人は、自らの書の腕を鼻にかけ、仕丁ごときに譲歩なぞ出来ぬと、あえてこの時刻に炊屋に来ているのだろう。

（作事場にも、色んな奴らがいるもんだ）

呆れ顔の真楯にはお構いなしに、五人は悠々と食事を平らげると、折敷を卓に残して席を

立った。何やら声高にしゃべりながら、炊屋を出て行こうとするその背に、

「すまぬが折敷はこちらに返してくれぬか。何分忙しゅうて、そこまで手が回らぬのじゃ」

と、宮麻呂が静かに声をかけた。

するとと写経生たちは、そんなことは初めて聞いたとばかり、互いに顔を見合わせた。だが先頭の三十男がふんと鼻を鳴らすのに従って、全員が宮麻呂の声なぞ耳に入っていないかのように、そのまままっすぐ戸口へと向かった。

「あ——あいつらったら」

よせ、と止めるいとまもない。洗いかけの椀を麻笥の中に叩きこみ、牟須女が二の腕もあらわに厨を飛び出した刹那、

「ええっと、造仏所炊屋とはここでよいのか」

五人の行く手を阻むように、戸口に巨大な影が立ちふさがった。鴨居につかえそうな図体といい、間延びした声といい、どこか牛を思わせる巨漢だが、年の頃は真楯とさして変わらない。

人のよさそうな目を小さくしばたたき、男はきょろきょろと炊屋を見回した。

「写経所の案主《あんず》（事務官）さまから明日の米を預かってきたんじゃが。——おや、千村《ちむら》ではないか。おぬしら、もう飯を食いにきておったのか」

写経生たちの先頭にいた三十男が、その言葉に小さく舌打ちする。どこか開き直った顔つきで、ええ、とうなずいた。

「我々経師《きようじ》は、おぬしら校生《こうしよう》のようにのんびりしておられませんからね。すみませんが阿《あ》須太《すた》、そこを退《ど》いてはいただけませんか」

丁寧ながらも険のある声に、阿須太と呼ばれた巨漢は、慌てて一歩脇に退いた。千村はそんな彼が背負った叺《かます》に素早く目を走らせ、小莫迦《こばか》にしたように鼻の頭にしわを寄せた。

千村に続く男たちが、嘲りの目を阿須太に注ぎながら、次々とその前を行きすぎる。だがその様子を見るともなく眺めていた真楯は、五人の中で一人だけ、阿須太の眼差しを避けてうつむく男がいることに、ふと気がついた。

右の手指に出来た巨大な胼胝《たこ》が、彼が腕のいい写経生であることを如実に物語っている。しかし肌の色が抜けるように白く、いかにも写経生然とした千村やその仲間に比べれば、その男は色黒で、まとっている雰囲気もどこか垢抜けない。

阿須太もまたそんな彼に、ちらちらと物言いたげな目を向けている。しかし男はそんな阿須太を無視したまま、仲間たちの陰に隠れるようにして炊屋を出て行ってしまった。

「なによ、あんた。せっかくあたしが注意しようと思ったのに、変なところで割って入らないでよッ」

邪魔をされたのがよほど悔しかったのか、牟須女が阿須太に甲高い声を浴びせかけた。

「そ、それは申し訳ない。じゃがわしはただ、米を届けに――」

「それぐらい何度も言わなくたって、聞こえてるわよッ。まったく写経所の奴らったら、どいつもこいつもいけ好かないんだからッ」

よほど気のいい男なのだろう。阿須太は牟須女の八つ当たりにも、怒るどころかかえってぺこぺこと頭を下げ、厨に米を運び入れるなり、ほうほうの体《てい》で逃げ出して行った。

その様はおよそ、千村と同じ写経生とは思えぬ腰の低さ。がたぴしと音を立てながら閉められた戸を眺め、

「校生はいつも、経師に気を遣って気の毒じゃのう」

と、宮麻呂が誰にともなく呟いた。

「校生とはなんですか」

ふと尋ねた真楯を呆れ顔で振り返り、宮麻呂はわざとらしく溜息をついた。

「一年の余も作事場にいながら、そんなことも知らぬのか。校生とは写経生のうち、経師が書いた経典の誤字や脱字を改める係じゃ」

宮麻呂によれば写経生は、経典の書写を行なう経師、経典の誤字脱字を改める校生、経巻の装丁をする装潢生《そうこう》の三種に大別される。このうち経師と装潢生は技術職だけに、写経所内

でも優遇されているが、これといった特殊技能の要らぬ校生は給料も低く、他の写経生より一段劣った存在として扱われるのであった。

「経師は書写した経に合計二十字の誤りがあれば、経典一枚分の働きが取り消される。それゆえ経師は皆、間違い探しを務めとする校生を毛嫌いしておるのじゃ」

そう聞けば、先ほどの千村たちの態度も納得できる。なるほど、とうなずいた真楯を横目に、宮麻呂はぎょろりとした目を宙に据えて首をひねった。

「されど校生とは、経師の務めに耐えられなくなった老写経生が就く仕事のはず。何しろ冷たい板の間に薄縁《うすべり》一枚で座り、長時間、筆を握り続ける経師の大半は、四十を前に足腰を痛めるでなあ。阿須太とやらはまだ若いのに、なぜ校生なぞしているのであろう」

確かに、と真楯が首をひねっていると、

「なんだと、てめえふざけるなッ」

突如、炊屋じゅうに怒声が響き渡り、がたっと床几《しょうぎ》の倒れる音がそれに続いた。

驚いて振り返れば、四月ほど前から時折飯を食いに来る金工の長石隈《ながのいしぐま》が、向かいに座った男の襟を締め上げている。その足元にはあちらこちらに朱の入った帳面が落ち、隙間風にぱたぱたと帳《ちょう》をはためかせていた。

造仏所仕丁だけで約百五十人。その他、雇夫や工人、更には他の所の仕丁までもが出入りする炊屋で、喧嘩はさして珍しくない。

二

仕丁同士なら割って入りもするが、なにせ長石隈は造仏所直雇の金工。大鋳師の高市大国《たけちのおおくに》同様、本来なら自分たちを顎で使う人物だけに、仕丁たちはみな、制止すべきかどうか顔を見合わせている。

代わりに厨から小走りに出てきた宮麻呂が、分厚い拳で卓を叩き、「こらあッ」と野太い声を張り上げた。

「喧嘩であれば外でやれッ。だいたいさっきから飯も食わず酒も飲まず、長々と卓ばかり占めよって。いったいおぬしら、なにをしておるのじゃ」

太い眉を逆立ててての怒声に、石隈はちっと舌打ちして、男の胸倉を突き放した。素早い動きで足元の帳面を拾い上げ、それを憎々しげに卓に叩きつけた。

彼の真向かいで喉を押さえてげほげほ咳き込んでいる男は、初位を示す浅縹《あさはなだ》色の官服を身につけている。

顔に見覚えはないが、おそらく造寺司の役人であろう。うらなりの瓜のような顔をひきつらせながらも、それでも懸命に威厳をつくろい、しゃがれ声を絞り出した。

「い、石隈、おぬし、内匠寮《ないしょうりょう》の申し分が気に入らぬというのか」

「ああ、気に入らねえな。こと金を扱う腕は、内匠寮の工人どもよりこっちのほうがはるかに上だ。だいたいたった二千両（約八十四キログラム）なんぞというわずかな金で、あのどでかい大仏が黄金色に塗れるもんか」

石隈は帳面を荒々しく繰ると、粗削りな筆で大仏が素描された箇所を開いた。余白のそこここに書きこまれた文字をとんとんと叩き、いいか、と火傷だらけの顔を役人に向かって突き出した。

「高市大国さまからいただいた素案じゃ、毘盧舎那大仏《びるしゃなだいぶつ》の高さは五丈三尺、膝前の幅は四丈。これまで銅と熟銅《じゆくどう》合わせて約六十万斤（約四百五十トン）、白鑞《しろめ》（錫《すず》）だけでも七万斤（約四十七トン）余りを鋳込んだとなりゃあ、総体に塗る金はどう少なく見積もったって、内匠寮の奴らが言う量の倍は要るってんだ」

内匠寮は朝堂の調度製作を行う令外官《りょうげのかん》。画師・細工・金銀工など種々の工人が官人として勤務する、宮廷内の官営工房である。

大陸からもたらされる金は、この国では何にも代えがたい貴重な金属。それだけに造寺司は大仏造営にどれほどの金が要るか、長石隈のみならず内匠寮の工人にも試算させたのであろう。あまりに食い違う両者の主張に、どちらの意見を是とすべきかと戸惑い、石隈に再考を持ちかけた様子であった。

「しかも金二千両に対して、滅金《めっきん》（水銀）たった千両で大仏が鍍金《ときん》できるだと。まったく、ろくに金を触ったこともねえくせに、大口ばかり叩きやがって」

「なに、石隈。おぬし、内匠寮の申す金と滅金の比率にも文句があるのか」

鍍金に用いるのは、滅金に金の小片や砂金を熔《と》かした溶金。これを酢で研磨した対象物に斑《むら》なく塗った後、その上に松明《たいまつ》や炭火を置いて滅金を蒸発させ、更に鉄や銅の塊で磨いて、艶《つや》を出すのである。

どこか間の抜けた役人の言葉に、石隈のこめかみに見る見る大きな青筋が浮かぶ。さりながらいまだ厨の隅から、こちらに鋭い目を注ぐ宮麻呂に気兼ねしたのだろう。莫迦野郎、と低い声で呻《うめ》いて拳を握り、白目の勝った目で役人を睨みつけた。

「そんな大量の金を滅金に熔かしてみろ。溶金が硬すぎて、塗り刷毛《ばけ》がろくに動きゃしねえ。ましてや実際に鍍金を行なうのは、素人同然の仕丁ども。あいつらでも塗りやすい溶金にするには、滅金は金の五倍は必要さ」

「ご、五倍じゃと」

「おお、つまり金四千両に対して、滅金二万両だ。それだけの資材を用意できねえなら、俺アこの仕事は降りさせてもらう。後はそれこそ内匠寮の奴らにでもやらせるんだな」

とはいえ、皇后の釵子《さいし》やせいぜい帝の念持仏ぐらいしか扱ったことのない内匠寮の金銀工が、前代未聞の巨仏鍍金など指揮できるわけがない。卓上の帳面や筆を片付け始める石隈の手を慌てて押さえ、役人は「ま、待て」と早口に言葉を連ねた。

「金四千両に滅金二万両、本当にそれだけ用意すれば、総身鍍金はかなうのじゃな」

「ちぇっ、どうしても信が置けねえってのなら、大鋳師さまにおうかがいしてみろ。あの方ならきっと、俺の見立てが正しいと仰《おつしや》られるはずだぜ」

その智恵の光は遍《あまね》く衆生《しゆじよう》を照らすと『華厳経《けごんきよう》』に記される毘盧舎那仏は、一説には太陽の化身とも考えられている。それだけにこの作事は巨仏の全身に黄金を塗布して初めて全《まつた》きものとなるが、一粒の金すら掘り当てられぬこの国で、四千両とはあまりに途方もない量。役人がしつこく念押しするのも、無理からぬ話であった。

「わ、分かった。とはいえその膨大な金の量からして、ひょっとしたら造寺司長官さまより直々に、ご下問があるやもしれん。そのときは神妙にご説明申し上げるのだぞ」

そう言って役人が炊屋を出て行くと、石隈は厨につかつかと歩み寄った。

いつの間にか炊屋の客は随分退《ひ》け、厨脇に立つ真楯の他には、鋳師の朱元珞《しゆのげんらく》が片隅で酒を飲んでいるばかり。

ざっざっと軽い音が聞こえるのは、秦緒《はたお》が厨の隅で明日の米を研いでいるのだろう。石隈は牟須女を手伝って洗い物を始めていた宮麻呂を見下ろし、

「騒がせて、悪かったな。飯にしたいんだが、まだあるかい」

と、問うた。

「なんじゃ。食う気があるなら、先に言わぬか。ついさっき、竈《かまど》の火を落としてしもうたではないか」

「そいつはすまねえ。別に汁も飯も、余り物で構わねえぜ」

「そういうわけにはいかん。物代（代金）を支払ってもらう以上、滅多なものは食わせられぬ」

宮麻呂は小さく舌打ちしながら、一人分の汁を大鍋から斗《とう》（手鍋）に移した。竈の火を掻き立ててそれを温める間に、瓜の塩漬けを刻んで薑《はじかみ》（生姜《しょうが》）を添え、甑から飯をよそう。

折敷にそれらを調えながら、それにしても、と思い出したように呟いた。

「大仏の鍍金に四千両もの金が要るとは、まったく驚きじゃ。それほど大量の金を、造寺司はいったいどこから調達するのであろう」

「大唐に使いを送り、あっちで買いつける腹らしいぜ。まあ、今から船の支度をして随員を

決めるとなりゃ、無事に金が揃うまで三年はかかるだろうな」

石隈の言葉に、真楯は思わず、「そんな」と声を上げた。

「大仏の鋳造は、残すところあと二段。遅くとも今年じゅうには終わるのですよ。それなのに金が届くのは、そんなに先になってしまうのですか」

全国から徴発されてきた仕丁は、三年交替が定め。とはいっても仕丁頭の猪養がそうであるように、大仏造営が著しく進められる今日《こんにち》、造仏所の仕丁は作事が一段落するまで、そう簡単に労役を解いてはもらえぬだろう。

真楯が京に着いたのは、一昨年の秋。あと二段で鋳造が終わると思っていたのに、これから金到着まで三年もかかるとは。それでは自分たちの労役は、いったいいつ明けるのだろう。

鋳師の朱元珞が酒に染まった顔を真楯の方に振り向け、おいおい、と大声を上げた。

「あと二段というが、大仏鋳造は八段の鋳込みのみで終わりではないぞ。無事に仏身が出来ておるかは、土塁を崩すまで誰にもわからぬ。もし鋳込みに大過なかったとしても、おそらく鋳上がった仏身には、あちこちに鬆《す》や鋳欠けがあろう」

すでに仲間の鋳師と先の打ち合わせをしているのか、元珞の言葉には淀みがなかった。

「さすればほうぼうに銅を流し込んだり、嵌金《はめがね》を施して鋳掛けを行なわねばならぬ。更にその上に、表面を鑢《やすり》や鏨《たがね》で磨いて初めて、鋳造は終了するのじゃ。その間には螺髪《らほつ》も全て揃えねばならぬし、仏身の背を切り取り、中に詰まった泥や藁《わら》を掻き出す作業もある。そうじゃなあ、今言った工程がすべて終わるには、あと三年、いや四年は要るであろう」

「よ、四年ですか」

「おお、それゆえ金が届くまで三年かかるとは、ちょうどいいわい」

鋳造と鍍金が終わった後に待ち受けているのは、大仏を安置する大仏殿の造営。更に大仏殿を取り囲む堂塔伽藍《どうとうがらん》がすべて揃うまで、いったいどれだけの歳月がかかるのであろう。つまり自分たちが日々汗水流して勤《いそ》しんできた鋳込みなぞ、大仏造営のほんの端緒に過ぎぬということか。

絶句した真楯を、朱元珞はしばらくの間、怪訝そうに眺めていた。だが不意に何かに思い至ったようにうなずき、手にしていた酒椀をぐいと一息に飲み干した。

「なあに、心配せずとも、おぬしら仕丁をそこまで長くここに引き留めぬよ。なにせあまりに長く労役についておった仕丁は、とかくやる気をなくしがちじゃでなあ。――牟須女、酒じゃ。もう一杯、酒をくれ」

父親のだみ声に、厨の中の牟須女が肉づきのよい顔をしかめる。しかたないわねえ、と呟きながら彼女が注いだ酒をあっという間に飲み干し、

「大丈夫じゃ」

と、元珞は幾分ろれつが怪しくなった口調で続けた。

「先だって大国さまが造仏所のお役人に、仕丁のうち三年が過ぎた者は順次、故郷に戻すようにと頼んでおられた。猪養とてあと半年か一年のうちには、国に帰れるじゃろうて。真楯もそこのところは心配せず、目の前の作事にのみ全力を尽くすのじゃな」

大鋳師の高市大国はまだ年若だが、配下の鋳師はもちろん、造仏所の仕丁一人一人にも目を配る優れた人物。

いくら食い物と寝場所に満たされていたとて、あまりに長い労役は仕丁たちの精神を疲弊させる。作事を急ぐのは当然だが、それで事故でも引き起こしてはならぬと考えての措置に相違なかった。

「ほう、大国さまがそんなことを仰られたか」

感嘆の声を上げた宮麻呂に、元珞は我が事のように胸を張った。

「おおよ、さすがは我らが棟梁《とうりよう》じゃろう。作事の現場のありよう、働く者たちの心情を、よくご存じじゃわい。――どうした、真楯。まだ浮かぬ顔をしておるが、他にもなにか懸念があるのか」

元珞に顔を覗き込まれ、真楯はあわてて、「いいえ、そんなことはありません」と首を横に振った。

無論、労役は苦しく、故郷に帰れるのは嬉しい。さりながら思いがけぬ助けの手が、さして嬉しく感じられぬのはどういうわけだ。

この一年余り、仲間たちとともに手がけてきた大仏。その完成はおろか、あでやかな金を施された姿すらこの目で見られぬと知った途端、己でも戸惑うほどの寂しさが胸を襲ったのであった。

(おいおい、待てよ。本当に三年で帰れるとしても、これからまだ一年半は大仏のためにこき使われるんだぞ)

そんな自分を内心愚かな、と叱りつけ、卓の上に広げられたままの石隈の帳面に目を落とす。

高市大国の手になるものだろう。荒っぽい筆で描かれた大仏の絵は稚拙だが、各部の特徴をよく捉えている。半眼のその眸《ひとみ》がまるで己の胸裏までを見透かすかに思われ、真楯はそっと目を逸《そ》らした。

三

翌日からそれとなく炊屋内の様子に目を配っていると、真楯はすぐに、あの阿須太なる男に声をかける写経生が誰もいないことに、気付かずにはいられなかった。

とはいえ食事の際にいつも一人で黙々と飯をかきこんでいるのは、決して阿須太のみではない。よく見れば同じように孤独に飯を食う写経生は、他にも四、五人おり、そのいずれもが四十、五十の年配者であった。

宮麻呂の話から推測するに、おそらく彼らはみな校生なのだろう。

経師にとって、誤りを探す校生は目の上のたんこぶ。仕事以外ではなるべく口を利かず、関わりたくないという態度が、校生を孤独な境涯に追いやっているのに違いない。

（それに比べれば、造仏所は随分気楽な所だったんだな）

経師の為した仕事が、本来仲間であるはずの校生によって検閲されるというやり方は、整然たる経典を作るのには最適。だがそのせいで険悪な雰囲気の漂う写経所に比べれば、みなが同じ目的に向かって働く造仏所の仕丁は、基本的に仲がいい。

仕丁頭の猪養の指揮下、困ったことがあれば助け合い、病や怪我の仲間がいればいたわり合う造仏所の温かさが稀有なことである事実に、真楯は嬉しさとともに一抹の寂しさを覚えた。

早耳の鮠人によれば、繁多な時刻にばかり炊屋を訪れる五人は、写経所でも特に能筆とされる男たち。その中心人物である千村は、元は宮城内の図書寮《ずしょりょう》の写書手（書物の筆写及び校定係）で、己の手蹟《て》を鼻にかけ、尊大な態度で知られる男との噂であった。

「千村以外の四人は皆、あいつの腰巾着。中でももっとも年若な黒主《くろぬし》なんぞは、事あるごとに他の奴らからも小莫迦にされてるらしいな」

もっとも年若、という言葉に、阿須太の眼差しを避けるようにうつむいていた経師の姿が脳裏をよぎった。

「そういえば、鮠人。その黒主って奴は、阿須太となにか関わりがあるのかい？」

「よく知ってるんだな、真楯。もともとあの二人はともに、元興寺《がんごうじ》写経所の写経生。東大寺の写経を手伝うべく、そろって元興寺から東大寺に寄越されたらしい」

造東大寺作事場からほど近い元興寺は、飛鳥《あすか》の法興寺《ほうこうじ》を前身とする官大寺《かんだいじ》。諸大寺の中でもことに仏学研究に優れ、山内に広大な写経所を持つことでも知られていた。

「ただ二人ともに古今無双の能筆との触れ込みだったはずが、阿須太はあの通りののんびり屋。一日三千字を書く経師がごろごろいる中で、日に千字も書けなかったんだと」

ゆっくりでも丁寧な写経をよしとする元興寺写経所に比べ、新興の東大寺写経所は恐ろしいまでの効率主義。わずかな誤りにも厳しく叱責され、給金すら減らされる毎日に、阿須太はすっかり萎縮し、やがてはその千字すら覚束《おぼつか》なくなってしまった。

とはいえ元興寺の手前、わざわざ派遣された男を、すぐに追い返しもし難い。そこで写経所の案主は三綱《さんごう》と鳩首《きゅうしゅ》の上、阿須太を校生に降格し、写経所に留めたのだと鮑人は語った。

「なるほど、そりゃあ千村たちがあいつを侮るわけだ」

ひょっとしたら千村が黒主を仲間に引き入れたのは、そうすることで更に阿須太をいたぶるためなのかもしれない。

人が集まれば悶着が起きるのは、世の常。一字一字に仏の宿る経典を記す写経所とて例外ではないのは理解できるが、あまりに子どもじみたやり口に、真楯の胸の中を冷たい風が吹き通った。

千村たちは相変わらず、もっとも混雑する時間に炊屋で飯を食う。時には長卓を占領し、周りがどれだけ混みあっても座を譲らない。見かねた猪養が彼らに詰め寄り、根道を通じて注意を与えてもらいもしたものの、千村はどんな言葉も馬耳東風と聞き流し、一向にその態度を改めなかった。

黒主は常におどおどとして、周囲の眼差しに居心地悪げに身をすくめているが、かといって千村に逆らいもできぬ。時にへつらうような表情で仲間たちの尻について回る姿を、真楯はなんとも言い難い不快な気分で眺めていた。

行基《ぎょうき》を信奉する優婆塞優婆夷《うばそくうばい》が造仏所の手伝いに来たのは、写経生が造仏所炊屋に通い始めて四日目。朝からちらちらと風花が舞う、寒い日であった。

土塁の上から見下ろせば、黒衣円頂《こくいえんちょう》の僧たちに率いられた男女が、踏鞴《たたら》や甑炉の資材を背に、次々と梯子《はしご》を上がって来る。そんな彼らと共に土塁に登ってきた猪養が真楯を見止め、

「お坊さまがお前に用事だとさ。下で待っておられるから行ってこい」

と、足場の下に顎をしゃくった。

「お坊さま、ですか」

巨仏の顎先まで築かれた土塁の上からでは、地上の者は豆粒ほどの大きさにしか見えない。何かの間違いではなかろうかと首をひねりながら足場を降りた真楯は、資材置き場の片隅に所在なげに立つ僧侶の姿に、あっと声を上げた。

墨で描いたように太い眉と団栗眼《どんぐりまなこ》には見覚えがある。栄慶《えいけい》とかいう行基の従僧であった。

「おお、忙しいところ済まぬな」

その声はしゃがれ、深く窪んだ眼窩の下にはくっきりと隈が浮いている。疲れ切ったその表情に、真楯は驚いて目を見張ったが、栄慶はそれにはおかまいなしに、

「今日、宮麻呂はどうしておる。やはり炊屋で飯炊きか」

と、手近な木材の上に腰を下ろした。

「はい。もし御用なら、炊屋をお訪ねいただいても構わないと思いますが」

栄慶は真楯の言葉には答えず、一つ深い息をついて腕を組んだ。ちらりと周りを見回し、

「ところでおぬし、例の秘事を人に漏らしておるまいな」

と、押し殺した声で言った。

例の秘事――それは大徳・行基に関する秘密に違いない。真楯は小さく首をうなずかせた。

「はい、誰にも告げてはいません」

実際のところ、帝からも厚い崇敬を受ける行基が耄碌《もうろく》し始めているなぞ、いったい誰が信じてくれよう。

何しろ諸国に布施屋《ふせや》を建て、貧民救済に奔走し続けてきた行基は、この国を総《す》べる帝以上に人望ある人物。下手なことを口にすれば、彼を生き仏と崇《あが》める者たちから、袋叩きにされかねない。

真楯の表情から、それが嘘ではないと覚《さと》ったのだろう。栄慶はそうかと呟き、また大きな溜息をついた。

「わしは今日、宮麻呂に頼みがあって参ったのじゃ。されどあ奴がそれを聞き届けてくれるとは思い難くてのう」

「頼み、ですか」

「そうじゃ。宮麻呂に菅原寺《すがわらでら》まで来てもらい、粥《しるかゆ》を拵《こしら》えてもらいたいのじゃ」

菅原寺は右京三条三坊に建つ私寺。形ばかりの本堂を中心に施院や孤児院がひしめき合う、行基たちの活動の本拠地であった。

「実は一昨日《おととい》から行基さまが、宮麻呂の粥を食べたいと言い出されてなあ。かれこれ一年も前、東大寺の作事場で宮麻呂に会ったとわしがぽろっと申し上げたのを、不意に思い出されたと見える」

困惑しきったその顔付きから、粥を所望する行基は、あの子ども同然の現《うつつ》なき状態なのだろうと真楯は察した。

「されど仕丁たちにそれとなく聞けば、宮麻呂はただいま、写経生たちの飯作りまで押しつけられ、手が何本あっても足りぬ忙しさとか。そのような中、わざわざ菅原寺まで来てくれる暇がなかろうしなあ」

つまり真楯を呼び出したのは、宮麻呂に口添えをしてほしいということらしい。行基の現状を知る彼なら、栄慶の苦衷も察してくれようと踏んでに違いなかった。

「有体《ありてい》に申せば、年末よりこの方、大徳はひどく食が細っておられるのじゃ。粥や重湯もほとんど口になさらず、甘葛《あまずら》を溶き入れた白湯《さゆ》をわずかに召しあがられるばかり。そんな中で所望なさったのが宮麻呂の粥となれば、わしはなんとしても大徳にそれを召しあがっていただきたいのじゃ」

行基はこの春で、八十二歳。食が細り、臥《ふ》せりがちになっても何の不思議もないが、世の中には彼を生き仏と仰ぐ人々が大勢いる。

諸国に建てられた数々の道場や僧院、また布施屋や架橋築堤といった事業継続のためにも、大徳にはまだまだ健在でいてもらわねばならぬ、と語る栄慶の声があまりに痛々しく、真楯はわかりました、とうなずいた。

「聞いてくれるかはわかりませんが、とりあえず口添えぐらいはいたしましょう」

さりながら昼餉の支度をしていた宮麻呂は、栄慶の話を皆まで聞かず、ひどく不機嫌そうな顔で、「そんな暇なぞないわ」と短く吐き捨てた。

「じゃが、宮麻呂――」

必死な声を上げる栄慶に背を向け、刻んだ菁《かぶら》を大鍋に放り込む。匙《さじ》で鍋をかき回し、

「わしにはここで飯を食わせねばならぬ者どもがおる。わしの飯を食いたくば、ここに来ていただくしかないわい」

と背中越しに、ぼそりと言った。

「行基さまは病みついておられる。そんな中で、おぬしの粥をと所望しておられるのじゃぞ」

「病みついているのは、行基さまだけではない。ここに来る客の中には、身体ばかりか心にまで病を抱えた者すらおるわい」

そんな客がいたかと内心首を傾げる真楯にはお構いなしに、宮麻呂は硬い声で続けた。

「それにわしは最早、行基さまの元を去った身。もし万が一、わしの出自が知れれば、おぬしらにも迷惑がかかろう」

「あれから十七年も経っているのじゃぞ、宮麻呂。誰が今更おぬしを咎《とが》めよう」

言い募る栄慶を、宮麻呂はちらりと振り返った。鬚だらけの面《つら》を明らさまにしかめ、いいや、と小さく首を横に振った。

「誰が咎めずとも、わし自身が己を咎めておる。すまぬ、栄慶。わしが出来るのはここで仕丁どもに飯を作ることだけなのじゃ」

そう言って鍋に向き合った宮麻呂の背には、強い拒絶の色がはっきりうかがわれた。

(咎める、だと――)

十七年前、宮麻呂と行基たちの間にいったい何があったのだろう。だがそれを問うには、栄慶の表情はあまりに暗く、哀しすぎた。

「――あいわかった。無理を申してすまなかったな」

肩を落として炊屋を出て行く栄慶を追えば、彼は大仏に一礼し、そのまま作事場の丘を下りようとしている。

真楯を振り返り、疲れのにじんだ顔にかすかな笑みを浮かべた。

「手を煩わせてすまなんだ。宮麻呂がああ申すであろうことは、拙僧とて承知しておった。それを無理強いしたわしが悪いのじゃ」

「あの……栄慶さま。いったい宮麻呂は何者なのです。行基さまや栄慶さまと宮麻呂の間に、何があったのですか」

思い返せば自分は何ひとつ、彼のことを知らない。何故、宮麻呂が仏をああも悪し様に罵るのか、何故彼が陸奥《むつ》の語を語ることができるのか。宮麻呂は——宮麻呂はいったい、何者なのだ。

栄慶はしばらくの間、真楯の顔をじっと見つめていた。しかしやがて、「それは言えぬ」と小さく首を横に振った。

「宮麻呂自身が語るならともかく、拙僧が軽々しくそれを口にはできぬ。されど真楯、あ奴は決して行基さまを嫌うて、わしの頼みを拒んだわけではない。宮麻呂は行基さまよりもおぬしら仕丁に飯を食わせるほうが大事と思い、それこそが己が勤めと心に決めておるだけじゃ。あれほどの炊男が側にいるとは、造仏所の仕丁は幸せ者じゃのう」

そう言ってくるりと踵《きびす》を返した背は、吹き下ろす風に飛ばされそうなほど薄く、頼りなげに見える。

（行基さまより、俺たちのほうが大事だと）

何かの間違いではなかろうか。天下の大徳、生き仏と呼ばれる行基よりも、貧しく名もない仕丁を宮麻呂が尊ぶなど、そんなことがあろうはずがない。

「帰ったか」

と、低い声に驚いて振り返れば、宮麻呂が不機嫌そうな顔で、栄慶が去った坂を見つめている。厚い肩が上下するほど大きな息をつき、

「誹《そし》りたければ、誹ればよい。己が病の老僧に粥一杯作ってやらぬ人でなしであることは、わし自身、ようわかっておるわい」

と、自嘲的な口調で言った。

「されど今のわしには、生き仏さまより、ましてや物言わぬあの大仏より、生きるおぬしらが大切じゃ。仏や神がいったいなにをしてくれる。人を助け、人を食わせる者は、同じくこの世を生きる人間だけ。ならばわしは生き仏一人より、おぬしら百人を食わせるほうを選ぶのじゃ」

その瞬間真楯は唐突に、目の前の男はかつて、仏を信じ、それにすがろうとしたことがあるのだと気付いた。だが人の世は、時に神仏の力だけではどうにもならぬほど、苦しく辛い。そんな非情な現実に打ちのめされたからこそ、宮麻呂は今、己の持てる限りの全てを生きる人間のために用いんとしているのではないか。

（だけどそれは、行基さまも同じなんじゃないか）

いつぞや行基は、世の中には自分には救えぬことが多くありすぎる、とひとりごちた。そうだ、誰より仏に近いと呼ばれる行基もまた、この世にまことに仏がいるのかという疑問には、いまだ答えを出していないのに違いない。さりながら仏がおらぬのであればなおのこと、誰かが世のため人のために、御仏《みほとけ》の行ないを為さねばならない。それゆえ彼は老い、時に現なき幼児の如く耄碌してもなお、仏の業を務めんと奔走しているのだ。

そうだ。仏はいると同時におらず、おらぬと同時にいずこにも存在する。だからこそ行基も宮麻呂も、それぞれの手立てで己の仏の業を行なおうとしているのだ。

その日、務めを終えて飯を食いながらも、真楯はずっと宮麻呂の言葉の意味を考え続けていた。

造仏所の仕丁が毎日、仲間たちを信じて働き続けられるのも、皆が集う炊屋という一つ屋根があればこそ。だとすれば仏を造る自分たちを養い、飯を食わせる宮麻呂は、ひょっとしたらこの作事場の誰よりもなお、仏に近い存在なのではないか。

ふと隣の卓に目をやれば、千村が相変わらず仲間たちと生っ白い顔を連ねている。もしかしたら一字一仏の経典を書く腕を鼻にかけ、この炊屋のような心のよりどころを持たぬ彼らは、その行ないとは裏腹に、仏からひどく遠い所にいる者たちなのかもしれない。

（ああ、そうか）

人もなげな彼らの甲高い話し声を聞いているうちに、やっとわかった。宮麻呂が彼らが尊大な態度を取ろうとも決して怒らず、無言で飯を食わせ続けているのは、そんな彼らを憐んでのことなのだ。先ほど彼が言った心の病人とは、千村たちのことに違いない。

（宮麻呂、やっぱりあんたは――）

炊屋の戸が、がたがた音を立てながら開いた。片手に丸めた紙を摑んだ阿須太が、目鼻立ちの大きな顔を強張らせ、千村たちの座る長卓へと走り寄った。

「おい、黒主。先ほどお前が提出したこの経はなんだ」

千村たち以外の写経生が、この時刻に炊屋に現れるのは珍しい。仕丁たちの好奇の眼差しにはお構いなしに、阿須太は素早く手にしていた経典を広げ、黒主の鼻先に突きつけた。

「見ろ。この『寫』の字は点が一つ足りぬし、その五字下は『護』の字が崩れている。ここも、ここもそうだ。一日に四千字も書くとは大したものだが、こんな芯のない文字ばかり書いて、お前どうするつもりだ」

その声は決して大きくはないが、あの穏やかな阿須太とは思えぬほど硬い。

黒主は小さな目を瞬かせ、突きつけられた経を凝視した。しかし彼がなにかを言うより早く、かたわらの千村がさっと手を伸ばし、それを素早く巻き取った。

「経文に誤りがなく、形さえ美しければ別にいいでしょう。だいたい校生の務めは、経典の誤字や脱字を改めること。字の乱れなぞは、阿須太が口を出す筋合いではないはずです」

「そ、それは確かにそうだ。だが――」

「そもそも一日に千字も書けぬ身で、四千字を書く黒主に何を言うんです。文句があるなら、まず阿須太が黒主なみの写経をしてみるんですね」

その言葉に写経生たちが、どっと嘲りの声を上げる。さりながら床几を蹴飛ばし、いたたまれぬようにその場から駆け出したのは、阿須太ではなく黒主であった。

「お、おい、黒主。待て」

はっと顔色を変えた阿須太が、千村の手から経典をひったくり、その背を追って走り出す。大柄な阿須太に、すぐに追いつかれたのであろう。開け放たれたままの戸の向こうで、なにやら押し問答を始めた気配に、厨の宮麻呂が太い眉を撥ね上げた。

千村たちは出て行った二人を嘲るように、薄ら笑いを浮かべている。代わりに猪養が敏《びん》捷《しょう》に立ち上がり、

「おい、ちょっと様子を見に行くぞ」

と、傍らの真楯に囁いたときである。

うわッ、という悲鳴が表で上がり、どすっという鈍い音がそれに続いた。

「皆動くなッ、誰も外に出てはならぬッ」

真っ先に野太い声を張り上げたのは、宮麻呂であった。その大音声に全員がぎょっと動きを止めた間に、猪養は脱兎の勢いで炊屋の外に飛び出した。

慌ててその背を追えば、五、六間ほど先の井戸の脇で、黒主が腰を抜かしたように尻餅をついている。

小山を削って建てられたこの作事場はもともと起伏が多く、平地はせいぜい大仏の周辺ぐらい。この炊屋とて坂道の中ほどに建てられ、井戸の数間先は確か切り立った崖だ。

「あ、阿須太が――阿須太がこの先に――」

黒主が震える指で、闇に覆われた崖下を指す。その声は完全に裏返り、頰には夜目にもくっきりと光るものが伝っていた。

「つ、突き落とす気なんか、なかったんだ。あいつが、あいつが摑みかかってきたから、思わず振り払っただけで――」

笹の生い茂った崖地に、なにやら白いものがひっかかっている。それが阿須太が握りしめていた経典だと理解した次の瞬間、真楯は自分でも理由がわからぬ叫び声を上げながら、崖へ向かって駆け出していた。

「莫迦野郎ッ、お前まで落ちるつもりか。縄だ、作事場から縄を持って来い。それと炊屋から五、六人、うちの奴らを呼んでくるんだ。間違ってもあの経師どもを、こっちに来させるんじゃないぞ」

その腕を摑んで引き戻し、猪養が怒鳴り声を上げる。

風が出てきたのだろうか。藪《やぶ》にからんだ経典が風をはらみ、傷を負った白い鳥が羽ばたこうとするかのように、二度、三度と揺れ動いた。


駆けつけてきた仕丁や、造寺司の使部《つかいべ》（下級役人）によって造寺司の離れに運び込まれた阿須太は全身傷だらけで、呼べど揺すれどなんの反応も示さなかった。

「おそらく、落ちた際に頭を打ったのじゃろう。今夜じゅうに目を覚まさなんだら、最早命は諦めるのじゃな」

しかめっ面の典薬寮《てんやくりょう》の医官の言葉に、ただでさえ取り乱していた黒主は一層惑乱し、阿須太の枕元でわあわあと泣き出した。しかたなく猪養と二人がかりでなだめて炊屋に連れ帰れば、そこでは宮麻呂と牟須女が暗い顔で彼らを待ち受けていた。

竈の火はとうに落とされ、闇の蟠《わだかま》った炊屋の隙間から、冷たい風が吹き込んでいる。

聞けば千村たちは阿須太の転落の一件を聞くなり、顔を青ざめさせて写経所に戻って行ったという。

ようやく少し、気持ちが落ち着いたのだろう。黒主は牟須女から渡された水を一気に呷《あお》ると、涙と洟水《はなみず》で汚れた顔を袖で拭い、

「――僕が、僕が悪いんです」

と、低い声を絞り出した。

「あ、阿須太が僕を引き止めようとしたのは、僕の身を案じてだったのに。つい――つい、僕が手を振り払ってしまったから」

一昨日、遅い春の雪が降ったせいで、作事場はどこもぬかるんでいる。身体の大きな阿須太はそれに足を取られ、崖に近い斜面を滑り落ちてしまったのだろう。二人がともに写経生であり、作事場の地理に慣れていなかったのも不幸であった。

「お前と阿須太はともに、元興寺から来たらしいな。あっちの写経所じゃ、長い付き合いだったのか」

猪養の問いに、黒主は叱られた子どものようにこっくりと頤《おとがい》を引いた。

「はい、僕も阿須太ももともとは、貧しい下部《しもべ》の三男坊。高貴なお方が競って寺を建てるこのご時世、経典筆写の腕さえあれば食うに困らぬと考えた親に、早くから寺にやられたんです」

時に黒主は七歳、阿須太は八歳。ほぼ同時に写書生見習いとなった二人は、年が近いこと

もあり、すぐに無二の親友となった。

書は書き手の気性をそのまま映す傾向があり、気が弱く、他人に流されがちな黒主は線が細く、柔らかな書風。一方、万事おおらかな阿須太は、豪放で明るい書体が持ち味であった。

「だけど東大寺写経所に来てみれば、書の持ち味なぞ二の次。一日にどれだけの字を正しく書くかが、ここではすべてだったんです」

写経に速さなぞ不必要、心を込めて書くことこそが肝要と教えられてきた二人にとって、それは驚くほど殺伐とした場所であった。

しかも写経生はお互いの能筆を競い合い、時には誤りを正す校生に食ってかかりもする。陽気な阿須太がそんな職場に戸惑い、やがて筆を持たなくなったのは、ごく自然な話であった。

無論、黒主は阿須太を懸命に励まし続けた。だが彼はそんな黒主に「お前だけは頑張れ」と哀しげな笑みを向け、三綱たちに命じられるまま、校生になったのであった。

「だから僕は阿須太のためにも頑張らねばと、それこそ石にかじりつくような気持ちで、写経を続けたんです」

そんな黒主に千村が目を留めたのは、落ちこぼれ者の阿須太とともに来た写書生に興味を持ったからだろう。

しかしどれだけ自分を誤魔化したとて、厳しい経師同士の争いは、やがてゆっくりと黒主の心を蝕《むしば》んでいった。

筆を持つのが次第に恐ろしくなり、本当に自分が書いている文字が正しいのか分からなくなる。書き上げた経を校生に渡し、閲覧を受けている間、誤ちを示す黒点が一つ文字の脇に打たれる都度、胸の奥が鈍く痛む。正座の膝が痛み、額から流れる脂汗は拭っても拭っても止まらない。

やがて黒主は自分の書からかつての正確さが失われつつあることに、否応なしに気付くこととなった。

「でも、でも僕はそれでも書き続けるしかなかったんです。だって、僕にはそれしか出来ないから——」

もしここで自分までが筆を措《お》けば、皆はどんな風に自分を誹《そし》るであろう。なまじ阿須太という例があるだけに、その想像は恐ろしいほど激しく黒主の心をかき乱した。

他の校生が見落とした黒主の筆の乱れを阿須太が指摘したのは、それだけ彼が朋友の身を案じていたからであろう。さりながらその事実がかえって、書き続けねばという黒主を脅かし、ついには意図せずとはいえ阿須太を傷つけてしまったとは。

「写経所の者どもが悪いわけではない。されど幾ら正しい経典を迅速に作るためとはいえ、人と人が競い合うようなやり方が、おぬしらを苦しめたのじゃなあ」

宮麻呂が太い吐息とともに、呟いた。

「い、いいえ。そうではありません。ただ僕と阿須太が——」

言い募る黒主を、猪養が軽く片手を挙げて制した。

「そんなことは今はどうでもいい。それより黒主、お前、今日はこれからどうする。この時刻から、写経所の宿舎に戻るのか」

その言葉に、黒主は小さな顔を怯《おび》えたように歪《ゆが》めた。

阿須太転落の件は、今頃、写経所じゅうに広まっているだろう。いくら根道たちがあれは事故だと触れたとて、宿舎に戻れば、写経生たちはみな黒主に好奇の眼差しを向けるに違いない。

「なんだったらお前、今夜は造仏所の宿舎に泊まるか。幸い、うちは仕丁の数が多いからな。一人や二人ぐらい、もぐり込んだって構わんぞ」

「おお、それは妙案じゃ。そうさせてやれ」

ところで、と宮麻呂は不意に声音を変え、猪養と真楯を交互に見比べた。

「先日おぬしらが直してくれた裏の戸が、先ほどまた外れてしもうてのう。わしと牟須女が二人がかりで挑んでも、どうにもうまくはまらぬのじゃ。別に盗られて困るものはないが、さりとてこのままでは用心が悪い。こんなときにすまんが、今夜のうちに直してくれぬか」

「ああ、じゃあ、それは私がやりましょう。猪養は先に、黒主を宿舎に連れて行ってください」

黒主の顔には、憔悴の色が濃い。少しでも早く彼を休ませねばと思いながら言うと、猪養はわかった、と大きくうなずいた。

「それじゃ、頼む。こいつを送ったら、すぐに戻ってくるからな」

「手間をかけるのう。今夜もまた、春とは思えぬ寒さじゃ。後で糟湯酒《かすゆざけ》を振る舞うゆえ、よろしく頼む」

猪養たちと別れて炊屋の裏に回れば、夜半近くの作事場はしんと静まり返り、痛いほどの冷えが足先から這い上ってくる。野犬か、それとも狼か。はるか遠くで悲しげな遠吠えが響き、星一つない夜空に吸い込まれて消えた。

炊屋から半町ほど離れた資材置き場で適当な木材と槌を探し、ふと顔を上げる。闇の中にぽつんと灯った炊屋の灯りが、意外なほど温かく見えた。

写経所の炊屋がどんなところか、真楯は知らない。だが写経生たちの態度から察するに、我が造仏所炊屋のように心安らぐ場所でないことは明らかだ。それが恐ろしく不幸で哀しいことであるように、真楯には思われてならなかった。

（そんなところじゃ、どんな山海の珍味を食ったって、全然旨くないだろうしな）

暗い気持ちを追い払うように一つ首を振り、真楯は小脇に木材を抱え込んだ。

先日、真楯たちが修繕した際、厨のくぐり戸は歪み、ほとんど動かなくなっていた。そこで戸を削り直し、柱に支えを入れたのだが、わずか数日で今度は戸の敷居が歪み、戸が外れてしまったらしい。竈の脇に立てかけていた板戸を真楯に渡しながら、宮麻呂は大きな息をついた。

「なにせ最近、炊屋全体が歪み始めておるからのう。にわか普請はこれだからいかん」

「こうなったらいっそ、戸そのものを作り直すべきかもしれませんよ。一度、木工所に頼んでみたらどうですか」

「ふうむ。そういえばこの間から木工所の使部が数人、うちに飯を食いに来ておるな。よし、あいつらに頼んで、木工所で作らせるとしよう。とりあえず今夜のところは、板で戸を閉め切っておいてくれ」

宮麻呂の言葉に、はい、と真楯がうなずいたとき、不意に炊屋に冷たい風が吹き込んできた。それと同時に大きな影が三つ、表口に差した。

いずれも襤褸《ぼろ》切れで顔を覆い、手に太い薪を握りしめている。ここが作事場内でなければ、物盗りとしか言いようのない風体であった。

「なんじゃ、おぬしら。この時刻、飯は作っておらぬぞ」

低い声で言いながら、宮麻呂が手近な鍋を摑んで立ちあがった。

宮麻呂は作事場では知らぬ者のいない炊男。それだけに他の炊屋などから恨みを買ってい る自覚があるらしい。長卓をゆっくり回り込み、じろりと三人を見回した。

「わしへの恨みであれば、相手はわしだけでよかろう。そこな雇女と仕丁には、手を出すな」

「うるさいッ」

いきなりそう怒鳴るなり、男たちはわっと宮麻呂に飛びかかった。

幸い、板戸の修繕をしていた最中だけに、真楯の手には槌がある。それを闇雲に振り回しながら、真楯もまた、彼らに向かって突進した。

男たちの側もそれは予想していたのだろう。一人が真楯の腰にしがみつき、そのまま冷たい土間に引き倒そうとする。はずみでぶつかった床几が、もつれ合う二人の上に倒れてきた。

「み、宮麻呂ッ」

宮麻呂は鍋をぶんぶんと振り回していたが、さすがに相手が二人では分が悪い。狼藉《ろうぜき》者の一人が宮麻呂に向かって、薪を投げる。それを避けようとして、足元をよろめかせた直後、もう片方の男から肩を突かれ、その場にどすんと倒れ込んだ。

きゃあッ、と牟須女が厨の中で悲鳴を上げたのは、起き上がろうとした宮麻呂の頬を、男が力いっぱい殴り付けたからだ。土嚢《どのう》を落としたような音とともにあおむけに倒れ込んだその懐を、狼藉者たちが慌ただしく探り出した。

真っ先に男が摑み出したのは、一枚の紙片。ろくに中身も見ぬままそれを懐に納めると、彼らは倒れ込んだ宮麻呂を引き起こし、その腹に立て続けに拳を叩きこんだ。

やめろ、と怒鳴る真楯に、男が更に組みついてくる。

畜生、猪養、早く帰って来てくれ、と男ともつれ合いながら、真楯が歯がみしたときである。

「うわあッ。あ、熱ッ」

不意に絶叫が響き渡ったかと思うと、宮麻呂を殴り付けていた男たちが凄まじい勢いで跳ね立った。同時に甘ったるい酒の香りが炊屋に満ち、熱い飛沫が真楯の足にまで飛んできた。

糟湯酒だ。宮麻呂は後で真楯たちに飲ませるため、安物の酒糟を湯で溶き、甘葛を混ぜた糟湯酒を火にかけていた。牟須女が厨から飛び出してくるなり、煮えたぎったそれを男たちの背にぶちまけたのだ。

「こらあ、牟須女ッ。わしにまで火傷させるつもりかッ」

男を突きのけて跳ね立った宮麻呂が、怒声を上げる。唇は切れ、額からもたらたらと血の流れた凄まじい面相だが、どうやらひどい怪我は負っていないらしい。

男たちはと見れば、糟湯酒をまともに浴び、あまりの熱さに腰が抜けたのだろう。痛みのあまり絶叫しながらその場に座り込んでいる男二人を、宮麻呂は近くに落ちていた鍋でぶん殴って昏倒させた。厨から牟須女が引っぱり出してきた縄を引ったくり、あっという間に彼らを縛り上げる。

その様に、自らの身も危ういと察したのか、真楯ともつれ合っていた男が、戸口へと突進する。だがそれと同時に、開け放たれたままの戸口にぬっと影が差し、

「おいおい、なんの騒ぎだ。一町も先まで声が聞こえているぞ」

と、猪養が呆れたような顔を出した。

「猪養ッ、そいつを捕まえてくださいッ」

真楯の叫びに、猪養は一瞬、ぎょっとしたように目を見張ったが、さすがに荒くれ者たちを束ねる仕丁頭。すぐに我に返ると、逃げ出そうとする男の襟足をむんずと摑んだ。なおも逃げようと暴れる男の腹に拳を叩き込んで気絶させ、そのまま顔の覆面まで剝いでしまった。

「なんだ、こいつ。千村じゃないか。ほら、写経所の経師の」

「なんですって」

と言いながら、牟須女が縛り上げたばかりの二人の男に飛びかかる。顔を覆う襤褸切れを

引き剝ぎ、「本当だわ。こいつら、いつも千村と一緒にいた奴らよ」と声を筒抜けさせた。

「ふうむ。別にこやつらにここまで嫌われる覚えはないのじゃがなあ」

言いながら宮麻呂は泥みまれの袖で、顎先に滴る血をぐいと拭った。そして気を失ったままの男の懐に手を突っ込むと、先ほど奪われた紙片を摑み出し、大事そうにそれを懐に納めた。

「とはいっても、こんなことを企んだのが千村なのは確かだろう。ちょっと待ってろ。いま、造寺司から人を呼んでくるからな」

自分を商売仇と恨む他所《よそ》の炊男ではなく、ただの客に過ぎぬ経生たちに狼藉を働かれたのが何故か、あれこれ考えを巡らしているのだろう。猪養を見送る宮麻呂は、いまだどこか納得がいかぬという顔をしている。

だが真楯にはなぜか、宮麻呂に——この炊屋に嫌がらせをせずにはおられなかった千村の気持ちが痛いほどよく分かった。

真っ暗な作事場の闇の中で、一つだけぽつんと灯っていた、造仏所炊屋の灯りが胸に浮かぶ。いつ務めが終わるとも知れぬ仕丁たちにとって、この炊屋はまさに心のよりどころたる温かな場所。ここで同じ鍋の汁をすすり、飯を食う仲間たちがいるからこそ、自分たちは苦しい作事の日々を堪《こら》えられるのだ。

仲間を仲間として信じられず、ただ己の筆だけを頼りに生きねばならぬ千村は、こんな温かな場所を持つ造仏所の者たちが、羨ましくてならなかったのではないか。

先ほど宮麻呂は、阿須太と黒主の身に何事か起きたと知った瞬間、皆動くなと叫んだ。落ちこぼれの写経生たちすらそんな風に守り、助けようとする宮麻呂を、千村は憎み、いっそ炊屋を壊してしまおうと思い定めたのに違いない。

「わしの懐を探ったのは、物盗りに見せかけるためじゃろうか。銭になるようなものなぞ、何一つ持っておらぬのだがなあ」

宮麻呂はまだ得心できぬらしく、牟須女が運んできた水で顔を洗いながら、小声でぼやいている。

「ここに銭なんぞないからこそ、かえって憎らしかったのかもしれませんよ」

呟いた真楯の言葉の先をうながすように、宮麻呂がこちらに目を向けた。

「宮麻呂は銭儲けのために、炊屋をしているのではないでしょう。ただ皆に旨いものを食わせようと考える、そんな銭なぞない炊屋だからこそ、千村もこいつらもこんな狼藉を働いたんじゃないですか」

「銭なぞないからこそ、か」

そう口の中で繰り返し、宮麻呂は何かに思い至ったように目を見張った。

「どうしたの、宮麻呂」

そんな彼の顔を、牟須女が心配そうにのぞきこむ。しかし宮麻呂はすぐに、「いいや、なんでもない」と小さく首を横に振った。気のせいであろうか。ひどく寂しげな顔つきであった。

「真楯と同じ言葉を口にした奴がおったなと、思い出しただけじゃ。ふん、久しく忘れておったことを思い出させよって」

「おおい、宮麻呂、真楯、戻ったぞ。根道さまもご一緒だ」

闇の彼方から、猪養の大声が風に乗って響いてくる。その途端、強張ったままだった牟須女の表情が、ようやくほっと和らいだ。

「吉報もあるぞ。阿須太が目を覚ました。お医師はもう大丈夫と言っておられるから、安心しろ」

どこか間の抜けたその声が、妙に懐かしく感じられる。真楯は肩の力を抜き、その場にずるずると座り込んだ。全身のあちらこちらが、今更のようにずきずきと痛んできた。

(一字一仏、か――)

もし本当に千村が人としての温かさすら忘れ果てているのなら、そもそもこの炊屋を羨みなぞしなかっただろう。一字一仏の経典を書写する中、いつしか仏から遠ざかってしまった千村は、きっとどこかでそんな自分を哀しく感じていたのではなかろうか。

彼はこれから造寺司の厳しい詮議を受け、下手をすれば写経生の任を解かれるやもしれない。だがもしかしたら、日々心をすり減らす写経所から離れることで、いつか彼の心に本当に仏の宿る日が来るのではないか。いや、そうなってほしいものだ。

仏はどこにもおらず、またどこにでもいる融通無碍《むげ》なる存在。ならば宮麻呂を襲うほどに荒れ果てた千村の心にも、必ずや仏の姿はひそんでいるはずなのだから。

「——あの、宮麻呂」

「なんじゃ」

ぬっと真楯を見下ろした宮麻呂の頬は腫れ、目の上には青痣《あおあざ》まで浮かびつつある。この分では明日は、誰もが仰天する恐ろしげな顔立ちになっているに違いない。

「造仏所の仕丁たちはみんな、宮麻呂の飯のおかげで、この上なく満たされています。もし半日や一日、宮麻呂が炊屋を空けたって、なんの不都合もありませんよ」

ふん、と大きく鼻を鳴らし、宮麻呂はいつものように忌々《いまいま》しげに顔をしかめた。

「差し出がましいことを申すな。おぬしに言われずとも、留守にせねばならぬときが来たら、勝手にするわい」

ぶっきらぼうに言い放ち、ふと唇を引き結ぶ。わずかな沈黙の後、「じゃが」と、宮麻呂は早口に続けた。

「——そのときには真楯、おぬしも共にくるか」

その言葉の意味を一瞬理解し損ね、すぐに慌てて「はい」とうなずく。

宮麻呂は今でもきっと、仏などおらぬと考えているのだろう。しかし仏の行ないを自らが果たそうとする点では、行基も宮麻呂も同じ生き仏だ。

猪養たちの足音が、次第に近づいてくる。それがいつか、宮麻呂とともに菅原寺を訪れる自分の足音の如く感じられ、真楯は大きな息をついて目を閉じた。

鬼哭の花

一

湿気を帯びた春の夜風が、生き物のように足元にまとわりついてくる。

米に塩、それに幅一尺半（約五十センチメートル）ほどの行竈《ぎょうそう》（携帯用炊飯釜）を入れた麻袋を肩に担いだ真楯《またて》は、作事場の坂をさっさと下り始めた炊男《かしきおとこ》の背に、「おおい、宮麻呂《みやまろ》。待ってください」と叫んだ。

深更《しんこう》の造東大寺《ぞうとうだいじ》作事場は闇に包まれ、使部《つかいべ》の詰める見張り小屋の灯が、斜《なぞえ》の下でちらちら揺れるばかり。それでもよくよく目を凝らせば、夜空から降り注ぐ星影が、二人の足元に薄い影を曳いている。

「ええい、ぐずぐずしよって。菅原寺《すがわらでら》についてくると申したのはおぬしじゃろう。早くいたさぬと、置いてゆくぞッ」

宮麻呂が不機嫌に怒鳴り返すのも、無理はない。

東大寺作事場は今、毘盧舎那大仏《びるしやなだいぶつ》鋳込みの最終段階たる頭部鋳造を前に、かつてない緊張の裡《うち》にある。ただでさえ各段をつなぐ鋳継ぎは難しいところに加え、次なる七段目と八段目の結合部分はすなわち、幅一丈（約三メートル）もの巨大な頭を支える頸部。よほど強固に鋳継がねば、後日、大仏の首が落ちる恐れもあった。

昨夏、造仏所長官・国公麻呂《くにのきみまろ》の意向を無視して右手の別鋳を断行した高市大国《たけちのおおくに》も、さすがに仏頭を取り外して別鋳にする不敬には、二の足を踏むのだろう。七段目の鋳込み終了直後からかれこれもう半月余り、仕丁《しちょう》たちを指揮して試行錯誤を繰り返している。

しかもここに来て、大仏作事場から一町ほど離れた場所で東西両塔の建造が始まったため、宮麻呂が預かる炊屋《かしきや》は、常にも増してひどい混雑ぶり。そんな中、何とか時間を拵《こしら》えて病の大徳・行基《ぎようき》のために粥《しるかゆ》を作りに行くのだから、宮麻呂が苛立つのも当然であった。

「そりゃ、確かにそうですが」

誘ったのは宮麻呂じゃないですか、と言いかけ、真楯はおやと目をしばたたいた。炊屋の裏、首元まで土塁で覆われた大仏の上で、小さな火影が揺れているのに気付いたのだ。

真楯の視線を追って頭を巡らせた宮麻呂が、「大仏の上に誰かおるのう」と不審げな声を漏らした。

「こんな時刻に誰でしょうか。造寺司の見回りとも思えませんし」

「ううむ、仕方ない。時間は惜しいが、少し様子を見に行くか」

そう言って宮麻呂が踵《きびす》を返したのは、この大仏建立《こんりゅう》を無駄な費《つい》えと批判する者が、世間には相当数いるためであった。

先日も宮城門前で首《おびと》（聖武《しょうむ》）天皇の熱心な崇仏を嘲《あざけ》る匿名の書がまかれ、京《みやこ》の治安維持に当たる京職《きょうしき》が必死に犯人を探している最中。作事場の者たちにも、胡乱《うろん》な人物を見たらすぐ通報せよとの指示が出されていた。

六年前、帝が初めて大仏建立を布告した紫香楽宮《しがらきのみや》の作事場では、不審火が相次ぎ、大仏の木舞《こまい》（骨組み）が幾度も灰燼《かいじん》に帰した。八割がた鋳造が終わった今、銅製の仏身は少々の火では損なわれぬが、まだむき出しの頭部が傷つけば、最後の鋳造に支障が出るやもしれぬ。

重い麻袋を物陰に押し込んで駆け付けてみると、大仏を覆う巨大な土塁の真下からは、先ほどの火影は見えない。ぐずぐずしているうちに、逃げられてはならぬと思ったのだろう。

宮麻呂は突然、「よし、行くぞ」と呟き、凄まじい速さで足場を駆け上がった。

「ま、待ってください」

慌てて後を追いながら、真楯は足元に転がっていた石を数個、懐に詰め込んだ。そのまま懸命に足場をよじ登り、土塁の頂上に着くと同時に、ばっとうずくまる。中型《なかご》のすぐそばで揺れる松明《たいまつ》に、そのまま石を投げ付けようとしたときである。

「なんでえ、宮麻呂に真楯じゃねえか。こんな時刻にどうしたってんだ」

聞き覚えのあるがらがら声と共に、松明がこちらに近づいて来た。ぎょろりとした目をすがめた宮麻呂が、なんじゃあ、と素っ頓狂な声を上げた。

「石隈《いしぐま》ではないか。どうしたはこちらの科白《せりふ》じゃ。灯りに気付いたゆえ上がってきたが、かような時刻に何をしておる」

宮麻呂の言葉に、毘盧舎那大仏鍍金《ときん》の責任者である金工・長《ながの》石隈は、「それはすまねえ」とぼさぼさの頭を軽く下げた。

「首継ぎの件で、鋳師衆があんまり苦労しているからよ。鍍金の技を使って助けてやれねえかと、思案かたがた大仏を見に来たんだ」

大仏像に鍍金が施されるのは、計八度の鋳込みが済み、鋳掛けや鋳浚《いさら》えといった後補《こうほ》が終了した後。だが同じ工人である石隈には、大国たちの悩みが他人事《ひとごと》とは思えぬらしい。松明を高く掲げ、土塁から突き出た仏頭を顎で指した。

「この大仏は国公麻呂さまが設計なさったって聞くが、俺たちの目からすりゃ、ちょっと縦に長すぎらあ。大国さまが最後の鋳込みを前に尻込みなさるのも、無理ねえぜ」

「とはいえ今から中型を造り直し、頭を小さくするわけにはいくまいて」

猪養《いのかい》の脅しが利いたのか、国公麻呂は最近、高市大国の仕事に文句をつけなくなっている。

しかしそれはあくまで、大国が公麻呂を立てていればこそ。もし勝手に中型に手を加えれば、どんな騒動になるかしれない。

宮麻呂の言葉に、石隈は少し鼻白んだ顔になった。

「そんなこたァ、俺だって分かってら。さっき思い付いたんだが、首回りだけ外型《そとご》の大きさを変えて、半尺（約十五センチメートル）ほど肉厚に鋳込んじまうってのはどうだろな」

木舞の周囲に泥を盛り上げて造った中型と、そのぐるりに築かれた外型の間に熟銅《じゅくどう》を流して造る大仏像の厚みは、約一寸半（五センチメートル弱）。それを首の部分だけ厚くすれば、なるほど頭部落下の危険は少しは減る道理である。

「確かに名案ですが、勝手にそんなことをしては、公麻呂さまが激怒なさるでしょう」

「別に長官さまが自ら尺差しを手に、大仏さまを計りに来るわけじゃあるめえ。要は当初の図面通りに見えりゃ、いいんだろ」

何か思案があるのかと目を見交わした真楯と宮麻呂に、石隈は自信ありげに胸を張った。

「心配するなって。一尺や二尺の違いぐらい、金を塗ったときに分からなくしてやらあ」

鍍金は溶金を塗布・乾燥させた後に行なう研磨次第で、輝き方に大きな差が生じる。

一般に人の目は、明るいものほど手前に、暗いものは後方にあると錯覚する。ならば肩と顎を丁寧に磨いて光らせる一方、分厚く拵えた首回りは研磨を弱めて暗く仕上げれば、遠目には大仏の首の太さの違いなぞ分からぬはず。鋳込み終了後、鍍金が施されるまでの間も同様に、首の脇に薄墨でも塗っておけば公麻呂の目を欺《あざむ》けようと石隈は説いた。

「理屈は分かるが、そううまくいくかのう」

「今はこうして露天に晒されているが、鋳上がった暁には、この周りに大仏殿が建てられるんだ。だったらますます、首の太さが変わったって分かりゃしねえさ。——ただ、なあ」

歯切れのよい弁舌が、そこでふと淀んだ。

「それもこれもすべて、金の質次第なんだよな。唐から来た金が混じり物の多い駄金だったら、いくら頑張って磨いたって艶《つや》は出ねえ。その場合は俺が一度吹き返し（鍛造し直し）てやりゃいいんだが、そうすると金の嵩《かさ》が減っちまって、お役人衆がまたつべこべ抜かすだろうな」

がりがりと頭をかきながら吐き捨てた石隈に、宮麻呂は無精鬚《ひげ》の伸びた顎を撫でた。

「なるほど、金にも色々あるのじゃな。されど石隈、おぬし、金の精製も出来るのか」

「忍海《おしみ》の工人を侮るんじゃねえ。砂金だろうが鉱金だろうが、金と名のつくものなら何でも扱えらあ」

ふうむ、となぜか考え込む様子で宮麻呂が相槌を打ったとき、坂の下に建つ興福寺《こうふくじ》の方角で鐘が鳴った。

その響きに眠りを破られた鴉《からす》が、ギャアギャアと鳴きながら、木立から飛び立つ。真楯は宮麻呂とはっと顔を見合わせた。

「宮麻呂、今のは子《ね》ノ刻の鐘ですよ」

「いかんいかん、こんなことをしておっては、明朝の支度までに戻れぬではないか。しかも今頃、作事場の柵のあちらでは、栄慶《えいけい》がわしらをじりじりと待っておるはずじゃ。急ぐぞ、真楯」

そう怒鳴るなり、宮麻呂は石隈のことなぞ忘れ果てたように忙しげに身を翻した。そのまばたばたと土塁を降りる二人に軽く鼻を鳴らし、石隈は松明を手に大仏に向き直った。

春風に揺れる焰《ほむら》が、巨仏の顔に複雑な陰影を刻んでいる。いつしか空には厚い雲が垂れ込め、灯りの届かぬ大仏の頭頂部は、そのまま低い空に続いているかに見えた。

「――けどよ、本当に唐から金は届くんだろうな。それがなくっちゃ、この作事は失敗も同然なんだぜ」

まだ消えやらぬ鐘の残響がそんな石隈の呟きを飲み込み、夜空の彼方へと吸い込まれていった。

隙間風に揺れる火影が、寝台を囲む僧たちの影を、板壁に大きく伸び上がらせている。

埃《ほこり》一つ落ちていないのにもかかわらず、病間には饐《す》えたような臭いが薄く漂い、ただでさえ暗鬱な室内に更なる淀みを加えていた。

そのあまりの居心地悪さに真楯が身をすくめたとき、一椀の粥を手にした宮麻呂がずかずかと寝間に入ってきた。それと入れ替わりに寝間に詰めていた僧らが次々と廊へ出て行き、やがて仏堂から低い看経《かんきん》の声が流れ出した。

枕上で厚い肩をすぼめていた栄慶が、

「せっかく来てもろうたのにすまぬのう、宮麻呂」

と、溜息交じりに頭を下げた。

「あれほどおぬしの粥を所望なされていたのに、今日に限ってなかなか目を覚まされぬとは。お目覚めであれば、さぞ喜ばれたろうに」

とはいえ、寝台に臥《ふ》す行基の身体は枯れ枝の如く細く、堅く閉ざされた瞼《まぶた》には青黒い陰が刻まれている。微かに胸が動いておらねば、骸《むくろ》かと疑うほど、生気に乏しい寝姿であった。

——病臥されてからこの方、行基さまが正気でおられるときはほとんどのうなっておるのじゃ。

菅原寺までの道中、ぽつりぽつりと語った栄慶の声が、耳の底に甦《よみがえ》る。

大勢の優婆塞優婆夷《うばそくうばい》たちを欺きながらの看病に、疲弊しきっているのだろう。その足取りはひどく重たげであった。

——宮麻呂の粥をと仰せられはするものの、その宮麻呂とは誰なのか、ご自身でも分かっておられぬらしい。それでいて他の者が作った粥はお気に召されず、無理にお勧めすれば凡《およ》そお年からは考えられぬほどに暴れられてのう。

布施屋《ふせや》の建造や築堤架橋といった社会事業に奔走し、首天皇より東大寺毘盧舎那大仏勧進《かんじん》聖《ひじり》に任命された行基も、すでに八十二歳。貴賤《きせん》を問わず等しく訪れる老いは、その身体ばかりか心まで蝕《むしば》み、今や彼を諸庶より生き仏と崇《あが》められる大徳らしからぬ振る舞いに駆り立てていたのであった。

宮麻呂は手近な床几《しょうぎ》に腰を下ろしていたが、不意に誰に言うともなく、「お年を召されたのう」と呟いた。

「何を当然のことを申しておる。おぬしがこの寺を逐電してから、早十七年の歳月が過ぎたのじゃぞ」

少々乱暴な口調で吐き捨ててから、栄慶は不意にそれを恥じたように、「それにしても」と声をひそめた。

「おぬしを東大寺作事場で見た折、わしはまこと我が目を疑うたわい。おぬしはやはり、御《み》仏《ほとけ》の教えを捨てきれなかったのじゃな」

「別にそういうわけではない。ただ雑然とした作事場であれば、わしの出自や過去を詮索する者もおるまいと思うたまでよ」

十七年前、宮麻呂と彼らの間に何があったのだろう。痩せ衰えた行基に無表情な目を注ぐ宮麻呂の横顔を、真楯は素早くうかがった。

「それにしても行基さまがお目覚めになられぬのであれば、わしはそろそろ帰らせてもらおう。夜が明けぬうちに朝餉《あさげ》の支度を終えねばならぬでな」

宮麻呂のそっけない言葉に、栄慶は厳《いか》つい肩を落として、そうかとうなずいた。

「おぬしも忙しいのじゃ、仕方がない。いつかまた暇を見て、粥を炊きに来てくれるか」

すがるような栄慶の目に、宮麻呂はいつもの仏頂面であぁ、と頤《おとがい》を引いた。

「ならば行竈は置いて行くぞ。あのように重い竈《かまど》を、幾度も持ち運ぶのは難儀じゃでな」

恩着せがましい口ぶりに、栄慶の顔にうっすら喜色が滲む。しかし宮麻呂はそんな彼を振り返りもせぬまま、さっさと床几を蹴立てて立ち上がった。

慌ててその背を追えば、夜風はわずかな間に冷たさを増している。

衛士《えじ》が守る朱雀門《すざくもん》の前を過ぎ、そのまま二条大路を東に向かう。右手に連なる木立の奥から鉦《かね》の音が漏れるのは、興福寺の堂舎で僧が不断行を行なっているのだろう。

ふと傍らを見れば、宮麻呂が足を止めて、なだらかな坂の果てを見上げている。その眼差しの先、薄い星影に照らし出された大仏像の肩先で、小さな灯りが心もとなげに揺れていた。

「あれは石隠でしょうか」

「この寒風の中、まだ作事場におるのか。炊屋に戻ったら、白湯《さゆ》を沸かして届けてやるかのう」

思案はとっくについただろうに、いったい何をしているのだ、と真楯が呆れ返った刹那、激しい風が地を吹き荒れ、道の両側に茂る灌木《かんぼく》が大きく騒いだ。

同時に大仏の肩先の灯が大きく膨れ上がり、あっという間に仏頭の輪郭がそれと分かるほど巨大な焔へと変じた。

「あ、あれは――」

何が起きたのか、咄嗟《とっさ》に理解が追いつかない。立ちすくんだ真楯の背を「何をぼんやりしておるッ」と平手で叩き、宮麻呂は足半《あしなか》を脱ぎ捨てて駆け出した。

作事場を取り囲む柵に着くや、見張り小屋の戸口を蹴破り、

「大仏が火事じゃッ。早く火を消しに行けッ」

と怒鳴りながら、寝こけていた使部の横腹を蹴り上げた。

「か、火事だとッ」

がばっと飛び起きて外へ転《まろ》び出た男たちを追えば、資材置き場代わりの仮屋に燃え移ったのだろう。焔は折からの風に煽《あお》られ、禍々《まがまが》しいほどの明るさで、大仏の顔を照らし付けている。煤《すす》混じりのきな臭い風が、わずかな熱を帯びて、こちらへどっと吹きつけてきた。

「火事だあッ、大仏が火事だぞ」

ほうぼうの見張り小屋からも大声が起こり、数人の使部が手に手に空の麻笥《おけ》を持って、大仏の下へと突進する。ぬかるみに足を取られたのか。斜面の中ほどで横転し、そのまま坂下の藪《やぶ》に転がり落ちる男もいた。

「い、石隈はどうしたんでしょう。まさかあの松明が元で火事を起こし、今頃、火に巻かれてるんじゃ」

「滅多なことを申すな。あやつがまさか、そんな下手を打つわけなかろう」

何せ鍛冶場は水一滴、火種一つが大事故につながりかねぬ修羅場。なるほどこと仕事には妥協を許さぬ石隈が、よりにもよって作事場で火の不始末をするわけがない。

使部たちの尻について坂を上がりながら、真楯は己の顔から血の気が引く音が聞こえた気がした。

「ということは、まさか付け火――」

「おお、そのまさかじゃ。石隈はとっくに作事場から引き上げており、今しがた土塁の上にいたのは、まったくの別人だったのじゃろう」

ただならぬ気配に目を覚ましたのであろう。作事場の南、仕丁や工人たちの宿舎が建つ一角からも、男たちのざわめきが風に乗って響いて来た。

さりながらそのまま足場を上るかに見えた宮麻呂は、土塁の裾まで来るや、急に足を止めて四囲を見回した。我先に土塁に突進する使部を横目に、大仏の裏手に向かって駆け出した。

「待ってください、どこに行くんですか。早く火を消さないと」

「土塁の上には、燃えるものなどそんなにあるまい。付け火に油が使われておらぬとあれば、人手は使部どもだけで充分じゃ」

確かに辺りには黒煙が立ち込め、黒焦げの木切れがぱらぱらと音を立てて降り注いで来るが、つんと鼻をつく油の臭いはない。

これが鋳込みを行なう直前なら、土塁上には大量の炭が運び込まれていたであろう。しかし幸い現在頂きにあるのは、三軒の仮屋と外型用の荒土のみ。加えて油も撒かずに火を放ったとすれば、鎮火にさして時はかかるまい。

「それより今は、付け火を働いた者を捕えるのが先じゃ。おそらく作事場のどこぞに身をひそめ、後で仕丁や使部どもに交じって逃げ出す腹であろう」

口早に囁き、宮麻呂は大仏の陰に顎をしゃくった。

「仕丁どもが駆け付けて来ては、かえって足手まとい。真楯は大仏の東側から物陰を探せ。わしは炊屋を手始めに、西側から回る」

「はい、わかりました」

そう応じて走り出そうとした途端、頭上でうわあッと大声が弾けた。どおっという轟音とともに、真っ赤な火の粉が一層激しく降り注ぎ始めた。

どうやら仮屋が燃え落ちたらしいと察した真楯は、両手で頭をかばいながら、木材や土嚢《どのう》が所狭しと詰まれた一角へと駆け込んだ。そのどこかに何者かが身を隠しているやもと目を凝らし、強く唇を引き結んだ。

相手はきっと、腕っぷしの強い男に相違ない。それでも大声を上げて抵抗すれば、誰かが駆け付けるまで、足止めぐらい叶うであろう。

（畜生。皆が苦労して造っている大仏に、付け火なんぞしやがって）

残念ながら真楯には、行基の弟子衆のような信仰心はない。大仏の発願《ほつがん》者たる首天皇が望むように、この仏によって自らに大いなる幸いが訪れるとも考えてはいない。

だが幾ら徴発された身とはいえ、少しずつ形を成してゆく巨仏を毎日目にしていれば、小山の如きその姿にも愛着めいた感情が湧いてくる。

帝が大仏にどんな祈願を籠《こ》めているかなど、自分たちには無関係。この未曾有《みぞう》の巨仏は、真楯たち仕丁を始め、作事場で働く皆の心血の凝《こご》りなのだ。それを火付けなぞという卑劣な手段で、邪魔立てされてたまるものか。

爪先で地面を探りながら資材置き場を歩むうち、ほうぼうからのざわめきに紛れ、ひどくせわしない息遣いが聞こえた気がして、真楯は息を呑んだ。

あそこだ。人の腰の高さに積まれた角材の向こうに、明らかに人の気配がある。

下手に飛びかかっては、返り討ちに遭いかねない。真楯は大きく息を吸い込み、木材の山にええいッと体当たりをした。

次の瞬間、がらがらと崩れる木をかき分けて、黒い小柄な影が、言葉にならぬ大声もろとも飛び出してきた。

「宮麻呂、こっちッ。こちらですッ」

消えきらぬ焔を背に、影は大仏の背後の斜面に飛び降りた。転がるように坂を下るその脇に、炊屋から駆け出してきた宮麻呂が飛びかかる。そのまま二人はくんずほぐれつしながら斜を転がり、やがて笹の葉が生い茂る藪に突っ込んで止まった。

慌てて真楯がその後を追えば、両手両脚をばたつかせて暴れる男を、宮麻呂が必死に押さえつけている。

「痛たッ。こやつ、嚙みつきよってッ」

怒声を上げる宮麻呂に代わって男の両腕を摑み、真楯は彼を藪から引きずり出した。

か細い星影が男の顔に降り注ぎ、血の気の失せた面の中で、ひどく淀んだ目がこちらを見上げている。真楯は思わず、ぎょっと手を止めた。

「お、お前、小刀良《こ と ら》じゃないかッ」

「なんじゃとッ」

宮麻呂が大声とともに藪を飛び出してくる。だが幾ら目をしばたたいても、顔面蒼白の小男は、真楯の同輩である小刀良に違いなかった。

「おぬし、何を血迷ったのじゃ。帝発願の大仏に付け火なぞして、ただで済むと思うのかッ」

宮麻呂が真楯を突き飛ばし、小刀良の襟首を鷲摑みにした。凄まじい形相で眉を吊り上げ、その身体をがくがくと揺さぶった。

「国を挙げての造寺造仏を阻むとは、大不敬にも匹敵する大罪。おぬし一人の命を以てしても、到底贖《あがな》えぬ咎《とが》じゃぞッ」

「い、命なんて――」

おどおどと目を泳がせた小刀良の唇から、調子っ外れな声が漏れた。

「俺の命なんて、どうでもいいんだ。だって労役が明けたって、もう女房子どもは生きてないんだぞ。ならあんな大仏を無理に拵えたって、何の役にも立たないだろうが」

「こ、この愚か者がッ」

真楯が止める間もあらばこそ、宮麻呂に殴り飛ばされた小刀良が、藪の中にどうと音を立てて倒れ込んだ。その襟髪を摑んで引き起こし、宮麻呂はぎりぎりと奥歯を鳴らした。

「あの大仏は帝のものでも、国のものでもない。おぬしらが汗水流して働いた歳月そのものとも言える仏を、自らの手で焼き尽くそうとは、心得違いも甚《はなは》だしいわいッ」

「だ、だって仏ってのは、俺たち貧しい者でも救ってくれるんだろう。それなのにあの大仏は、救うどころか、弥奈女《やなめ》と稲女《いなめ》の命すら助けてくれなかったじゃないか」

亡き妻と娘の名を口にした途端、泥まみれの小刀良の頰に光るものが伝った。

「そんな贋物《にせもの》、灰になっちまえばいいんだ。それに大仏が出来上がったって、喜ぶのは帝とお偉い貴族さまたちばかりじゃないか」

「まだそんなことを申すか」

言い募る小刀良の声を、耳を聾《ろう》するばかりの怒声が阻んだ。摑んでいた胸元を突き放し、宮麻呂はその場に仁王立ちになって小刀良を睨《にら》み下ろした。

「この世におるかおらぬか分からぬ仏が、わしらを救ってくれるわけがあるまい。わしら庶人は、あの大仏のために汗水垂らして作事場を這い回り、虫けらの如く死んで行くのよ」

「み、宮麻呂。ちょっと落ち着いてください」

取りすがる真楯を蹴り離し、宮麻呂は節くれ立った指を小刀良に突きつけた。

「されどあの巨仏は、わしらがくたばった後も、幾百、いや幾千年もの長きにわたってこの地に残り、貴賤の者より礼拝《らいはい》を受けよう。おぬしらは上《かみ》つ方々《かたがた》のために大仏を造っておるのではない。後の世に生きる者たちのため、自らの身を削って仏に変えておるのじゃッ」

あまりに思いがけぬ言葉に、真楯は目を見開いた。

自分たちが一枝の草、一握の土を運んで造り上げた仏。それがこれから先、どれほどの年月この地に在るかなぞ、これまで考えたこともなかった。

仏のおらぬこの世ならばなお、傷だらけの手で泥を捏《こ》ね、銅を熔《と》かし、後の世の人々のために仏を造る。ならば未曽有の大作事に我が身を捧げる仕丁は、どんな上つ方々にも出来ぬ尊い行ないをしていると、宮麻呂は言うのか。

「おぬしの哀しみは、わしとて分からぬではない。されどおぬしは自らの苦しみのために、これから大仏によって救われる何千何万という人々の邪魔をするのか。かような真似をして、亡き妻子が喜ぶと思うておるのかッ」

うわあッ、という激しい慟哭《どうこく》とともに、小刀良がその場に突っ伏した。冷たい土をぎりぎりと両手で掻きむしり、地面に打ち付けた顔を激しく左右に振った。

「弥奈女、稲女――」

妻子を呼ぶ痛切な声が、わずかに明るみ始めた空に幾度となくこだまする。その悲嘆を少しでも和らげるかのように、打ち震える小刀良の背を薄い星影が柔らかく照らしていた。

二

使部や仕丁の奮闘の甲斐あって、火は仮屋を二棟焼いただけで消し止められた。

「仏身には何の損傷もなく、中型にもひび一つ入っておらぬ様子。まあ、少々の火であれば、むしろ中型が焼き締められてよいわい」

駆けつけた高市大国は、水びたしの現場を見てそう笑った。さりながら幾ら被害が軽微でも、帝御願の大仏に付け火を働いたことが許されるわけではない。

もしかするとこれは、国を覆さんとする陰謀の先触れやもと疑ったのだろう。翌朝、造寺司は日の出とともに各所の仕丁頭を召し、配下に不審な行動を取った者はいないかの調査を始めた。見張りの使部や東大寺の僧にも聴取し、午後からは火災現場の検分も行なうという。

「とはいえうちの仕丁たちは、いつも宿舎でおとなしく寝ておらん奴らばかりだからなあ。葛井根道《くずいのねみち》さまも、最後には渋い顔をしておられたぞ」

朝一番に作事の中止が触れ出されたため、炊屋は暇をもてあました仕丁で混み合っている。昼近くになってようやく造寺司《ぞうじし》から戻った猪養が、そんな配下を見回し、大きな溜息をついた。

「俺が知ってるだけでも、真楯は宮麻呂と一緒に菅原寺に行っていたし、吉良《きら》は子分と女を買いに出かけて留守。その他、造瓦所の宿舎で双六《すごろく》をしていた鮠人《はやと》や、若い婢《はしため》目当てに婢溜まりに押しかけて、南備《なび》に叩き出されていた秦緒《はたお》や――おい、お前ら、聞いてるのか。一人二人ならともかく、なんで揃いも揃って気儘《きまま》ばかりしやがるんだ」

呆れ返った口振りに、どっと笑いが起きた。

親分肌の猪養のおかげで、造仏所の仕丁は他の所に比べて団結心が強い。このため彼らはみな、仲間の中に犯人がいるわけがないと、頭から決めてかかっている様子であった。

それほど多くの者たちが寝小屋を抜け出していたのなら、小刀良が床《とこ》にいなかったことも、言い訳しやすい。今ごろは宿舎で寝ているはずの小刀良を思いながら、真楯と宮麻呂は小さくうなずき合った。

「作事は明日まで休みだ。しばらくお役人衆が作事場をうろうろなさるが、下手な口を叩くんじゃないぞ。特に鮠人、分かったたな」

「はいはい、聞こえてまさあ」

「それで、犯人の見当はまだつかないの？」

厨《くりや》と炊屋を隔てる台に頬杖をついた牟須女《むすめ》に、猪養は顔をしかめてうなずいた。

「何しろあんなに夜遅くだったからな。無論、作事場には見回りの使部もいたんだが、その時刻は鋳所《いどころ》で捕まえた餓鬼を司に連れて行くべく、ちょうど持ち場を離れていたらしい」

厳重に柵が巡らされているにも拘らず、作事場では銅や炭をくすねんとする不埒者《ふらちもの》の侵入が後を絶たない。鋳残りの金屎《かなくそ》を盗むならまだしも、中には銅や錫《すず》を納めた蔵を破ろうとする大胆な輩《やから》も稀《まれ》にいた。

「餓鬼ってことは、近くの里の子どもね」

「いいや、五条大路の紀寺《きでら》の小奴婢《しようぬひ》（子どもの奴婢）だと。それにしたって、まだ六つや七つで他所《よそ》の寺から屑銅を盗み取ろうとは、まったく末恐ろしい奴《やつこ》だよなあ」

とはいえ真楯には、そんな小奴のことなぞどうでもいい。

あれほど気の弱い小刀良が火付けを働いたと、いったい誰が考えよう。そ知らぬ顔で日々を送っていれば、役人衆の目はいずれ、作事場から外へと向けられるはずだ。しかし――。

（問題は当の小刀良が堪りかねて、自分から白状しちまわないかだよな）

いっそ猪養にすべてを打ち明け、助けを請うか。いや、責任感の強い猪養は作事に関しては非常に厳しい。鋳師衆の手前もあり、付け火を働いた犯人を見逃してはくれまい。

（鮠人は何分、口の軽さが難。となると結局、俺たちだけで秘密を抱えるしかないか）

帝発願の毘盧舎那大仏は、大社の神御の物も同然。その破壊は律に基づけば、死罪に相当する大罪である。

真楯とて放火は腹立たしいが、小刀良の心中を思えば、彼を司直に突き出すこともしがたい。なんとかこの一件を隠し通さねば、と拳を握りしめていると、開けっ放しの炊屋の戸口に長い人影が差した。

造仏所舎人《とねり》の安都雄足《あとのおたり》であった。

「これは雄足さま、付け火の件ですか」

小腰を屈めた猪養には応じず、雄足は相変わらず色艶の悪い顔で炊屋を見回した。それが特徴の権高《けんだか》な口調で、「思うたより、人がおらぬな」と誰に言うともなく呟いた。

「作事のない日は、中食《なかじき》が出ません。ましてや今日は突然の休みなので、残る仕丁は朝寝を決め込んでおりましょう。誰ぞに御用ならば、呼んで参りますが」

国公麻呂の子飼いであるこの舎人は、猪養を始め造仏所の仕丁にいい感情を抱いていない。鼻の頭に小さな皺を寄せ、「それには及ばぬ」とつんと猪養を眺め下ろした。

「用があるのは猪養、おぬしじゃ。根道さまから伺うたが、昨夜造仏所の仕丁は分かっておるだけで二十五人もが、宿舎を離れていたとか。おぬしは仕丁頭の癖に、配下の者の束ねすら出来ぬのか。生真面目であった前の仕丁頭の大麻呂《おおまろ》とは、まったくえらい違いだな」

「待っておくんなさい。そういう言い方はねえでしょう」

雄足の声に、鮠人が気色ばんだ。

夜間外出禁止の触れは、真楯たちとて承知している。だが実際、作事場周辺には女が春をひさぐ店や酒家が点在し、造寺司も仕丁の外出には目をつぶるのが不文律。それを今になって叱るのは、嫌がらせに他ならなかった。

しかし猪養は片手を上げて鮠人を制し、

「その件については、申し開きのしようもありません。すべて俺の責任でございます」

と、雄足に深く頭《こうべ》を垂れた。

「ふん、言い分があれば聞いてやろうと思ったが、素直に非を認めるのか」

はい、とうなずく猪養に、雄足は更に冷たい声を浴びせ付けた。

「なれば、話は早い。おぬしは確か昨年の春で、労役が明けておったな。これを機会に仕丁頭を辞し、故郷に戻ってはどうだ」

成り行きをうかがっていた仕丁たちが、この一言で一斉にざわめいた。

「馬鹿な。猪養がいなくなったら、ここの作事はうまく行きませんぜ」

「そうだ、そうだ。そうなったら俺たちゃ、誰の言うことを聞きゃいいんだ」

口々の苦情にも、雄足は怯まなかった。蜥蜴《とかげ》を思わせる小さな眸《ひとみ》で四囲を見据え、

「ならば、おぬしらも造仏所を離れ、他の所に配属替えをするか。一度この辺りで、造仏所の仕丁を入れ替えるのも悪くなかろう」

と、切って捨てる勢いで言い放った。

「なんでございますと――」

「猪養とて、本来はただの役夫《えきふ》。それを定めを無視して無理に作事場に留めては、後の人材が育たぬ。大麻呂はそれがようわかっていたのか、夫役《ぶやく》を終えると後事を全て猪養に託し、さっさと寧楽《なら》を引き払ったではないか。もっとも郷里への途次で姿を晦《くら》ましたとの知らせが、その後、造寺司に届いたが」

上総国《かずさのくに》から徴発され、その実直さから猪養にも負けぬ人望があったという前の仕丁頭のことは、真楯もこれまで幾度となく耳にしている。確か故郷では鋳師をしており、その経験を買われて、仕丁頭に抜擢されたとの噂であった。

「だいたい造仏所の仕丁どもが気儘を致すのは、おぬしへの狎《な》れからじゃ。かような非道を放置しておっては、いずれ造寺の妨げにもなろう」

造東大寺作事は、三十余年がかかるとも言われる大工事。延べ何十万人もの仕丁の統率を同じ仕丁頭に任せ続けるわけにはいかぬとの主張は、確かに道理に適《かな》っている。

さりながら、仕丁は物言わぬ道具ではない。遠い故郷を思いながら働く男たちには、周囲の温かい励ましが不可欠。効率を重んじ、命を聞かぬ者を力で抑えんとする雄足のやり口は、到底受け入れられるものではなかった。

猪養が血相を変えて、雄足に詰め寄った。

「お待ちください。大仏鋳造は今が正念場。ここで仕丁の総入れ替えなどをしては、頭部の鋳造に障《さわ》りが出かねません」

「支障が出れば、やり直せばよい。司の命を聞かぬ役夫を放置するほうが、はるかに問題だ」

「ですが――」

「それが嫌なら、配下をしっかり束ねよ。まあ労役が済めば、嬉々として故郷に引き上げていくこ奴らには、私の申す道理なぞ理解できぬであろうが」

その瞬間、真楯の腹の底に熱い火が灯った。

切れ者の雄足の目には、学のない自分たちは虫けら同然と映るのだろう。だが灼熱の夏も、極寒の冬も大仏と向き合い続ける仕丁の胸には、己が手で築いた大仏への誇りがある。

無論、故郷に帰る日は嬉しく、待ち遠しい。だからといって寧楽を発つ日、建造半ばの大仏に後ろ髪引かれぬ者がいようか。噂に聞く前の仕丁頭とてきっと、内心は己なき後の作事を案じながら、ここを去ったはずで。雄足の言い様は、造仏所の仕丁全員を愚弄したに等しかった。


「し、仕丁全員が、手放しで労役明けを喜ぶわけではありませんッ」

興奮のあまり声を裏返らせた真楯を、「なに」と雄足が顧みた。

「仕丁には仕丁なりの意地があります。私は労役が明けても、大仏造営の目処《めど》がつくまでここに残りますッ」

「真楯、滅多なことを言うな」

猪養が、真楯の腕を摑む。それを力まかせに振りほどき、真楯は雄足に一歩詰め寄った。

「そりゃ我々なんぞ、お役人さまからすれば、取るに足らぬ小虫同然でしょう。ですが虫けらには虫けらの意地が、大仏さまを拵える理由があるんです」

造仏所百五十人の仕丁全員が、同じ意見とは思わない。さりながら宮麻呂の如く、後の世の人のために大仏を造る者が、あと一人や二人ぐらいいてもいいではないか。

まだ見ぬ大仏の美々しい姿が、眼裏《まなうら》にありありと浮かび上がる。天を衝くが如き伽藍《がらん》の中、総身に金を塗布された毘盧舎那仏は、まさにこの世のものとは思えぬ神々しさであろう。いったん造仏所に配された以上、その完成を見ずして作事場を立ち去れようか。

「帝が治国安寧のために発願された造寺を、おぬし如きがつべこべ抜かすとは不遜な。されどその志だけは、褒めてやらねばなるまい。――おぬし、名は何という」

賤しい仕丁が造寺の意義を口にしたのが面白くないのか、言葉とは裏腹に、雄足の眉間には深い皺が寄っている。

その眼差しを正面から受け止め、真楯は大きく息を吸い込んだ。

「はい、近江国《おうみのくに》から参りました真楯と申します」

「真楯か。覚えておこう。それにしても猪養、かような変わり者が配下では、様々に骨が折れよう。やはりさっさと仕丁頭を辞し、故郷に引き上げてはどうだ」

「その件でございましたら、俺もまた大仏造立の目処がつくまでここを離れぬと、国公麻呂さまと約定を交わしております。大麻呂は大麻呂、俺は俺。雄足さまのお勧めとはいえ、どうぞお許しくださいませ」

さすがの雄足も、そこまでは知らされていなかったのだろう。白目の勝った双眸《そうぼう》に、ちらりと驚きの影がよぎった。

「なんだって――」

同様に信じられぬと顔を見合わせる仕丁たちを見回し、

「おお、聞いての通りだ。つまりお前たち全員が三年の労役を終えたって、俺はここに残ってお前たちの尻ぬぐいをさせられるんだからな。それが分かったら、俺が造寺司さまに叱られるような真似をするんじゃねえぞ」

と、猪養が言い放った途端、炊屋をわあッと大歓声が揺さぶった。

「よく分からねえが、それでこそ俺たちの仕丁頭だ」

「真楯もどういう気まぐれか知らんが、猪養にしっかり付いていくんだぞ」

「ひょっとしていよいよ猪養が故郷に引き上げることになったら、次の仕丁頭は真楯がいいかもしれねえなあ」

どうやら安都雄足如きでは、この仕丁たちを抑えつけることは難しいらしい。

小さな舌打ちを漏らすと、雄足は踵を返して炊屋の戸口へ向かった。だがふと足を止め、まだ騒ぎ続けている仕丁たちを振り返った。

「そういえば、あの石見国《いわみのくに》から来た仕丁の姿が見えぬな」

「石見国から来た仕丁と申されますと――」

猪養が首をひねり、「ああ、小刀良ですか」と合点顔でうなずいた。

「確かそんな名であった。いつもおぬしや真楯の側におったが、今日は珍しく姿がないではないか」

猪養はそういえば、と目をしばたたいたが、すぐに「風病（風邪）にでも罹《かか》ったんですかねえ」とさして心配する風でもなく付け加えた。

「風病、風病か。ああ、確かに昨夜は、春とは思えぬほど冷え込んだからな」

誰に聞かせるともなく呟き、雄足はゆっくりとした足取りで炊屋を後にした。

その背をじっと見送る宮麻呂の双眸に、暗い光が落ちている。まだわいわいと騒ぎ合う仲間たちの肩越しにそれを眺めながら、真楯は両の拳を強く握りしめた。

昨日覚えた汗の冷たさが、再び背に蘇った。

三

不安とは一旦覚えると、後は雪玉が坂を転《まろ》げる勢いで膨らんでゆくものである。

雄足はまだ二十八歳ながら、いずれは造寺司長官にもなろうと評判の辣腕。その彼はいったいどの程度の確信を持って、小刀良を怪しいと睨んでいるのか。いや、ひょっとしたら先ほどの呟きは小刀良を庇《かば》う者をあぶり出すためで、すでに彼は何か決定的な証拠を摑んでいるのかもしれない。

この日、仕丁はみな遅くまで炊屋にたむろし、最後の一人が宿舎に戻ったのは亥《い》ノ刻(午後十時)近く。すでに床に入っていた真楯が、「しまった、忘れ物をしちまった」とわざとらしく呟いて炊屋に赴くと、一人で片付けものをしていた宮麻呂が、呆れ顔で彼を招き入れた。

「まったく、少しは落ち着かぬか。焦って動き回っては、雄足さまの思うつぼじゃぞ」

「ですが――」

「仮に昨夜、誰かが小刀良がおらぬと気付いても、付け火を働いたとの証左はどこにもあるまい。何を言われても、堂々と胸を張っていればよいのじゃ。――それで当の本人は如何《いかが》しておる。夕餉《ゆうげ》の際も姿を見せなんだが」

小刀良はもともと、気の弱い男。悲しさに苛《さいな》まれて付け火をしたものの、後から己の過ちが恐ろしくなったらしい。床にもぐりこんだまま、誰が声をかけても満足な返事をせぬとの真楯の答えに、宮麻呂はやれやれと息をついた。

「それでは喚問を受ければ、すぐに自分がやりましたと白状しかねぬのう」

「それにしても雄足さまは何故、小刀良に目をつけられたのでしょう」

「昼間仰られた通り、常々おぬしらと共におるあやつが、今日に限って姿がないことを訝《いぶか》しまれたのじゃろう。小刀良が妻子を亡くした件は、造寺司でも周知の事実。ましてや先に一度逃亡騒ぎまで起こしているとなれば、自ずと答えは見えて来よう」

もし本当に大仏を焼き滅ぼすつもりなら、中型《なかご》に油を振りかけたり、土塁上に炭が運び込まれた後を狙おう。それがあのように被害軽微であった点もまた、気の弱い者の発作的な犯行と推測させたのかもしれなかった。

「こうなれば司直の手が伸びる前に、あやつをここから逃がすしかない。されど甲賀山作《こうかやまつくり》所《どころ》や大坂石作所《おおさかいしつくりどころ》などへの異動を願っては、小刀良が怪しいと申しているも同然。いっそ作事場から連れ出し、栄慶に身柄を預ける手もないではないが――」

「そんなことをしては、菅原寺の方々にご迷惑がかかるのではないですか」

「無論、露見すれば厳しいお咎めを蒙《こうむ》ろう。されどあの寺では、人はみな一視同仁。自らの過ちを悔いた者を、栄慶たちは見捨てはせぬ。事の次第を隠さず打ち明ければ、他の道場に連れて行くなりして、小刀良を庇うてくれよう」

とはいうものの、そんな大事を勝手に決められもしない。急いで小刀良と今後のことを相談せねば、と二人がうなずき合ったとき、炊屋の板戸がこつこつ、と外から小さく叩かれた。

思わず床几から飛び上がった真楯をしっと制し、宮麻呂が戸口に歩み寄った。

「かような夜更けに誰じゃ」

「おお、宮麻呂か。わしじゃ、栄慶じゃ」

「なんじゃと」

心張棒《しんばりぼう》が外されるのを待ちかねたように炊屋に飛び込むや、栄慶は宮麻呂の腕をがっしと摑んだ。ひどく早口で、「行基さまがお召しじゃ。急いで来い」とまくし立てた。

「このような時刻からまた、粥を作るのか」

顔をしかめた宮麻呂に、栄慶はいいや、と首を横に振った。

「そうではない。先ほど目を覚まされるなり、久方ぶりの明朗なお声で、宮麻呂を呼べと仰せられたのだ」

とはいえいつまた、行基が正気を失うか知れぬ。それだけに、取るものもとりあえず作事場に駆けて来たのであろう。鞋《わらじ》を結わえつけた栄慶の両脚は、泥まみれであった。

「愚かを申すな。わしはこの造仏所の炊男じゃぞ。飯作りならともかく、呼べと言われただけで出向けようか」

「ならばまた、粥を炊いてくれ。行基さまもおぬしの粥であれば、喜んで召し上がられよう」

その言葉に、宮麻呂は不快げに栄慶の顔を睨んだ。しかしすぐに厨に取って返すと、明朝用に水に漬けていた米を小袋に移しながら、「真楯、おぬし、菅原寺まで碾磑《てんがい》（石臼《いしうす》）を運んでくれ」と、命じた。

「碾磑じゃと。かような品をいかがする」

「詳しいことは後じゃ。栄慶は先に菅原寺に戻り、寝間の庭に昨夜の行竈を据えておいてくれ。鍋に湯を沸かしておいてもらえれば、なおありがたい」

「あいわかった」

言うなり飛び出して行く栄慶を見送りもせず、宮麻呂は厨の奥から小ぶりな碾磑を取り出してきた。

おそらく、寺内の碓殿《うすどの》（製粉所）のお下がりであろう。ほうぼうが欠けた不恰好な碾磑を真楯に背負わせながら、

「昨夜のご様子から見て、行基さまはもはや並の食い物を口になさることはかなうまい。おそらくわしが作った粥も、他の坊主どもが代わりに食うたはずじゃ」

と、宮麻呂は暗い声で言った。

「当人が食わぬ粥を煮るなぞ、炊男としてのわしの誇りが許さぬ。ならばなんとかして、お召し上がりいただけるものを作らねばのう」

とはいえ時間をかけて米を煮込んでいては、その間に行基がまた正気を失う恐れもある。どうするのかと懸念する真楯を急《せ》き立てて菅原寺に着くや、宮麻呂はそのまま足早に行基の寝間に向かった。

敷居際に膝をつき、「宮麻呂でございます」と深く頭を垂れた。

「おお。よう来た。入れ」

聞き覚えのある声に進み入れば、行基が寝台の上に半身を起こしている。

その顔色は古い皮のようにどす黒く、目の縁には相変わらず暗い陰が落ちている。さりながら両の眸は小さくはあれど強い光を湛え、病人とは思えぬ覇気すら宿していた。

広縁に面した板戸は開け放たれ、庭で栄慶が行竈の火を扇ぎ立てている。竈にかけられた小さな鍋から、湯気が盛んに上がっていた。

「久しいの、宮麻呂。おぬしは昨夜も、わしに粥を炊いてくれたとか。礼を申すわい。されどこの身の衰えは、見ての通りじゃ。わしはもうじき死ぬ」

何を仰られます、と悲鳴に近い声を上げたのは、庭先の栄慶であった。宮麻呂は目顔で真楯に碾磑を降ろすよう促し、「さようでございましょうな」と平然と相槌を打った。

「おぬしらには悪いが、こうなってはなにも喉を通らぬ。飯の支度は結構じゃ」

「並の粥であれば、仰せの通りでございましょう。なれど割り粥ならば、少しはお召し上がりいただけませぬか」

「割り粥じゃと――」

宮麻呂は行基の方を見ぬまま、懐から取り出した袋の米を一握り、碾磑に空けた。ごりごりと米を挽きながら、「さようでございます」と言葉を続けた。

「米を砕き、粘りが出るまで煮た割り粥は、重湯よりも滋養があり、喉を通りやすうございます。加えて炊けるまで、さして時もかかりませぬ」

充分に水を吸った米は、碾磑に挽かれると容易《たやす》く白い粉に変じる。宮麻呂はまたひと掴み、米を碾磑に投じた。

「あいわかった、試みよう。されば粥が炊けるまで、しばしわしの話を聞いてくれるか」

はい、と応じながらも、宮麻呂の目は先ほどから一向に行基を見ようとしない。そんな宮麻呂の横顔に静かな眸を向け、行基はかすれた声でゆっくり話し始めた。

「わしが蒔《ま》いた仏法の種はすでに芽吹き、毘盧舎那大仏の鋳造完了も間近。さすれば年老いたわしが去ったとて、後は残る弟子どもが遺命を胸に勧化《かんげ》を続けよう」

そこで軽い咳を漏らし、されど、と行基は続けた。

「かようなわしにとて、心残りはある。それは一度はわしの元に身を寄せながら菅原寺を出奔いたした、おぬしのことじゃ」

天下の大徳に名指しされながらも、宮麻呂はひたすら米を挽き続けていた。ぐいと引き結ばれた口許が、ひどく頑《かたく》なであった。

「布施屋に身を寄せながら仏を信ぜず、仏具類を掠め取って逃げる輩は、以前にも何人もおった。おぬしが出奔した折も、わしはまたさような輩が一人増えたと、己の教導の拙《つたな》さに溜息をついたわい」

それだけに栄慶から宮麻呂が造仏所の炊屋で働いていると知らされたとき、行基は大いに驚き、また訝しんだ。

自分の元を去った者は数多けれど、その後、再び仏道に立ち戻った者は皆無に等しい。しかも作事場に奉仕する優婆塞らによれば、宮麻呂は仕丁たちの身を案じ、他の炊屋など足元にも及ばぬ旨い飯を出す炊男。そんな評判を聞くにつけ、行基は彼の逐電には何かの理由があったのではないかと疑い始めたという。

「それは行基さまのかいかぶりでございます」

相変わらず目を上げぬまま、小さく首を横に振る宮麻呂に、「いいや、そうではあるまい」と行基は畳みかけた。

「おぬしが菅原寺から姿を消したのは、十七年前の秋。それまでわしらを弾圧してきた官が態度を和らげ、高齢の優婆塞優婆夷の入道を許した矢先じゃ」

飛鳥寺《あすかでら》の学僧だった行基が寺を飛び出し、数々の社会事業を始めたのは、今から三十余年前。さりながら当時の官は、彼に従う在家信者を、妄言に惑わされた衆愚の輩と断じて追い散らし、行基のことは『僧尼令』の定めを無視した稀代の売僧《まいす》と非難した。

とはいえそんな行基に帰依する者は、貴族の中にも多く存在した。そして役人に鞭打たれようとも夫役に応じぬ百姓が、行基の勧業となれば、勇躍作事に馳せ参じる様に、官も次第にその態度を軟化させていったのである。

「あれは、おぬしが逐電した翌朝。寺からほど近い辻で、腹を刺された京職の下役の遺骸が見つかり、大騒動になってのう。栄慶は覚えておるか。確かひどく風の冷たい、晴れた朝であった」

「おお、そんなことがございました」

庭にうずくまっていた栄慶が、膝を叩いた。

「殺されたのは確か、左京職の使部。名は安都の某《なにがし》とやらいう名であったと、記憶してございます」

がつんと頭を殴られたような衝撃を覚え、真楯は栄慶を振り返った。

(安都――)

蜥蜴を思わせるあの造仏所舎人の顔が、脳裏をよぎる。そうだ、あの雄足はいつか、真楯たちに亡き父のことを語りはしなかったか。

「あの日から十七年、わしはおぬしの出奔はただ、寺の暮らしに飽いたゆえと思うておった。されど宮麻呂が造仏所炊屋で働いておる、すなわち逐電は御仏に背を向けてのことではないと知り、わしはある事実に思い至った。そしてこのままそ知らぬ顔で、くたばるわけには行かぬと考えたのじゃ」

のう宮麻呂、と尋ねかける声は、ひどく優しげであった。

「あの晩、おぬしは何を致した。寺を、いやそこに生きるわしらを守らんがため、おぬしは取り返しのつかぬ過ちを犯したのではあるまいか」

――ふん、帝にまつろうても、所詮蝦夷《えみし》は蝦夷。面従腹背して、何を考えておるのかわからぬ奴らだ。

あれは陸奥国《むつのくに》から来た乙虫《おとむし》に、無実の罪が着せられた折。雄足は左京職の使部をしていた父は、逃亡を目論んだ陸奥国の仕丁に刺されて死んだと語った。まさか。いや、そんな偶然が、そうたびたびあるものか。

大きな目を見開いて雄足の背を見つめる宮麻呂の姿が、脳裏に蘇る。自分たちに理解できぬ蝦夷の言葉を自在に操る様が、奴婢に残った飯を振る舞う様が、舞い散る落葉のように次々と浮かんでは消えた。

(宮麻呂、あんたは――)

彼が乙虫の言葉を理解できたのも、造寺司の役人に刃向かってまで彼を庇ったのも当然だ。遠き「道の奥《みちのく》」から徴発され、その訛《なま》りと生国ゆえに蝦夷と蔑《さげす》まれた乙虫。彼はかつての宮麻呂の姿そのものだったのだ。

諸国から徴発される仕丁の中には、厳しい課役に耐えかね、労役半ばで京《みやこ》を逃げ出す者も珍しくない。乙虫同様――いやひょっとしたらそれ以上の蔑視に耐えかねて逃亡を企てた宮麻呂は、行基とその弟子に助けられ、菅原寺に身を寄せるに至った。さりながら貧民孤児の救済の場である菅原寺も、逃亡役夫の宮麻呂には決して、安住の地とはなりえなかったのに違いない。

「宮麻呂、おぬしはその使部に、菅原寺におるところを見つかってしもうたのじゃろう。そしてわしらを守らんがため、その者を手にかけたのではないか」

菅原寺が逃亡役夫を匿っていたと知れれば、行基たちへの弾圧は再び激化する。出家の許可は取り消され、場合によっては菅原寺は破却されるやもしれない。

（そうか、だからあんたは俺たちを――）

三宝を信じぬ宮麻呂が、なぜ造仏所の炊男をしているのか、ようやくわかった。

殺生戒は、仏の戒めの一つ。生き仏たる行基を守るためとはいえ、それを破った罪は大きい。それゆえに宮麻呂は造仏所仕丁を支えることで、己が罪の償いに代えていたのだ。

昨夜、小刀良を激しく怒鳴りつけた宮麻呂。彼の目に小刀良は、あえて仏の救いに背を向けた、かつての自分自身と映ったのかもしれない。

「この十七年間、なにも気付かぬまま日々を過ごして来たわしを、おぬしは蔑んでいるやもしれぬ。されどもう少しだけ、凡俗愚夫たるわしの言葉を聞いてくれぬか」

行基の声が耳に届いていないわけはなかろうに、宮麻呂はただひたすら碾磑を挽き続けている。そんな彼に向かい、行基は寝台から軽く身を乗り出した。

「人を殺《あや》めたおぬしは、紛うかたなき世の罪人。されどおぬしは我が身を罪に堕してでも、わしらを守らんとした。そして今もなお大仏を造る者たちを、助けんと努めておる」

ならば、と続ける声が、寝間に低く響いた。

「おぬしの行ないは我が身を捨てて、飢えた虎を救わんとした薩埵王子《さつたおうじ》のそれも同然。宮麻呂、おぬしは罪人ではあれど、この世に生きる仏じゃ」

宮麻呂は唐突に、米を挽いていた手を止めた。耳が痛くなるほどの沈黙の中、かろうじて聞き取れるほどの小声で、

「——わしはさような尊き身ではありませぬ」

と呟き、米粉を元の袋に納め始めた。

「いいやよく聞け、宮麻呂。人は過ちを犯すがゆえに御仏を求め、その末に悟りを得る。釈尊は釈尊であるがゆえに、尊いのではない。もとは愚かなる人であったがゆえに、尊いのじゃ。ならば愚かなる手立てで人を救わんとしたおぬしが、尊からぬ道理があろうか」

仏なぞおらぬ、と宮麻呂は吐き捨てる。それは人を殺めねばならなかった己の境涯に対する恨みであるとともに、おらぬ仏を希求する鬼哭啾々《きこくしゅうしゅう》たる叫び。仕丁を支えることに全身全霊を傾ける宮麻呂は、きっと作事場の誰よりも激しく、御仏の救いを求めているのに違い

ない。

続けて何かを口にしかけ、行基はぜえぜえと激しく息を喘《あえ》がせた。はっと顔色を変えた栄慶が、足半を蹴り捨てて寝間に上がり、そんな師の背を懸命にさすった。

宮麻呂は大きな唇を強く引き結んだまま、無言で己の膝先を見つめていた。だが不意に米の袋を真楯の膝元に投げつけるや、

「わしは帰る。真楯、割り粥はおぬしが煮るのじゃ」

と言い捨て、さっとその場に立ち上がった。

「ま、待ってください、宮麻呂」

「沸いた湯にその米粉を放り込み、あとは米が蕩《とろ》けるまで煮ればよい。何も難しくはあるまいて」

「違います。そういうことではありません」

とはいえ、何と言って彼を留めればいいのか分からない。真楯が口ごもる間にも、宮麻呂は荒い息を繰り返す行基に軽く一礼し、そのまま寝間を後にした。

「待て、宮麻呂」

立ち上がろうとした栄慶を、寝台から伸びた細い腕が留める。弱々しげに首を横に振り、行基は「よい、行かせてやれ」と苦しげな息の下から言った。

「帝の帰依を受け、大仏勧進聖まで引き受けながら、わしらは己が手を血に汚した宮麻呂の心中に気付いてやれなんだ」

わしは、と続けながら、行基は疲れたように目を閉ざした。

「大徳でも、菩薩の生まれ変わりでもない。他者のために殺生戒を犯した宮麻呂の足元にも及ばぬ、無明煩悩の輩じゃ。かようなわしに出来るのはただ一つ、かつてのその行ないが誤ってはおらぬと宮麻呂に伝えることのみ。それが果たされ、もはや思い残すことはないわい」

「行基さま――」

栄慶が拳でぐいと、目尻を拭った。

開け放されたままの板戸の向こうからは、昨夜とは打って変わって生温かい夜風が流れ込んで来る。

真楯は堅く唇を噛みしめ、宮麻呂が投げた米の袋を鷲摑みにした。小走りに庭に降り、煮えたぎる湯に米の粉を投じた。

水を吸い、細かく砕かれた米が湯の中でさっと溶け、乳白色の湯の表面がふつふつと揺らぐ。やがてどんな美味も及ぶまいと思われるほど甘やかな香りが辺りに満ち、柔らかな夜風と入り混じって、庭先に薄い靄《もや》を刷いた。

その夜、真楯が菅原寺を辞したのは、淡い暁の光に星々が輝きを失い始めた夜明け前。見張りの使部に銭を握らせて柵を通り、そのまま炊屋に向かえば、すでに朝餉の支度が始まっているのであろう。激しく湯気を吹き上げる竈の前に、宮麻呂が大きな背を丸めてしゃがみこんでいた。

「真楯か」

こちらを振り返った傍らには、荇《あさざ》の葉が笊《ざる》いっぱいに盛られている。煮えたぎる汁鍋にそれを放り込みながら、

「行基さまは割り粥を召し上がられたか」

と、常と変わらぬ口調で問うた。

「はい、ほんの半椀ほどでらっしゃいましたが」

真楯が湯気を上げる椀を差し出すと、行基は震える手でそれを押しいただき、栄慶の介添えを断って、ひと匙《さじ》ひと匙、舐めるように粥を口にした。

そうして粥がすっかり冷えきってしまうほど長い時をかけてそれを平らげると、少し眠ると言って横になったのであった。

「そうか。それはよかった」

荇を投じ終えた汁鍋に、塩と醤滓《ひしおかす》を加える。そして漬物用の小皿を台の上にずらりと並べ、折しも炊き上がった甑《こしき》を降ろした。

あと四半刻もすれば牟須女と秦緒、それに目を覚ました仕丁たちが押し寄せ、炊屋は市場の如き賑やかさとなるだろう。

真楯に再び背を向け、宮麻呂は次の甑を竈に載せた。炊き立ての飯の甑に木蓋をかぶせながら、

「あの使部が憎うて、手にかけたのではない」

と、ぼそりと呟いた。

「かように申しても、おぬしには何が何やらわからぬであろうな。悪いがしばらく、年寄りの昔語りに付き合うてもらってもよいか」

「……私でよろしければ」

かすれた声で応じた真楯の目を見ぬまま、宮麻呂は一つ小さくうなずいた。

「――かつてわしが生国たる陸奥国小田郡《おたぐん》から徴発された先は、当時再建中であった難波宮《なにわのみや》。今でこそこの寧楽の副都と定められておるが、その頃は一面に草生い茂り、宮城の礎石のみが点々とのぞく荒地であった」

難波京は約百年前、軽《かるの》（孝徳《こうとく》）天皇によって造営された京。しかしその四十年後、火災で

宮城が焼失した後は打ち捨てられ、首天皇が復興を計画するまで長らく、世人から忘れ去られた旧都であった。

「当時はまだ東国からの役夫が、畿内でようやく働くようになったばかりでのう。わしのような陸奥の出は、仕丁仲間からも侮られ、奴婢同然の扱いを受けることもしばしばであった。そんな折、造難波宮司の下役をしておられたのが、安都さまじゃったのだ」

何分昔のことゆえ、御名は忘れてしもうた——と早口でつけ加え、宮麻呂はわずかに目を伏せた。

「年はわしより少し上でいらしたか。他の仕丁やわしにも分け隔てなく接してくれる、人当たりのよいお人であったわい。そういった点は少し、葛井根道さまに似ておられたな」

だが造宮司で働く者の中で、宮麻呂を人並みに扱ったのは、その安都の某《なにがし》ただ一人。残りはみな宮麻呂を蝦夷と罵り、あからさまに見下してやまなかった。

宮麻呂がそんな作事場を出奔したのは、徴用から一年が経った夏。柱に塗る丹《に》が一樽失せ、おぬしが盗んだのだろうと仲間から殴る蹴るの暴行を受けたのがきっかけであった。

怪我をしても手当すらされず、死ねばそのまま打ち捨てられる仕丁など、京ではただの道具に過ぎない。それでも仲間の助けがあれば励まし合って労役に堪《こら》えられようが、仲間どころか自分に濡れ衣を着せるような者たちに囲まれていては、命すらも危ういと考えてであった。

さりながら実際のところ、遠き陸奥から連れて来られた彼に、それはあまりに無謀な試みであった。そして案の定道を失い、飢えて倒れていた宮麻呂を助けたのが、その前年、行基によって摂津国西成郡《せっつのくににしなりぐん》に建てられた善源院《ぜんげんいん》の僧たちだったのである。

「栄慶とはその頃からの縁じゃ。されど善源院は何分、難波宮から近すぎる。いっそ人の多い京のほうが目立たぬであろうと、菅原寺に移るように勧めてくれたのもあやつであった」

官からしてみれば、宮麻呂は公民の務めたる夫役を放擲《ほうてき》した慮外者。とはいえ栄慶たちはあえて官に背かんとして、彼を庇ったわけではない。

棄民に飯を与え、大河に橋をかけ、堤を築く彼らには、官の保護を受けられぬ者は等しく救済の対象であった。それが法に背くかどうかなぞ、問題ではない。ただ目の前の者を助けることだけに邁進する行基の弟子たちにとって、自分たちとは随分異なる言語を用いる宮麻呂もまた、手を差し伸べねばならぬ衆生《しゅじょう》だったのである。

「陸奥の者の言葉は本来、畿内の語と大きな違いはない。それだけに菅原寺に移って半年も経つうちに、わしは優婆塞どもともさして苦労もせず、話を交せるようになった」

行基を生き仏と崇める菅原寺の孤児や寡婦、老人たちはみな、宮麻呂に優しかった。故郷を出て以来、長らく忘れていた穏やかな日々の中で、宮麻呂はいずれ自分は造宮司に出頭せねばなるまいと考え始めた。

折しも時は、行基に従う高齢の優婆塞優婆夷の入道を許す勅が出されたばかり。官の弾劾が緩み始めた今、公民の務めに背いた者がここにいては、寺に迷惑がかかりかねぬと配慮してであった。

無論、畿内の語を自在に操れるようになったとて、己が陸奥の出であることに変わりはない。だが少なくとも言葉さえ通じれば、同輩たちはかつてのように自分を侮りはすまい。作事場での暮らしも少しはましになろうとも思った。

「されどあれは、常は畿内じゅうを飛び回っておられる行基さまが、久方ぶりに菅原寺にお運びになられた日の夕であった。寺で養う童の一人が遊びに出かけ、日暮れ間近になっても戻らなんだのじゃ」

人さらいに遭ったのではと青ざめる老人たちを押し留め、手の空いた者たちは急いで迷子を探しに行った。普段、滅多に寺から出ぬ宮麻呂も、深く笠をかぶり、夕焼けの都大路に飛び出した。

「千切れ雲が朱に染まり、何もかもが血の色に塗り上げられたような、恐ろしいほどの夕焼けであった。後にも先にも、わしはあれほど見事な落陽は見たことがないわい」

ようやく宮麻呂が童子を見つけたのは、西の山々にかかった日が、その稜線を黒ずませ始めた時刻。べそをかきながら、一人の男に手を引かれてこちらに歩いてくる少年の姿に、宮麻呂は安堵のあまり、「このくされものめが」と思わず故郷の言葉で罵った。

「その瞬間、子の手を引いておった男が、ぎょっとこちらを見たのがわかった。そう、よりにもよってその男は、京職に異動されていた安都さまだったのじゃ」

大路に棒立ちになった宮麻呂に、彼は「これは菅原寺の子か」と困ったように呟いた。そして「早う連れて行け」と、強引に童を宮麻呂に押し付けたのであった。

「安都さまはその一瞬で、すべての次第を悟られたのじゃろう。もしかしたら、そのまま知らぬふりをしようと腹を決められたのやもしれぬ。されどそんなあの方を引き留め、今日の深更頃、寺の近くで会えませぬかと囁いたのは、このわしじゃ」

殺さねばならなんだ、と続ける顔は、わずかの間に十も二十も老け込んだかに見えた。

「あのお方が心優しき人であることは、承知しておった。されど役人は所詮役人じゃ。ふとした拍子に相役に口を滑らせぬ保証はどこにもない。菅原寺の者を——わしを助けてくれた行基さまや栄慶を救うには、他に手立てがなかった」

それから先のことは、よく覚えていない。ただ「わかった、後ほどだな」とうなずいた彼の片頰に射した夕陽が不気味なほど赤く、まるで己がこれから為さねばならぬことを示しているかに見えた、と宮麻呂は語った。

「菅原寺を出奔した後は、特に聞かせるような話はない。生きるために盗みもし、人を傷つけもした。されどそんな中でも時折ふと、まだ難波宮で働いていた頃、作事場近くの川で働かれる行基さまご一行を眺めた折の光景を思い出すのは、どういう次第であろうな」

川面にちらちらと雪が落ちていた。だからあれは冬だったのだろう。

雪深い故郷に比べれば難波の冬はひどく暖かいが、かといって水の冷たさが苦にならぬわけではない。上流から流された木材を宮麻呂たちが凍えた手で引き上げる向かい岸で、弊衣に身を包んだ男女が黙々と土を運んでいた。土手下で杭打ちをする男衆は胸先まで水に浸かり、その傍らでまだ十余りと見える子どもらが、畚《もっこ》で運んだ土を踏み固めていた。

——誰に命じられたわけでもないのに、あの者どもはなぜあんなことをするんじゃろ。

仕丁の一人がひとりごちた声が耳に入ったのだろう。見張りをしていた安都が、竹笞《むち》の先を小脇にかい込みながら、小さく笑った。

——あの者たちは、銭なぞ持たぬからだ。

——なんと。あ奴らは銭なしで平気なのでございますか。

口を開けばきっと、陸奥の訛りを笑われる。それがわかっているだけに、話に加わる気にはならないが、ぼろぼろの衣をまといながらも、どこか明るい顔で作業に勤《いそ》しむ彼らがあまりに奇妙で、宮麻呂は我知らず安都の言葉に耳をそばだてた。

——あ奴らは御仏さえおわせば、生きて行けるのじゃと。富者が貧者を助け、力ある者が弱き者を労ればよい。むしろ銭なぞないからこそ、御仏のありがたさを知ることができると申しているそうな。そのように人を信じられるのはうらやましいが、わしの如き凡夫には到底真似できぬなあ。

ひょっとしたら安都はあのときから、行基とその弟子たちに尊敬の念を抱いていたのかもしれない。だからこそあの落陽の中、少年を宮麻呂に引き渡し、すぐさま踵を返そうとしたのかもしれない。

「されどわしは、そんなお方を不安に駆られて引き留め、あまつさえ命を奪った。わしは鬼じゃ、畜生じゃ」

このとき、はるか遠くで、湿りを帯びた鈍い鼓声が響き渡った。夜明けを告げる第一開門鼓が、宮城の楼閣で打たれたのである。

竈にかけられた甑の蓋が、かたかたと音を上げている。宮麻呂は緩慢な仕草で立ち上がり、竈の薪を引いた。ついでに汁鍋を火から下ろし、大きな両手で顔をこすった。

「雄足さまが安都さまのご子息と知った折、これはこの御仁に仇として討たれて死ねという仏のお導きかとわしは思うた。されど先の行基さまのお言葉で、それは過ちじゃったと悟ったわい」

「どういうことですか、宮麻呂」

「わしはただの鬼畜生。鬼は鬼らしく、最後まで足掻《あが》きに足掻かねばなるまいて」

乱暴な言葉面の割に、そう語る目は奇妙な決意を湛えて澄んでいる。それはいったい、と真楯が更に問いかけるのを制するように、牟須女と秦緒がばたばたと炊屋に駆け込んできた。

「あれ、真楯、早いじゃない」

大きく開け放たれた戸の向こうには、明るい曙光が満ちている。

牟須女は怪訝そうに首をひねり、ははあ、と小さく笑った。踵を返して厨に入り、すぐに飯と汁を載せた折敷《おしき》を手に戻ってきた。

「夜中におなかが空いて、眠れなかったんでしょ。いま宮麻呂が漬物を刻んでくれるから、先に食べ始めなさいよ」

牟須女が笑いながら押しつけてきた膳の中央で、温かな荇の汁が湯気を立てている。

瓜の塩漬けを刻み始めた宮麻呂の厳つい背が、その湯気の向こうで淡く煙っていた。

四

小刀良が二日ぶりに炊屋に姿を見せたのは、その朝、炊屋が開いた半刻後であった。

空腹と良心の呵責、双方に責め苛まれているのだろう。その足取りは覚束なく、いまだ危なっかしげであった。

「風病はどうだ、もうよくなったのか」

折敷を手にした小刀良は、真楯の言葉にきょとんとした顔になった。だがすぐに暗い面持ちで目を伏せ、大きな溜息をついた。

「真楯……俺、これからいったいどうしたらいいんだろう」

その目尻には、薄《うっす》ら涙が浮かんでいる。

真楯は慌てて、「何を弱気になってるんだ」と声を張り上げた。

「風病ぐらい、大したことじゃないだろう。幸い、作事は今日まで休み。今は温かいものを食って、明日からまた踏ん張りゃいいんだ」

「うん。でも――」

「具合が悪けりゃ、手助けしてやるからさ。いいか。わかったな」

真楯の強引な口調に、小刀良は気圧《けお》されたようにうなずいた。折敷に置かれた箸を取り、ようやく飯を食い始めたその矢先、

「大変だ。行基さまが危篤らしいぞ」

炊屋に駆け込んできた鮑人が、顔を引きつらせて叫んだ。数人の仕丁があっという間にそれを取り囲み、「なんだと、本当か」と口々に問いただした。

「おお、本当だ。鋳所に手伝いに来ていた優婆塞どもが、菅原寺からの報せを受けて、泡を食って飛んで帰りやがった。聞けば先ほど不意に坊主どもを集められ、わしは本日のうちにこの世を去ると告げて、そのまま意識を失われたそうだ」

真楯ははっと厨を振り返った。青ざめた顔で立ちすくむ牟須女と秦緒の向こう、無表情にこちらを見つめている宮麻呂と目が合った。

「こうしちゃいられねえ。俺は菅原寺に行くぞ。行基さまのご快癒を、門前でお祈りするんだ」

鮑人の声に、仕丁たちがおおとどよめいた。

「だったら俺も行く。宿舎にいる奴らにも、声をかけてくらあ」

「ま、待って下さい。私も行っていいですか」

狼狽《ろうばい》しきった顔で彼らと宮麻呂を見比べた秦緒に、宮麻呂が重々しくうなずいた。

「こちらのことは気にせず行って来い。されど夕餉までには、一度戻れよ」

仕丁たちは普段言葉にこそ出さねど、みな行基を敬愛している。それだけに我も我もと彼らが飛び出していくと、後に残ったのは小刀良と真楯のみであった。

よほど慌てていたのだろう。あちらこちらの卓に、食べかけの膳が幾つも置きっ放しになっている。手早くそれらを片付けながら、牟須女が暗い顔で吐息をついた。

「行基さまももうお年だものねえ。そりゃ、いつ亡くなられてもおかしくはないけど」

しかし奇妙にも今の真楯には、危篤の行基より、宮麻呂の身が案じられてならなかった。

この十七年間、彼はどれほど激しい後悔と孤独の中にいたのだろう。宮麻呂を慕い、その飯を旨い旨いと喜んで食う自分たちは、少しでも彼の心の支えになっていたのか。行基に諭されてなお人殺しの罪を背負い、己を鬼と言い張る宮麻呂が、ひどく哀れであった。

「何なら、牟須女も行って来い。どうせ今日も、中食は作らぬでなあ」

竈の火を落としながらの宮麻呂の言葉に、牟須女はううんと首を横に振った。

「あたしは別にお弟子じゃないもの。ただでさえ混み合っているお寺にそんな者までが押しかけちゃ、かえってご迷惑だわ」

行基がこれまでに建てた施院は四十九院。加えて架橋築堤といった地域に密着した土木事業を行なってきた彼を慕う者は、寺外にも数多い。それだけに今頃菅原寺は穏やかなご臨終とは程遠い大賑わいのはず、と牟須女が珍しく殊勝なことを述べた時である。

「おぬしら動くなッ」

突如、威圧的な声が響き、数人の男たちが正面の板戸と厨側のくぐり戸から同時に炊屋に踏み込んできた。

「な、何よ、あんたたちッ。——痛ッ」

悲鳴と叩戸の割れる音に振り返れば、安都雄足が牟須女の腕をねじ上げている。その背後では手鉾《てぼこ》を脇にかいこんだ使部が三人、光る矛先《ほこさき》をこちらに向けていた。

「あんたたち、何か勘違いしてるんじゃないの。あたしたちがいったい何したってのよッ」

牟須女は怒り出すと、相手の区別なく食ってかかる癖がある。腕を振りほどこうと暴れる彼女を手近な卓に押さえつけ、

「勘違いではない」

雄足は真楯たちを、ぎろりと睨み据えた。

その腰には大刀が下がり、身動きするたびがしゃがしゃと剣呑《けんのん》な音を立てている。なおも暴れようとする牟須女を足元に突き飛ばし、

「雇女はともかく、おぬしらは心当たりがあろう。おとなしく造寺司まで来い」

と、残る三人に命じた。

「心当たりじゃと。さて、何のことであろう」

宮麻呂がいつもの仏頂面で、つかつかと雄足に近づく。「動くなッ」という恫喝《どうかつ》とともに突き付けられた手鉾の穂先を、呆れたように見下ろした。

「とぼけるな。おぬしと真楯は、そこな小刀良が毘盧舎那大仏に付け火を働いたのを知りながら、あえてそれを庇ったであろう。おぬしらが火事に居合わせながら途中で姿を消したことは、造寺司の使部どもがこぞって証言しておる」

名指しされた小刀良の顔は蒼白に変わり、がたがたと小さく全身を震わせている。そんな彼には目もくれず、宮麻呂は鬚に覆われた口許に冷ややかな薄笑いを浮かべた。

「なんじゃ、そんなことか。わしはまた雄足さまが、十七年前の仇《かたき》を討ちに来られたのかと思いましたわい」

「仇討ちじゃと」

雄足の形のよい眉が、険しくひそめられた。

「おお、さようでございます。いつぞや雄足さまは、父君が陸奥からの仕丁に刺されて亡くなったと仰せられましたなあ。その仕丁の名は、ご存知ですか」

（まさか――）

ぎょっと仰いだ宮麻呂の顔は、今までに見ぬほど下卑た表情を浮かべていた。

「ご存知でなければお教えいたしましょう。その仕丁は陸奥小田郡から参った宮麻呂なる男。かく申すわしでございます」

「なんだと」

雄足の目が、大きく見開かれる。だがすぐにきっと眦《まなじり》を決し、「世迷言《よまいごと》を申すな」と低い声で宮麻呂を叱咤した。

「小刀良への疑いを逸《そ》らすため、さような偽りを述べても無駄じゃぞ。ええい、怪我をさせても構わぬ。全員、ひっ捕えよッ」

おおッと声を上げ、使部が手鉾を構え直す。

そんな彼らを「偽りではないわッ」と一喝し、宮麻呂は黄色い歯をにやりと剝き出した。

「どうしても信じられぬのなら、小刀良を捕えられませ。されどその場合、造寺司はこの世にまたとない宝を失うことになりますぞ」

言いながら宮麻呂はひどくふてぶてしげに、手近な床几に腰を下ろした。

そのあまりに剛胆な態度に、ただならぬものを感じ取ったのだろう。雄足はしばらくの間唇を真一文字に結んでいたが、やがて強く眉根を寄せたまま、軽く片手を振った。

心得たように、部下たちが表口と裏戸から退く。最後の一人が音を立てて木戸を閉ざすと、「のう、雄足さま」と宮麻呂はしゃがれた声をゆっくりと絞り出した。

「あなたさまの父君を殺めて以来、わしはずっとその償いをせねばならぬと思うてまいりました。帝が紫香楽宮で毘盧舎那大仏造像を発願なさるや、炊男として作事場にはせ参じたのも、それゆえでございます」

不審があれば、すぐさま宮麻呂を斬る腹なのだろう。いつしか雄足の右手は、大刀の柄《つか》にかけられていた。

「先ほども申しました通り、わしの生国は陸奥小田郡。実はこの郡のある川では、昔から稀《まれ》に眩《まばゆ》く光る粉が流れましてなあ」

「粉じゃと――」

「とは申しても、それを知る者は里でもほんのわずか。何せ京より遠き鄙《ひな》の地ゆえ、それを見た里人同志、奇妙なこともあるものじゃと囁き合うのが関の山でございました。されど造仏所の前の仕丁頭であった大麻呂は、元鋳師。何の折でありましたか、その川の話を聞かせると、あ奴め、それは砂金ではと申しましてのう」

宮麻呂が語るにつれ、雄足の顔から次第に血の気が失せて行った。

『華厳経《けごんきょう》』に説かれる毘盧舎那仏は、宇宙に光り輝く太陽の化身。それだけに大仏の総身鍍金は、この作事には欠かせぬ大事である。

それにもかかわらず一向に国内で金が見つからぬことを受け、首天皇は名だたる名僧知識に黄金産出を祈念させ、そのために近江国に寺まで建てさせた。

国中が血眼《ちまなこ》で黄金を求める最中《さなか》、陸奥国に黄金の花が咲くとは。本来なら、国中が喜びに沸き返るほどの慶事であった。

「大麻呂の弁が真《まこと》であれば、わしには何よりの罪の償い。そこで労役が明けたあ奴と打ち合わせ、陸奥に向かってもろうたのが、かれこれ二年前でございました。以来大麻呂は時折、わしに文を送って参りましてなあ」

思い返せばこれまで、宮麻呂の元にはしばしば役夫を通じて便りがもたらされていた。それは作事場で宮麻呂に世話になった仕丁が故郷から寄越した礼状とばかりと思っていたが、ではあれはすべて前の仕丁頭たる大麻呂からの文だったのか。

「それによれば、わしが大麻呂に教えた川は、まさに黄金の流れ。すでにあやつは川端に小屋を建て、一人で金を冶《う》っておるそうでございます。叶うことであれば帝に献上し、大仏鍍金に用いていただきとうございますが――」

「ど、どこなのだ。金はいったい、陸奥のどこから出るのだッ」

持って回った言い方をする宮麻呂に、雄足が普段の冷静さをかなぐり捨てて詰め寄った。

さりながら宮麻呂は悠然と雄足を見上げ、「それは容易くお教えできませぬ」と言い放った。

「ふざけるな。おぬし、我が父を殺めた罪を贖わんがため、金を大仏に奉《たてまつ》る腹ではなかったのか」

宮麻呂の言葉が真実との確証は、どこにもない。しかし大麻呂が夫役終了後、郷里への道中に姿を晦《くら》ましたと知る雄足は、それが偽りではないと直感した様子であった。

宮麻呂はにやりと頬を歪《ゆが》めた。両の掌を力一杯腿に打ち付け、はいと大きくうなずいた。

「確かにその時は、そう思うておりました。されどここに来て、気が変わりましたわい」

「何だと」

「天下の至宝たる金の在《あ》り処《か》、ただお教えするわけには参りませぬ。いかがでございましょう、雄足さま。陸奥の黄金、この小刀良の罪と引き換えにしていただくというのは」

「お、愚か者ッ。畏れ多くも帝御願の大仏に火を放った不届き者を許せだとッ」

怒声とともに鈍い音が響いた。雄足が握りしめた拳を傍らの卓に叩きつけたのだ。

空の叩戸や椀が、がしゃりと耳障りな音を立てる。それにもお構いなしに、宮麻呂は平然と「さようでございます」と言い放った。

「悪い取引ではございますまい。何せ我が国内での産金は、帝の悲願。天下の富、天下の勢いを悉《ことごと》く手中に収められる帝でも、唯一手に入れられぬのが黄金でございましょうが」

大規模な作事を批判する匿名の投書、間もなく遷化《せんげ》するであろう行基……大仏鋳造は最後の鋳造を目前に、暗澹《あんたん》たる黒雲に覆われんとしている。そんなところに大輪の花の如き黄金がもたらされれば、世人はこぞって帝の威徳を讃え、大仏に帰依するに違いない。

どんなに手を尽くしても、今まで一粒たりとも得られなかった金。それはまさにこの未曽有の作事の成否を定める、一条の力強い光のはずであった。

「卑怯な。おぬしは自らの悪事を棚に上げ、またしても非道な真似を致すのか」

「卑怯卑劣は百も承知。お嫌であれば、小刀良やわしらをひっくりなされい。されどその場合、もはやこの大仏鋳造は失敗に終わると覚悟めされよ」

（だ、駄目だ。宮麻呂）

わしは鬼畜生じゃ、という痛切な声が、耳朶《じだ》の奥に甦る。宮麻呂は小刀良を助けんがために、至誠から始めたはずの金採掘を、醜い取引の道具に使おうとしている。その宮麻呂の至心が、真楯にはひどく痛々しく映った。

雄足は両目を血走らせて、にたにたと笑う宮麻呂を睨みつけている。真楯は両手を振り回しながら、その間に割って入った。

「な、なりません。二人とも、そんな取引など止めてくださいッ」

「ええい、真楯。おぬしは退いておれッ」

宮麻呂が両目を吊り上げて、襟首を摑む。真楯は両手両足を激しくばたつかせて、必死にそれに抵抗した。

「仏への尊い奉仕を、そんなことに使っちゃいけません。宮麻呂はさっき、殺したくて殺したわけではないと言ったじゃないですか。それを後悔したがゆえの金の献上をこんな取引に用いては、雄足さまの父君も彼岸で悲しまれましょう」

「真楯、おぬし――」

宮麻呂の顔から、薄笑いが拭ったように消えた。

「俺は、俺たち仕丁は、宮麻呂がどれだけ一生懸命飯を作っているのか、よく知ってます。俺たちにとっての仏は、あのでかい大仏じゃありません。炊屋で飯を食わせてくれる、宮麻呂なんです」

作事場に初めて来た日に口にした、茸《きのこ》と青菜の汁。冬の寒さにかじかんだ身体を温める猪《いのしし》汁、丁寧に漬けられた蕨《わらび》の塩漬け、彼自ら川で捕獲した鰻《うなぎ》の粥――仕丁一人一人の身を案じ、つつがなく作事を続けさせるために考えられた膳の、なんと滋味に満ちていたことか。

初めて作事場に連れられてきたあの秋の日、真楯はこんな旨い飯が食えるのなら、少しぐらい我慢をしようと心に誓った。そして同じ宮麻呂の飯を食う仲間に支えられ、厳しい労務に耐えて来たのだ。

ならば人殺しであったとしても、宮麻呂は鬼畜生などではない。自分たち仕丁の仏だ。その仏に、これ以上の非道はさせてはならない。

真楯は雄足に向かい、がばと両手をついた。むき出しの土を握りしめ、地面に額をこすりつける。その頭上から、

「——仏だと」

と、恐ろしく低い声が降ってきた。

「おぬしが申す仏は我が父を殺め、今、国中が渇望する金を餌に、卑劣な取引を持ちかけておるのだぞ。それでもおぬしはこの宮麻呂を仏と呼ぶのか」

真楯は両の手を拳に変えて、雄足を仰いだ。

無学な自分が、作事場きっての切れ者である彼に、弁舌で敵《かな》うはずがない。それを嫌というほど理解しながらも、真楯は「はい」と小さく、だがきっぱりと雄足の言葉に首肯した。

「誰がなんと言おうと、宮麻呂はこの造仏所の仏です。いいえ、宮麻呂だけじゃありません。雄足さまも小刀良も俺も牟須女も——ここで働く者たちはみな、世のための仏ですッ」

——釈尊は釈尊であるがゆえに、尊いのではない。もとは愚かなる人であったがゆえに、尊いのじゃ。

行基の言葉が、胸にこだまする。

完璧無比なる人間なぞ、この世にはいない。止むに止まれぬ理由から人を殺めた宮麻呂。妻子を失った悲しみから、大仏に火を放った小刀良。過ちに手を染めざるをえない愚かな存在だからこそ、人は仏になるのだ。

ひどく温かなものが触れた気がして振り返れば、宮麻呂が真楯の肩に皸《ひび》だらけの手を置いている。

ぐいと真楯の肩を押しやる宮麻呂を睨み付け、雄足は柄にかけていた手に力を込めた。大刀の飾り金具ががちゃりと鳴り、二人の眼差しが険しく交錯する。雄足は血の気のない唇を真っ直ぐ引き結び、宮麻呂に一歩詰め寄った。

しかし不意に肩がすぼむほどの大きな息を吐くと、雄足はまるで熱いものに触れたかのように、大刀から手を離した。

「ほとけ、仏か——。ならば今のわしには、宮麻呂は斬れぬではないか」

己に言い聞かせるように呟くや、両の手を拳に変える。大きく一つ、吐息を漏らし、彼は炊屋の天井を仰いで双眸を閉ざした。

「情けをかけるわけではない。されどわしは造仏所の官人。作事を無事に進めるためには、仕丁たちが仏と慕う男を、私怨で斬ることはできぬわい」

宮麻呂が大きく目を見開き、何事か言いかける。その鼻先に素早く指を突き付け、「勘違い致すな」と雄足は打って変わったように、いつもの冷然たる声で言い放った。

「おぬしを許すわけではない。我が父の仇は、いずれ取ってくれる。無事に作事を終えるその日まで、宮麻呂、おぬしの命はこの安都雄足が預かるのだ」

ひっと聞こえた引き息は、呆然と尻餅をついたままの牟須女のものか。あまりに思いがけぬその言葉に、真楯は弾かれたように宮麻呂を顧みた。

だが宮麻呂は信じられぬという表情をしながらも、

「――小刀良の件は如何あいなりまする」

と、粘り強く畳みかけた。

「小刀良だと」

不愉快そうに眉根を寄せ、雄足は今にも倒れそうな顔色の小刀良をうとましげに見やった。

「かように賤しい仕丁一人の命と、天下の大宝、引き比べるまでもあるまいのう」

ちっと小さく舌を鳴らし、宮麻呂に目を転じた。

「間違うではないぞ。これもまた、小刀良の命を惜しんで助けるのではない。仕丁如きの命なぞ、大事の前の小事。毘盧舎那仏の無事の建立を果たすために、やむを得ず目をつぶってやるだけだ」

「まことでございますな。雄足さま」

念押ししながら宮麻呂は、牟須女を顎で指した。

「今のお言葉、あの牟須女が証人でございますぞ。牟須女の父御は、高市大国さまの配下の鋳師、朱元珞《しゆのげんらく》。万が一にもお言葉を違えられた暁には、雄足さまは鋳師衆みなを敵に回したとお思いくだされ」

「わかった。わかった。おぬしも案外、しつこい男じゃな。――して宮麻呂、その金はいったいいずくの地で取れるのだ」

宮麻呂はしばらくの間、雄足の顔をじっと凝視していた。やがて腹をくくったように床几に座り直すと、「それでは申し上げましょう」と重々しげに口を開いた。

「場所は小田郡の西、戸尾山《とおやま》と申す山の麓。神社とは名ばかりの古社の脇を流れる佐目川《さめがわ》が、砂金を出す川でございます」

「佐目川、佐目川か。今の陸奥国守は確か、従五位下百済王敬福《くだらのこきしきようふく》さまでいらしたな」

「さようでございます。ならばわしから大麻呂に文を送り、百済王敬福さまの元に金を見つけたと名乗り出るよう伝えましょうかな」

「うむ、そう致せ。さすれば敬福さまは喜び勇まれ、すぐさま寧楽に使いを寄越されよう。今日は二月の二日。宮麻呂の文が届くのに半月かかるとしても、この月の末には黄金産出の便りが京に届く道理か」

宮麻呂の深い苦しみによってもたらされた、大輪の花の如き黄金。その鬼哭の花が寧楽に咲く日には、春日の山々には桃の花が開き、作事場のそこここは萌え出たばかりの若草で埋め尽くされているであろう。

人はいつか、必ず死ぬ。行基が世を去り、宮麻呂が世を去り——やがて真楯もまたこの世から消えたとしても、自分たちが土を捏ね、棹銅《さおどう》を運んで築き上げた毘盧舎那仏は、千年先までこの地に残るであろう。だとすればこの作事に携わった自分たちはみな、あの巨大なる仏の小さな欠片《かけら》なのだ。

人を殺めた宮麻呂はその罪によって仏となり、そんな彼の作る飯を糧に、自分たちは仏を造る。

これから大仏の鋳浚えに二年、鍍金に一年。この先も続く作事の中で、自分は数々の仲間と出会い、彼らの中に仏の姿を見よう。

そう、未曽有の巨仏を造らんという首天皇の発願は、やはり数多くの人々を仏の道に誘ったのだ。

「ええい、気が抜けて、何やら急に腹が減ってきた。ここは炊屋であろう。宮麻呂、何か食わせぬか」

「炊屋の飯は、仕丁の場合は三食あたり米一升が定め。されど造寺司のお役人衆の場合は、一食あたり米六合をいただきますぞ。それでよろしければ、今日の汁は苻菜。それに瓜の塩漬けが付きますわい」

「なに、朝餉の残り物に、物代（代金）を取ると申すのか。これで作事場一の炊男とは、いったいどういうわけだ」

しかし、真楯は知っている。宮麻呂はきっと今から雄足のために、竈の火を掻き立て、飯も汁も丁寧に温め直すだろう。干からび始めた小皿の瓜を捨て、漬物用の叩戸から取り出した新しい瓜を刻むに違いない。

この作事場に、宮麻呂ほど他人の身を案じ、作事の無事を願う者はいない。そしてそんな宮麻呂の温かな心が、ここに集う者たちを仏に変えるのだ。

「宮麻呂。もう一膳、私にも飯をください」

真楯は大きな声を張り上げ、雄足を押しのけるようにして厨を覗きこんだ。

「ええい、よく食う奴じゃな。とはいえおぬしらからは、余分な米を取れぬ。後で厨の片付けにこき使ってやるゆえ、覚悟いたせよ」

芳しい汁の香が、早くも鼻先に漂ってくる。

はい、とうなずきながら、真楯はそれを胸いっぱい大きく吸い込んだ。

腹の虫がこの場には不釣り合いなほど高く、ぐうと間抜けな音を立てた。

解説

西條奈加《さいじようなか》（作家）

時は奈良時代、そして大仏造立。と、ここまできけば、誰しも思うはずだ。

「ああ、奈良の大仏を製作する過程を描いているのだな」

そう、この作品は、大仏造立を主題においた、肩が凝るほど壮大な歴史小説――では、まったくない。

ホームズとワトソンめいた二人が登場する推理小説であり、さらに読者には二度美味しい、お食事ミステリーとなっている。

この時代背景、舞台設定をもって、食ミステリーを書こうとは。この作者以外、誰にもできないし、思いつきもしないはずだ。

澤田瞳子という作家の魅力は、その独自性と意外性にある。

澤田さんは作家になる前は、歴史研究家をなさっていた。専門は奈良仏教史。なあんだ、その道の玄人《くろうと》ならあたりまえ――と、納得する方もいるだろうが、優れた学者が面白い小説を書けるわけではない。系統立った学識は、一般常識と同様に、自由な発想の妨げともなり得るからだ。史実の隙間を縫《ぬ》うようにして自在に飛びまわるには、遊び心が欠かせない。本作からはその遊び心が、存分に感じられた。

　澤田さんと初めてお会いしたのは六年前、第十八回中山《なかやま》義秀《ぎしゅう》文学賞の授賞式だった。福島県白河《しらかわ》市で行われ、前年受賞者が出席し祝辞を述べるという慣例がある。前年の第十七回、デビュー作の『孤鷹《こよう》の天《てん》』により最年少で受賞されたのが澤田瞳子さんだった。他にも、新田次郎文学賞をはじめ数々の賞をとられ、代表作の『若冲』と『火定《かじょう》』は、直木賞候補に挙がったことも記憶に新しい。いま伸び盛りの、若手歴史作家である。

　時代小説作家の澤田ふじ子さんの娘さんだということも、白河でお会いした折に知らされた。時代物を書く上で、密かにお手本にしていた、大好きな作家のひとりである。

　それだけに、澤田先生のお嬢さんかと、内心ではかなりどぎまぎした。

　見かけはおっとりとして、上品な佇まい。果たして話が合うだろうかとの気構えもあったが、緊張はすぐに解《ほぐ》れた。話してみると、瞳子さんはとても面白い方だった。気取りがなく朗らかで、歳は私の方がひとまわり以上も上になるのだが、まったく齟齬《そご》を感じない。一緒にいると、とにかく楽しい。

以来、京都在住の澤田さんが東京に来られる折に、おしゃべりに精を出している。

つい、個人的な話になってしまったが、物語の内容に戻そう。

舞台は、大仏造立にあたる仕丁《しちょう》のための炊屋《かしきや》、つまりは工事現場の作業員のための賄《まかない》所《しょ》である。主人公は仕丁、工事現場で働く若者で、ワトソンと同様に探偵の助手として狂言回しの役を担う。そして探偵は炊男《かしきおとこ》、賄所を仕切る飯炊きの親父。鬚面の四十男と見かけは冴えないが、ホームズばりの推理力を発揮する。

この設定だけでも、奇抜過ぎる。現代に直すと、工事現場のあんちゃんと、毎日通う定食屋の親父の組み合わせである。「工事現場ミステリー」なんて、きいたことがない。

しかしよく考えると、これは上手い。常に危険と隣合わせの仕事であり、作業員は方々から集められた、いわば見知らぬ者同士。いくら安全に留意しても事故の危険は否めないし、作業員同士の喧嘩や揉め事も、いつ勃発してもおかしくない。さらには資材が盗まれたり、近くの飯場とのいざこざが持ち上がったりと、トラブルの種には事欠かない。

これを鮮やかに解決していくのが、炊男の宮麻呂《みやまろ》である。料理に関する知識はもちろん、いったいどこで覚えたのかと周囲が舌を巻くほどに、広い分野にまたがった知恵者である。

この宮麻呂の過去、いわば正体が、本作の骨子《こつし》ともいうべき大きな謎であり、主人公の真《ま》楯《たて》は、物語を追うごとに少しずつ近づいてゆく。

そして本作のもうひとつの読みどころは、宮麻呂が作る食事にある。干し茸《きのこ》と青菜の塩汁、荒醤《あらびしお》で煮しめた鰻、猪汁と干し菜の塩漬け、鮒《ふな》の煮付けに呉汁《ごじる》、菜飯に鶏の揚げ物と、どれも実に美味しそうだ。古代において、これほど豊かな食文化が根付いていたことに、まず驚かされる。ある意味、獣肉を禁じていた江戸時代よりも、現代の食に通じる献立も多い。

また、味噌や醤油の原形である「醬」や、鰹出汁の前身たる堅魚《かつお》の煎汁が、すでに存在していたことも興味深い。鰻が夏痩せに良いとされ、温石《おんじやく》と呼ばれる懐炉があり、炭の脱臭効果を利用していたなど、古代豆知識にも事欠かず、合わせて楽しい。

一方で本作には、この時代の負の部分も描かれている。

その代表が、奴婢《ぬひ》であろう。この国に奴隷制度があったということさえ忘れ去られているが、平安時代まで公然とまかり通っていた。彼らは人ではなく物と同義で、家畜と同じあつかいを受けた。食事は日に一度きり、しかも糊に使う粉米や、馬に与えるフスマが粥の材とされ、まさに家畜の餌である。風呂にも入れず、不衛生な環境下で、終生にわたって重労働を課せられる。きちんと世話を受けていた牛馬の方が、よほどましかもしれない。きつい暮らし以上に、自尊の一切が許されない彼らの切なさが哀れでならない。

それでも物語の中の奴婢たちは、ひどく闊達で生き生きと描写されている。猿のように身軽で豪胆な少年、舎薩《しゃさつ》、胸がすくほど気風の良い女奴婢頭の南備《なび》、悪事をはたらく馬馗《うまくび》さえも逞《たくま》しさを感じさせる。

そして差別を受けるのは、奴婢に留まらない。「みちの奥」で登場する、陸奥《むつ》から来た乙虫《おとむし》である。寧楽《なら》からすれば日本の辺境であり、中央の統治に逆らって未だ叛乱が尽きぬ未開の地。言葉の違いも手伝って、蝦夷《えみし》と蔑まされる。

平民たる真楯や鮠人《はやと》、小刀良《ことら》、仕丁頭の猪養《いのかい》ですら、身分という差別の中に否応なく組み込まれる。故郷から引き離され、危険な作業場で使役され、身内の不幸にも帰郷が許されない。大怪我を負ったり、命を落とす者さえいるが、その高みに立つ者は足許を見ようとしない。己の権に固執し、上に阿《おもね》り、下を切り捨てる。

奴隷制度が消滅しても、差別だけは現代にも根強くはびこっている。千年以上が過ぎ、文明がいかに進化しても、人の感情はさほど変わらない。人がもつ不安や恐怖に根差しているだけに根深いものがあり、その弱さや愚かさが、この作品には欠くべからざる要素となっている。

それら負の側面が、後半になると、形を変えて語られる。

大仏の存在意義、ひいては仏とは、信仰とは何かという、深い主題へと結びつく。

ここで登場するのが、行基《ぎょうき》である。奈良時代に実在した僧であり、その徳の高さから、民衆に篤く崇拝された。

世知辛《せちがら》い世の中のしきたりから、抜け出せずもがき続ける人々に、手を差し伸べる行基の行いは、暗闇の中の光に等しい。惑う下々を同じ方角に導く、大いなる力となり得る。

菩薩と称される行基と、その弟子や在家の者たちが、宮麻呂の人物像をいっそう浮かび上がらせる。

神仏は、人を助けはしない。人を助けるのは人だけだ。

声高に主張しながら、大仏造営の現場に留まる姿が、真楯の中に違和感をもたらす。

宮麻呂――あんたいったい、何者なんだ
そのこたえには、前述の一切が巧妙に絡みつく。

一方で、この本の表題は、もうひとつのこたえを示してくれる。

遠い故郷に思いを馳せながら、見知らぬ土地で見知らぬ者と寝起きを共にし、苦役に従事する。彼ら仕丁たちにとって、ひと椀の旨い飯はどれほどの慰めとなろうか。彼らの気持ちを明日へと繋げるためだけに、絶えず知恵を絞り工夫を凝らす。

宮麻呂のその気持ちこそが尊く、彼の炊屋は、仕丁たちの唯一無二の家庭となり得る。ひと時の安寧と楽しみを与え、彼らを救い、命を繋ぐ。

まさに『与楽の飯』そのものなのである。

初出

山を削りて　「小説宝石」二〇一三年十二月号

与楽の飯（「一椀の汁」を改題）　「小説宝石」二〇一四年二月号

みちの奥　「小説宝石」二〇一四年六月号

嫗《おうな》の柿　「小説宝石」二〇一四年八月号

巨仏の涙　「小説宝石」二〇一四年十月号

一字一仏　「小説宝石」二〇一四年十二月号

鬼哭の花　「小説宝石」二〇一五年二月号

二〇一五年八月　光文社刊

挿画／ヒロミチイト　レイアウト／坂野公一（welle design）

光文社文庫

与《よ》楽《らく》の飯《めし》　東大寺《とうだいじ》造仏所《ぞうぶつしょ》炊屋《かしきや》私記《しき》
著者　澤《さわ》田《だ》瞳《とう》子《こ》

2018年6月20日　初版1刷発行

発行者　鈴木広和
印刷　豊国印刷
製本　ナショナル製本

発行所　株式会社 光文社
〒112-8011　東京都文京区音羽1-16-6
電話 (03)5395-8149　編集部
8116　書籍販売部
8125　業務部

ISBN978-4-334-77678-7　Printed in Japan

組版　萩原印刷